Mary Jane Clark

Si près de vous

ÉDITIONS FRANCE LOISIRS

Ce livre a été publié sous le titre *Close to You*
par Saint Martin's Press, New York, 2001.
Traduit de l'américain par Rachel Bernard

Édition du Club France Loisirs,
avec l'autorisation de l'Archipel.

Éditions France Loisirs,
123, boulevard de Grenelle, Paris
www.franceloisirs.com

ISBN 2-7441-5444-X

A David, mon fils chéri, et à tous ceux qui luttent contre le syndrome de l'X fragile... Je prie pour eux et souhaite du fond du cœur qu'ils guérissent un jour.

Remerciements

Au fil des années, à force d'œuvrer dans l'ombre – j'ai produit tant d'émissions que je ne me les rappelle pas toutes –, je me suis souvent demandé ce que l'on éprouve à passer à l'antenne, à se trouver devant la caméra, et non plus derrière. Bien sûr, cette place paraît enviable. Des millions de téléspectateurs braquent leurs yeux sur la présentatrice tandis qu'elle leur communique les dernières nouvelles de l'actualité. Mais elle-même n'a en face d'elle que l'objectif noir de la caméra. Elle s'adresse à un public invisible, sans savoir qui la dévisage. Que peut-il se passer dans l'esprit d'un détraqué au moment où elle s'expose ainsi au regard de tous ?

Pareille perspective m'effrayait.

Les journalistes que j'ai interrogés m'ont répondu qu'ils s'efforçaient de ne pas penser aux déséquilibrés qui ne rataient aucun de leurs passages à la télévision. Selon eux, ils ne pourraient plus continuer à accomplir leur travail s'ils devaient passer leur temps à s'inquiéter, aussi écartent-ils cette pensée de leur esprit. Pourtant, tous ont déjà été poursuivis par des admirateurs, y compris dans les endroits les plus improbables. Ils savent quelles formes bizarres l'obsession de ces derniers peut prendre. Certains fans s'avèrent dérangés, d'autres simplement malveillants, mais tous veulent à tout prix s'approcher d'eux.

Liz Flock, Bobbi Harley et Elizabeth Kaledin, des amies journalistes, m'ont confié leur expérience dans ce domaine. Leurs récits, qui m'ont laissée sans voix, m'ont beaucoup inspirée.

J'adresse mes plus vifs remerciements à Stan

Romaine, responsable de la sécurité à CBS, qui a pris le temps de m'expliquer les mesures prises par les chaînes de télévision afin de protéger leur personnel. Je lui suis reconnaissante de m'avoir détaillé quelques-unes des méthodes employées pour mettre la main sur les auteurs de harcèlement – exemples incroyables à l'appui. Je me doute qu'il n'a fait qu'effleurer le sujet – il en sait certainement bien plus qu'il ne peut l'avouer –, mais je lui sais gré de ses suggestions et de ses remarques.

Christina Weisberg, maquilleuse hors pair à la personnalité si attachante, m'a renseignée sur les produits qu'elle utilisait. Elle m'a ainsi aidée à donner naissance au personnage de Doris Brice. Je ne pourrai jamais lui exprimer toute ma gratitude.

Joy Blake, une fois encore, m'a éclairée sur les subtilités des transactions immobilières. Si j'apprécie ses compétences professionnelles, son amitié m'est encore plus précieuse.

L'avocat criminaliste Joseph Hayden a dû maudire mes questions répétées sur les peines encourues par certains de mes personnages. Pourtant, il a eu la délicatesse de n'en rien montrer.

On doit à Linda Karas le plus beau reportage jamais effectué sur Londres. D'une vivacité d'esprit sans pareille, elle me prodigue toujours des conseils avisés lorsque je lui soumets un problème. Nous avons débuté ensemble dans le monde des médias, il y a longtemps, et j'ai trouvé en elle une source constante de réconfort, d'encouragement et de bons moments.

Colleen Kenny a travaillé sans relâche à la réalisation et au lancement de mon site Internet, www.maryjaneclark.com. Elle a de plus toujours été auprès de moi et de mes enfants. J'ai une chance inestimable de pouvoir compter sur elle.

Je soupçonne le père Paul Holmes de s'être découvert une nouvelle vocation. Au fur et à mesure que j'approchais de la remise du manuscrit, il a trouvé le temps de me rendre toutes sortes de services, des séances de brainstorming aux travaux de recherches en passant par le déchiffrage de mes pattes de mouche et l'entrée des corrections de dernière minute. Il incarne ce dont rêvent tous les écrivains... un éditeur indépendant descendu du ciel.

Louée aussi soit mon agent Laura Dail. Son dévouement, son énergie et son enthousiasme dépassent ce que l'on attend d'ordinaire d'un agent littéraire. Je n'oublierai jamais tous les services rendus ni la gentillesse avec laquelle elle m'a fait partager sa connaissance de la culture guatémaltèque et de la langue espagnole.

Jennifer Enderlin, ma nouvelle éditrice, a elle aussi beaucoup contribué à la qualité de ce livre en m'aidant à en accroître le suspense. Je la remercie ainsi que Sally Richardson, Matthew Shear, John Murphy et Linda McFall de l'attention qu'ils ont portée à ce projet. J'ai également une pensée pour le personnel de ma maison d'édition, St Martin's, qui s'est montré aux petits soins avec moi.

Enfin, je salue la patience de ma famille et de mes amis. Leur présence – *si près de moi* – constitue ma plus grande joie.

PROLOGUE

Elle présentait le journal télévisé de 22 heures pour GSN depuis deux ans et pas une fois elle n'avait frémi à l'idée d'emprunter seule le parking souterrain, le soir, après l'émission. Elle avait jusqu'alors été si sûre d'elle.

Depuis peu cependant, sa vie avait basculé dans l'horreur.

L'air vif et froid de cette fin octobre la saisit tandis qu'elle traversait le parking pour rejoindre sa voiture. Frissonnant sous son manteau de laine qui sortait tout juste du pressing, elle chercha la serrure à tâtons avec sa clé, mais son extrême nervosité rendait ses gestes maladroits. Un soupir de soulagement lui échappa lorsque, enfin, elle se retrouva à l'intérieur et verrouilla la portière derrière elle.

Elle ne serait pas une victime. Pour preuve, elle avait résolu de prendre des cours d'autodéfense à son club de gym et d'équiper sa maison d'un système de sécurité. Il fallait continuer à vivre normalement et ne pas se laisser empoisonner la vie par un détraqué.

Au volant, elle repensa à son boss, le directeur de l'information de la chaîne. Bien qu'inquiet pour elle, il ne cédait pas à la panique. Depuis vingt ans qu'il faisait ce boulot, il avait entendu des dizaines d'histoires semblables à la sienne : des présentatrices vedettes harcelées par certains téléspectateurs – des fans certes insistants, mais qui s'avéraient la plupart du temps inoffensifs. La plupart du temps...

Sa décapotable bleue connaissait la route par cœur. Lorsqu'elle s'immobilisa sur sa place réservée, au fin fond d'une rangée de maisons individuelles, elle se souvint avec ironie des raisons qui l'avaient décidée à l'achat de ce pavillon. Son emplacement l'avait particulièrement ravie, un vis-à-vis seulement d'un côté, de l'autre une étendue de verdure qu'elle n'aurait à partager avec personne. Qui aurait pu prévoir qu'un jour elle regretterait amèrement son excès d'individualisme ? Elle pesta intérieurement. Si seulement elle pouvait se sentir en sécurité, avec des voisins de part et d'autre de chez elle !

Le moteur coupé, elle chercha son trousseau de clés et ne le lâcha plus. Hésitante, elle s'attarda encore un instant, le temps de jeter un œil aux alentours pour s'assurer qu'il n'y avait personne. Elle quitta sa voiture. Quelques pas seulement la séparaient du perron.

Le verrou du haut céda sans problème. La seconde clé se coinça à mi-chemin dans la serrure. Cédant à la panique, elle s'acharna frénétiquement.

— Linda, tu cherches à m'éviter.

Les mots tombèrent comme un couperet dans la nuit. Brutalement, des mains l'empoignèrent. La violence de l'étreinte ne permit aucune lutte, aucun cri.

Le lendemain matin, des gouttelettes de rosée scintillaient sur la pelouse. Bientôt une atmosphère chaleureuse baignerait la ville entière et Halloween serait célébrée dans tous les foyers. Cette année, la fête des morts-vivants tombait un samedi. Tout joyeux, un gamin déguisé en gorille remontait la rue bordée de maisons. On le félicitait et le récompensait partout pour son costume en lui offrant des friandises.

Arrivé devant la dernière porte, il frappa, mais personne ne vint lui ouvrir. Il haussa les épaules et tourna les talons. De toute façon, les portes ouvertes et les sucreries ne manqueraient pas aujourd'hui.

Impatient, il poursuivit son chemin jusqu'au bois voisin. De là, il rejoindrait d'autres quartiers résidentiels. La présence incongrue d'un escarpin et d'un vaporisateur sur la pelouse ne sembla pas éveiller sa curiosité.

Rageuse et accusatrice, la mère de la présentatrice vedette gesticulait et s'époumonait face aux policiers.

Sa fille leur avait pourtant signalé qu'elle se sentait suivie. Pourquoi, bon sang ! s'étaient-ils montrés aussi passifs ?

Devant les invectives de cette mère, les agents restaient sur la défensive. Ils lui rappelèrent la filature prolongée dont sa fille avait bénéficié, au terme de laquelle rien d'anormal n'avait été constaté. Pas une seule menace n'avait été proférée, c'est pourquoi ils avaient mis fin à leur protection rapprochée. Pour des questions de budget, ils ne pouvaient pas continuer indéfiniment à la raccompagner tous les soirs.

Avant de la quitter, ils lui promirent de tout mettre en œuvre pour retrouver la disparue, Linda Anderson. GSN suivait l'affaire de près. Chaque jour, la chaîne faisait pression pour que l'inspecteur principal poursuive les recherches sans relâche. L'enquête s'annonçait compliquée, la liste des suspects étant vertigineuse.

Elle incluait quiconque possédait un poste de télévision.

AOÛT

1

— Elisa ! J'ai trouvé, mais il faut faire vite, c'est une affaire en or, pressa Louise Kendall, coupant court à toute objection.

Elisa Blake ne put masquer son excitation fébrile. Elle jeta un œil à sa montre et pivota nerveusement sur son fauteuil en cuir noir. De l'immense baie vitrée qui la séparait du studio, elle voyait s'affairer les techniciens en contrebas. Ils préparaient le plateau pour l'enregistrement du journal télévisé.

— Mais Louise, enfin, tu n'y penses pas ! Pas maintenant, tenta Elisa sans conviction.

Son ton faussement plaintif n'eut aucun effet sur son interlocutrice.

— Il le faut, Elisa. Ecoute, cette maison est faite pour toi. A l'agence, on vient juste de signer les accords avec le propriétaire et demain elle sera officiellement mise en vente. Tout le monde va se jeter dessus. Crois-en mon expérience, le marché immobilier est sans pitié, tu peux être sûre que demain, à la même heure, la maison aura trouvé de nouveaux acquéreurs.

Louise parlait en professionnelle avisée et Elisa le savait. Depuis quelques semaines, celle-ci s'était résolue à chercher un nouveau logement, mais chaque nouvelle offre exigeait une réponse quasi immédiate. Les transactions immobilières se concluaient en effet à une vitesse décourageante dans le comté de Bergen. Elisa commençait vraiment à désespérer de trouver un endroit tranquille où vivre avec sa fille Janie. Leur appartement new-yorkais était suffisamment spacieux et confortable mais, depuis les récents événements survenus dans sa vie privée, elle tenait à changer d'environnement, même si cela impliquait de quitter la capitale culturelle du pays.

A l'autre bout du fil, Louise ne lâchait pas prise.

— Autre chose, Elisa. J'ai oublié de te dire que la maison est inoccupée. Sans compter qu'ils viennent de construire une école maternelle dans le quartier. Tu pourras y inscrire Janie dès la rentrée prochaine.

Pas de doute, Louise Kendall constituait bien l'élément moteur du Million Dollar Sales Club, pensa Elisa. Un sens inné de la vente immobilière.

— Bon, écoute Louise, voilà ce que je peux faire : après la diffusion du journal, je vais récupérer Janie et on se retrouve là-bas à 20 heures.

— Génial ! s'exclama Louise, triomphante. Il fera encore assez jour pour faire le tour du propriétaire. Je sens que tu vas avoir un coup de cœur pour ce bijou, Elisa. Je me charge du contrat et toi, amène ton chéquier.

2

Le Like It Rare, bar-restaurant situé à deux pas du tunnel Lincoln, dans le New Jersey, affichait complet. Comme toujours aux alentours de 18 h 30, les habitués de l'établissement rouspétaient lorsque le barman se hissait jusqu'au poste de télévision pour changer de chaîne. C'était l'heure où Elisa Blake assurait la présentation du journal télévisé.

— Allez, Bidoche, c'est nul ! Remets le catch.

— Bordel, Bidoche ! On vient ici pour oublier ce qui se passe ailleurs et faut toujours que tu nous bassines avec tes actualités !

— Laissez tomber les gars. Vous avez pas encore compris ? Cornie en pince pour Elisa Blake et rien n'y fera, y changera pas de chaîne.

Effectivement, pour Cornelius Bacon, à cette heure

de la journée, plus rien n'importait vraiment. Même agressives, les protestations des clients le laissaient indifférent. Un mélange de fascination et de colère s'emparait de lui dès qu'Elisa Blake apparaissait à l'écran. Sa manière de ne pas se figer derrière le bureau comme les présentateurs masculins des chaînes concurrentes l'exaspérait. Elle arpentait en effet le plateau, obligeant la caméra à suivre ses déambulations. La chaîne avait beau nier l'évidence, les records d'audience enregistrés par le journal étaient le fait de cette brunette svelte et élancée, au charme irrésistible.

Avec un aplomb naturel, elle observait un rituel savamment orchestré : de l'accueil chaleureux des téléspectateurs, elle passait à l'énumération cadencée des principaux titres du jour, puis rejoignait sa place sur le rythme trépidant d'un jingle.

Ce soir, Cornelius n'aimait pas le tailleur qu'elle portait. Trop courte, la jupe !

Ne l'avait-il pas prévenue à ce sujet ? Les yeux du barman ne quittaient pas les cuisses découvertes de la présentatrice. Il lui avait précisé ce qu'elle risquait à jouer des jambes comme ça.

— Elle aurait dû m'écouter, siffla-t-il, mâchoire serrée.

3

Peu avant la fin du générique, Elisa dégrafa son micro et remercia l'équipe technique et tout le personnel pour leur professionnalisme. Elle n'avait rien trouvé à redire. Alternance parfaite de reportages et de directs, pas de noms écorchés ni d'erreurs dans le lancement des visuels. Bref, un produit bien ficelé, propre à satisfaire les abonnés.

— Bon boulot, assura Range Bullock, producteur délégué, depuis la régie.

Au moment où Elisa quittait le plateau, une casquette de base-ball truffée de paillettes dorées vint à sa rencontre. C'était Doris Brice, la maquilleuse. Secouant la tête, Elisa ajourna le rituel du soir.

— Merci, Doris, mais je n'ai pas le temps de me démaquiller. J'ai une maison à visiter.

Doris savait qu'Elisa cherchait à déménager. Depuis quelques semaines, elles évoquaient le sujet pendant les séances de maquillage, avant chaque passage à l'antenne. Doris, comme d'ailleurs presque toute l'équipe de KEY News, connaissait les événements marquants de la vie de la présentatrice. Le décès de John, son mari, des suites d'un cancer alors qu'elle était enceinte de leur premier enfant. Sa sévère dépression après la naissance de leur fille et sa lutte acharnée pour revenir travailler. Et, comme si cela ne suffisait pas, Elisa avait eu maille à partir avec la nourrice de sa petite Janie – épisode tragique au terme duquel son employée avait fait feu sur elle, la blessant au ventre. Aujourd'hui encore, la douleur se réveillait lorsque, pressée, elle se relevait trop vite.

Après tout ce qu'elle avait enduré, Doris comprenait qu'Elisa aspirât à vivre dans un cadre nouveau pour repartir de zéro. Les deux femmes partageaient à présent une réelle complicité. Doris espéra sincèrement que cette maison lui conviendrait. Elisa le méritait. Pour une fois, le destin pouvait bien se montrer plus clément.

Et puis, elle pouvait se le permettre. Son statut de présentatrice lui assurait un bon revenu.

— Bonne chance à toi ! lança Doris à la volée.

Elisa se retourna vivement, grimaça furtivement de douleur, puis tendit les pouces en signe de victoire.

4

Depuis qu'elle officiait au *KEY Evening Headlines*, Jerry Walinski avait programmé ses séances de massage après la diffusion du journal de 18h30. La vision d'Elisa le mettait dans un tel état de tension nerveuse qu'il avait absolument besoin des doigts experts de Lori, sa masseuse attitrée, pour retrouver ses esprits.

Ce soir-là, il appréciait particulièrement la présence de Lori. Affalé à plat ventre sur la table de massage au beau milieu de sa chambre, il gardait les yeux fermés tandis qu'elle pétrissait avec application ses membres inférieurs. Impossible pourtant de ressentir les bienfaits du massage. Elisa Blake ondulait encore sous ses paupières.

C'était la femme rêvée. Du charme, de l'intelligence et une classe exceptionnelle. Et ce petit tailleur crème qu'elle portait ce soir la rendait encore plus sublime. Elle savait comme personne observer une juste mesure entre souplesse et rigueur. Féline, elle se déplaçait lentement sur le plateau avant de s'immobiliser enfin, nuque droite et regard fixe. Comment résister au bleu intense de ses yeux qui fouillaient jusqu'au tréfonds de votre être ? Elle le comprenait, lui, Jerry, intimement. Il en était persuadé. D'ailleurs, quand elle parlait, c'était comme si elle s'adressait à lui seul.

Il pouvait rester des heures à la regarder, à contempler inlassablement sa photo qu'il avait disposée sur sa table de nuit, dans un petit cadre argenté. Il avait tout simplement demandé un autographe d'Elisa Blake à KEY News et on lui avait rapidement retourné ce portrait souriant.

Lori prétendait qu'il s'agissait certainement d'un courrier-type que la chaîne envoyait aux admirateurs. Jerry connaissait la jalousie féminine. Lori avait le droit de lui en vouloir, il ne l'avait jamais draguée ouvertement. Pourtant, ce soir, les allégations de sa masseuse l'avaient assombri. Il ne la laisserait pas ternir l'image de son idole. Elisa avait choisi cette photo en pensant spécialement à lui. Exclusivement à lui.

Les mains puissantes de Lori s'acharnaient à présent sur son dos, chassant avec vigueur les tensions musculaires.

— Je vois que vous avez fait vos exercices, observa-t-elle. Vos muscles commencent à se dessiner.

Elle n'obtint pour toute réponse qu'un mm-hmm laconique. Elle comprit que son client ne souhaitait plus parler et poursuivit son travail en silence. Le contact tiède des huiles essentielles entre ses omoplates conforta Jerry dans sa folle décision. Il appellerait Elisa et lui déclarerait sa flamme.

Pendant de longs mois, il avait réussi, au prix d'efforts considérables, à garder son sang-froid. À présent, il devait lui avouer ses sentiments.

5

Garée le long du trottoir, devant l'entrée des studios d'enregistrement, une voiture bleue avec chauffeur attendait, moteur en marche. En cette fin d'après-midi étouffante du mois d'août, Elisa quittait enfin les bureaux de KEY News. Elle était en nage. Son visage s'illumina lorsqu'elle vit sa petite Janie, le front collé contre la vitre arrière de la voiture, aux côtés de sa grand-mère. Cédant aux demandes répétées de la fillette, le chauffeur ouvrit la portière. L'enfant s'échappa vers sa mère.

— Mmmmm, ma puce, comme tu m'as manqué ! s'exclama Elisa tandis que deux petits bras se refermaient autour de son cou. Alors, qu'est-ce que tu as fait aujourd'hui, mon ange ?

— Je suis allée au zoo avec KayKay voir les singes.

— Et Poppie ?

— Il est resté à la maison faire la sieste.

Elisa jeta un regard vers Katharine Blake avant de s'engouffrer à l'intérieur de la voiture. Pour une femme de soixante-dix ans, aller au zoo sous cette chaleur avait dû relever de l'héroïsme. Même si, à l'évidence, Janie s'était régalée – les taches de chocolat sur son T-shirt, ses joues rouges et ses cheveux ébouriffés en témoignaient –, sa grand-mère, elle, avait les traits tirés.

— Je ne sais pas comment je ferais sans vous, glissa Elisa à l'oreille de sa belle-mère avant de l'embrasser.

En guise de réponse, Katharine lui tapota la main. Les deux femmes se comprenaient parfaitement. L'épisode traumatisant de la nourrice les avait sérieusement ébranlées. Depuis, Janie n'avait plus quitté le cercle familial. Confiée à ses grands-parents la journée, elle rejoignait sa mère le soir. Pourtant, Elisa commençait à mesurer toute la précarité de la situation. Elle savait que cet arrangement ne pourrait se prolonger indéfiniment.

Et aujourd'hui, le visage exténué de sa belle-mère sonnait pour elle comme un signal d'alarme. Katharine et Paul avaient enduré trop de choses. D'abord la perte prématurée de John, leur fils unique, puis l'angoisse de perdre leur petite-fille. Elisa ne pouvait plus reculer. Il fallait qu'elle se mette en quête d'une nouvelle nourrice, et au plus vite.

Mais ce qui l'inquiétait davantage encore, c'était l'apparente indifférence de Janie aux événements survenus avec Mme Towmey. La fillette avait vu sa nourrice adorée tirer sur sa mère. Comment expliquer à une enfant aussi jeune que Mme Towmey avait déjà commis deux meurtres auparavant et qu'elle avait tenté de tuer Elisa lorsque, en l'apprenant, celle-ci lui avait signifié son congé ? Les conseils du pédopsychiatre qu'elle avait consulté lui avaient été précieux. Selon lui, les véritables troubles mentaux étaient causés par la répétition de comportements abusifs comme l'abandon ou l'humiliation. Un seul événement, même terrifiant, pouvait être surmonté à condition que l'entourage familial continue d'offrir des repères sécurisants et un environnement affectif rassurant. Certes, Janie n'avait pas de père, mais le fait qu'il fût mort avant sa naissance lui avait, en quelque sorte, épargné l'expérience de sa disparition.

Bientôt, Janie serait confrontée à d'autres enfants qui, eux, auraient deux parents. Sans doute ressentirait-elle alors plus violemment le vide laissé par son père. En ce cas, l'aide d'un psychologue pourrait s'avérer opportune. Mais, pour le moment, le médecin se montrait plutôt confiant.

— Vous devez être fatiguée, Katharine, mais je tenais à ce que vous visitiez la maison avec moi. Votre opinion m'est toujours très utile et, d'après ce que m'a dit Louise, il faudra que je me décide dès aujourd'hui.

La vieille dame secoua la tête avec lassitude.

— Avant, on avait le temps de réfléchir à de tels investissements. Je ne me ferai jamais aux lois du marché actuel. C'est de la folie pure et simple.

Les yeux rivés sur le fleuve Hudson, Elisa acquiesça, cependant qu'elles roulaient vers le pont George Washington pour rejoindre l'Etat du New Jersey.

— De la folie pure et simple, répéta Elisa, pensive.

Elle avait le sentiment d'avoir perdu tout contrôle sur sa vie ces dernières semaines. Au moins ce déménagement lui apporterait-il un peu de stabilité.

6

Joe Connelly assurait la sécurité dans les locaux de KEY News. A ce titre, il était entre autres chargé de repérer les lettres les plus suspectes adressées à Elisa Blake. Et pour cause ! Si la présentatrice vedette avait eu vent de l'abondance de courrier malsain qui parvenait à la direction, le sommeil l'aurait quittée pour de bon. La politique de Connelly consistait à ne rien lui dire, sauf cas exceptionnel. Toute la difficulté de sa tâche résidait là. Savoir différencier l'auteur réellement menaçant de l'admirateur transi.

L'assistante d'Elisa, qui ouvrait le courrier, transmettait à Connelly tout ce qui lui paraissait suspect. Depuis qu'Elisa présentait *KEY Evening Headlines*, les lettres suivaient la courbe ascendante de l'Audimat. On était bien loin du temps où elle était cantonnée à une émission matinale, *KEY to America*. Connelly se rappelait avoir fait suivre certaines missives au FBI à l'époque, mais rien de bien sérieux comparé à la situation actuelle.

Les services de sécurité de KEY News étaient situés dans les sous-sols du bâtiment. Une quinzaine de caméras filmaient en permanence les portes d'entrée et les issues de secours du bâtiment, les sorties d'ascenseur et les couloirs. Seules les toilettes échappaient à l'œil inquisiteur de la vidéosurveillance, au grand regret de Joe, car la loi l'interdisait. Mais pareil dispositif semblait infaillible. Il avait d'ailleurs permis de régler le problème du manque d'effectif.

Un vigile était placé en observation devant les moniteurs de contrôle dès qu'une vedette de la chaîne travaillait dans les studios. Il était interdit de déroger à cette règle.

— Rien à signaler? demanda Connelly à l'agent de surveillance.

— J'essaie de pas m'endormir, il se passe rien.

— Maintenez le cap, ordonna Connelly, imperturbable.

7

En arrivant au rendez-vous fixé par Louise Kendall, Elisa découvrit une magnifique maison de style colonial, dont l'environnement naturel rehaussait le charme. Elle possédait un cachet indiscutable et la jeune femme eut presque aussitôt la certitude qu'elle allait en faire l'acquisition. Profitant de la magie du lieu,

Louise Kendall attendait patiemment sa cliente sur la pelouse.

— Je l'aime déjà, laissa échapper Elisa, encore assise dans la voiture.

Elle évalua rapidement les avantages de sa future maison. En retrait par rapport à la route principale, la propriété s'étendait sur un peu plus d'un hectare.

Sa belle-mère, plus méfiante, la mit en garde.

— Montre-toi plus distante face à Louise. Ne lui laisse pas voir ton enthousiasme.

— D'accord, KayKay, répondit docilement Elisa, nullement contrariée.

Elle comprenait la réserve de Katharine et l'embrassa sur la joue pour la rassurer.

— Promis, j'essaierai de ne pas me trahir.

Cela fut toutefois peine perdue car Janie s'élançait déjà hors de la voiture en traînant Zippy, son inséparable singe en peluche, pour se précipiter vers Louise.

— Ma maman, elle adore la maison ! lança-t-elle fièrement.

Les deux femmes lui emboîtèrent le pas. Elisa ne pouvait contenir sa bonne humeur.

— C'est bon, Louise, je me rends. Allez, fais-nous faire le tour du propriétaire.

La lumière du jour déclinait lorsqu'elles arpentèrent l'extérieur de la propriété. Surexcitée, Janie ne tenait pas en place. Elle courait au-devant du trio et décrivait en criant tout ce que les visiteuses ne pouvaient encore voir. Soudain, elle poussa un cri de joie, n'en croyant pas ses yeux.

— Maman ! Il y a une piscine !

— Parfait, grommela Katharine, d'un ton sarcastique. Une nouvelle source d'ennuis en perspective !

Elisa ne releva pas la remarque. Elle comprit que les nerfs de sa belle-mère étaient à ce point éprouvés que le moindre détail constituait à ses yeux une menace potentielle. Elle partageait quant à elle l'enthousiasme de sa fille.

— Et regarde là-bas, ma chérie, il y a un cabanon, lança-t-elle.

En fait de cabanon, il s'agissait d'une petite dépendance dont l'entrée donnait sur une cuisine coquette équipée d'un réfrigérateur, d'un double évier, d'un four intégré et d'un lave-vaisselle. A côté, entièrement carrelée, se trouvait une salle de bains avec douche, ainsi qu'un petit débarras avec une machine à laver et un sèche-linge.

— Pense aux fêtes que tu pourras donner ici, déclara Louise avec entrain.

L'argument ne séduisit guère Elisa qui, après une dure journée de travail, se voyait plutôt allongée confortablement sur un transat au bord de la piscine à regarder sa fille patauger.

— Maman, KayKay, venez voir !

Janie les avait précédées dehors et les appelait du pied d'un orme majestueux. Un escalier de bois rivé contre le tronc menait vers une petite cabane cachée dans l'abondant feuillage et, émerveillée par cette découverte enchanteresse, l'enfant entreprenait déjà de grimper les marches. Prise de panique, KayKay se précipita vers l'arbre.

— Attention, ma chérie, l'escalier n'est peut-être pas très sûr !

Bien que compréhensible, la réaction de Katharine conforta Elisa dans sa décision de moins solliciter ses beaux-parents à l'avenir. A force de conseils et de mises en garde, Janie risquait de devenir peureuse. Or, en tant que mère, Elisa jugeait de son devoir d'aider sa fille à prendre confiance en elle. D'ailleurs, pour les avoir expérimentées, elle connaissait les vertus de l'épreuve. Janie elle aussi devrait apprendre un jour à tirer les leçons d'expériences douloureuses. Il n'y avait rien de tel pour forger un caractère.

Les pensées d'Elisa volèrent jusqu'à Mack lorsqu'elle vit sa fille apparaître sur la plate-forme en bois, rayonnante de joie. Mack McBride savait se montrer attentionné envers Janie et elle. Tous deux se connaissaient depuis peu, mais les liens qu'ils avaient tissés ces derniers mois paraissaient solides. Elisa avait beaucoup apprécié de pouvoir enfin compter sur quelqu'un après cinq longues années de solitude. Et, qui sait, peut-être Mack les rejoindrait-il dans leur nouvelle maison?

8

A l'ouest de la 57e rue, Yelena Gregory, présidente de KEY News, et Mack McBride étaient assis face à face à l'une des tables du Manhattan Ocean Club. Dès que le serveur eut apporté les cocktails, Yelena leva son verre.

— A votre santé, Mack, et à votre travail remarquable de reporter!

Mack trinqua et but une bonne gorgée de scotch.

— Eh bien, vous me voyez soulagé, avoua-t-il. Je m'attendais à une mauvaise nouvelle.

Le sourire de sympathie qu'il espérait voir s'afficher sur le visage de sa supérieure tardant à venir, il attendit qu'elle poursuive. Une fois de plus son intuition ne l'avait pas trahi.

— Pour ne rien vous cacher, il y a du nouveau, répondit Yelena en choisissant ses mots avec prudence. Vous n'êtes pas sans savoir que certaines affectations sont plus appréciées que d'autres...

— Continuez, s'impatienta Mack.

— Vous avez été pressenti pour devenir grand reporter.

L'annonce le frappa de plein fouet. C'était donc ça! On l'envoyait ailleurs, loin de New York, loin de...

Yelena trempa ses lèvres dans son verre. Elle avait du mal à déglutir. Offrir un cadeau empoisonné, telle était sa rude mission du jour.

— Correspondant européen, en poste à Londres, bien entendu.

La vie était mal faite. Quelques mois plus tôt, Mack aurait sauté au cou de cette femme et lui aurait arraché un baiser. Ses débuts dans les vieux bureaux de Edward

R. Murrow et ses toutes premières apparitions à l'antenne lui revinrent en mémoire. Quel journaliste ne rêvait pas de devenir le correspondant à Londres de KEY News? Lui-même avait souvent caressé cette folle idée.

Aujourd'hui, son vœu était exaucé, mais sa victoire avait un goût amer. Londres. Tout un océan et pas moins de cinq fuseaux horaires entre lui et Elisa.

Yelena scruta le visage de Mack, impatiente d'y lire sa réaction. Cette fois, ce fut au tour de Mack de rester impassible.

— C'est pour quand? se contenta-t-il de demander.

— Tout de suite.

Yelena enchaîna sur l'importance du poste et la nécessité d'apporter du sang neuf et un souffle nouveau à un service qui avait tendance à s'endormir sur ses lauriers. Mack ne toucha pas à son assiette. Il fit acte de présence jusqu'à la fin du repas et ne prêta qu'une oreille distraite aux arguments de sa supérieure.

— McBride et McGinnis : deux Mac pour le prix d'un, plaisanta Yelena en faisant allusion à Marcy McGinnis, qui venait elle aussi d'être nommée à Londres et avait déjà bouleversé les habitudes de travail de l'équipe installée là-bas.

Mack se força à sourire. Cette femme de poigne en face de lui était parfaitement au courant de sa liaison avec Elisa Blake. Yelena Gregory choisit toutefois de ne pas aborder le sujet. Un autre point tout aussi fondamental ne fut pas évoqué : s'il refusait cette promotion, Mack pouvait tirer un trait sur sa carrière journalistique.

9

La nuit était déjà bien avancée lorsque Elisa parvint enfin à coucher Janie. Epuisée, la fillette sombra presque aussitôt dans un sommeil profond. De la main,

Elisa écarta la fine frange de cheveux châtains et lui baisa le front.

— Fais de beaux rêves, mon ange, murmura-t-elle.

Bien qu'exténuée elle aussi, Elisa songea à ce qu'elle venait de faire. Sans ciller, elle avait tout bonnement acheté une maison d'un prix faramineux.

Le problème n'était pas vraiment une question d'argent, car sa fonction de présentatrice lui permettait une telle acquisition. Mais, issue d'un milieu modeste, Elisa n'était pas habituée au luxe. Ses parents eux-mêmes avaient toujours eu des goûts très simples. Malgré ses propositions réitérées de leur d'acheter une villa pour leurs vieux jours, ils avaient préféré rester dans la maison familiale de Newport, en Nouvelle-Angleterre. C'était là qu'Elisa avait grandi et effectué sa scolarité. Après l'école publique, elle avait intégré l'université d'Etat de Rhode Island, accessible aux plus démunis, et y avait suivi avec succès un double cursus – journalisme et sciences politiques. Lorsqu'il lui arrivait de retracer son parcours, ses interlocuteurs pensaient qu'elle venait d'un milieu favorisé, sans imaginer un seul instant que beaucoup de gens vivaient au-dessous du seuil de pauvreté à Newport.

Seuls son talent, son travail acharné et quelques opportunités professionnelles lui avaient permis de se hisser au rang des meilleurs.

Les protestations de son estomac la rappelèrent à la réalité. Elle n'avait pas dîné. Elle enfila rapidement une chemise de nuit et s'engouffra dans l'escalier qui menait à la cuisine. Trop tard pour un vrai repas. Elle remplit rapidement un bol de céréales, trancha une banane et arrosa le tout de lait. Elle emmena son butin jusqu'à sa chambre et s'allongea enfin. Les premières bouchées englouties, elle aperçut alors le témoin lumineux clignotant de son répondeur.

— C'est moi. Appelle-moi dès que tu rentres. Même tard dans la nuit.

La voix de Mack semblait tendue. L'entrevue avec Yelena s'était-elle mal passée ?

Le contrat de Mack touchait à sa fin. Est-ce que la chaîne s'était montrée stupide au point de ne pas le renouveler? Peu probable. Quoique. Il y avait déjà eu des exemples dans le passé. Se préparant au pire, Elisa décrocha son téléphone.

10

Ecouter les messages téléphoniques de la veille au soir, telle était la première chose que ne manquait pas de faire Paige, chaque matin, en arrivant sur son lieu de travail. Ce matin-là, un léger pincement au cœur la saisit lorsqu'elle tomba sur l'appel d'un anonyme qui confessait son admiration pour Elisa Blake. Le coup de fil avait eu lieu après minuit, comme l'indiquait le répondeur.

— Pauvre diable! soupira la secrétaire en effaçant le message.

La tâche suivante consistait à éplucher le courrier de la présentatrice. Paige Tintle trouvait cette partie de son travail plutôt intéressante : trier toutes les missives, mettre de côté les plis personnels, traiter les sollicitations plus officielles, émanant souvent de personnalités importantes, et enfin répondre aux nombreuses lettres des téléspectateurs. Tout y passait. Certains complimentaient Elisa Blake pour les sujets traités, d'autres s'attardaient sur le choix de ses vêtements, critiquaient sa coupe de cheveux ou d'autres détails secondaires.

Des lettres de détraqués lui parvenaient aussi, qu'elle classait selon deux catégories : celles un peu inquiétantes et celles franchement effrayantes.

Et ce matin, l'une d'entre elles appartenait à la seconde catégorie. Ce n'était pas la première fois que ce type écrivait. Saisissant nerveusement la croix de la chaînette en or qui pendait à son cou, Paige relut ces quelques lignes :

Insolente petite allumeuse,
Combien de fois encore je vais devoir te le répéter ?
J'ai beau t'avertir, tu continues à porter ces jupes courtes moulantes. On dirait une pute.
Tu cherches vraiment les ennuis, ma belle. Eh bien tu vas les trouver, fais-moi confiance. Je vais m'en charger personnellement.
Continue comme ça, madame la présentatrice, et je te jure que tu seras rouge sang quand je t'aurai réglé ton compte.

La signature griffonnée laissait apparaître Bidoche. La gorge nouée, Paige prit la lettre par une des extrémités, comme les consignes de sécurité l'exigeaient, la glissa dans une enveloppe grand format et l'adressa à Connelly.

11

Elisa arriva à son bureau avec les yeux cernés et la mine renfrognée.

— Pas un mot, s'il vous plaît ! lança-t-elle à son assistante. Je n'ai pas fermé l'œil de la nuit. Heureusement que Doris la magicienne est là pour accomplir des miracles !

— Et pour la maison ?

— Achetée.

— Waou ! Ça alors, c'est du rapide ! Félicitations.

Pour quelqu'un qui venait juste de trouver l'endroit de ses rêves, Elisa avait l'air plutôt atterré. Mais Paige en resta là. Le respect qu'elle portait à Elisa Blake dépassait de loin sa curiosité pour les affaires privées de sa supérieure.

— Des messages importants ? enchaîna Elisa.

— Range aimerait vous voir quand vous aurez une

minute et Abigail Snow souhaite connaître vos disponibilités pour l'enregistrement des accroches publicitaires.

— Du courrier?

Le mot Bidoche traversa un instant l'esprit de Paige, qui se força néanmoins à ne rien laisser paraître.

— FRAXA, la fondation pour la recherche sur le syndrome de l'X fragile, organise une collecte en mai prochain et vous demande, à cette occasion, d'assurer le discours d'ouverture de l'opération.

— Très bien. Regardez sur mon agenda, et si j'ai déjà un rendez-vous, déplacez-le.

Elisa n'avait jamais entendu parler de ce syndrome, forme très répandue de déficience mentale, jusqu'à sa rencontre avec Bill Kendall, son prédécesseur. Ce légendaire présentateur de KEY News, qui avait mis fin à ses jours au mois de mai, l'année précédente, avait un fils atteint de cette maladie. Bill avait soutenu Elisa comme personne après le décès de John et sa femme, Louise Kendall, venait de lui trouver la maison idéale. Impossible de refuser un geste en faveur de FRAXA. Elle le ferait en mémoire de cet homme exceptionnel qu'elle avait eu la chance d'approcher.

Elisa s'apprêtait à quitter le bureau lorsque Paige l'interpella :

— Autre chose, madame Blake, une nouvelle lettre de Sarah Morton.

— Ah oui ! La petite Sarah.

La voix d'Elisa s'emplit de compassion et de tristesse. Elle prit l'enveloppe que lui tendait son assistante et la lut en se dirigeant lentement vers la pièce voisine.

La jeune Sarah écrivait à Elisa depuis plusieurs mois. Son cas était un peu spécial. Cette fillette de douze ans qui vivait à Sarasota, en Floride, était atteinte d'un cancer. Grande amatrice de football et de base-ball, elle rêvait de devenir un jour présentatrice. Au début de leur correspondance, elle avait confié à Elisa que son émission *KEY to America* la passionnait.

Elisa avait tenu à répondre personnellement aux

lettres de la jeune patiente, la remerciant et l'encourageant dans son travail scolaire.

C'est ainsi que tout avait commencé. Chaque semaine, Elisa prenait le temps de répondre à l'adolescente. Petit à petit, celle-ci lui avait parlé de ses traitements médicaux, de l'inexorable chute de ses cheveux, de son affaiblissement général, de sa perte d'appétit, rappelant ainsi à Elisa la maladie de John et la longue chimiothérapie qu'il avait suivie. Impuissante, elle n'avait pu que pleurer son mari et remercier Dieu d'avoir épargné leur unique fille.

Au bas de la lettre, les yeux d'Elisa s'arrêtèrent sur le nom de l'hôpital où Sarah devait être soignée la semaine suivante. Sloan-Kettering, le centre hospitalier new-yorkais où John était mort.

Elle doit vraiment être dans un état grave, pensa Elisa.

Une seconde lettre, dactylographiée celle-là, était jointe à celle de Sarah.

L'en-tête portait le nom de Samuel Morton, avocat.

> *Chère Madame Blake,*
> *Je vous remercie de tout mon cœur de la correspondance que vous avez su entretenir avec Sarah. C'est ce qui compte le plus au monde pour elle. Dans les pires moments, elle relit vos lettres pour oublier la douleur qui ne la lâche plus.*
> *Tous les traitements qu'elle a subis ont été vains. Pour ne rien vous cacher, son état empire de jour en jour. Son transfert à New York représente notre dernier espoir.*
> *Sarah ignore que je vous écris, mais je vous adresse une requête. Vous serait-il possible de rencontrer ma fille à l'hôpital de New York? Je sais qu'il est fou de vous demander une chose pareille, mais rien ne saurait lui faire plus plaisir, et j'aimerais tant lui faire ce cadeau.*

Avant qu'elle ne meure était certainement ce qu'il fallait entendre en conclusion de la lettre.

12

Louise Kendall présenta le contrat d'achat dûment rempli à Larson Richards, propriétaire de la maison que lui avaient léguée ses parents. Bien qu'il tentât de le dissimuler, il fut très impressionné de voir le nom de l'acheteuse, la fameuse présentatrice de KEY News.

— Je me fiche de l'identité de l'acquéreur, madame Kendall, je veux que l'argent soit transféré sur mon compte dès ce soir.

— Je comprends votre impatience, monsieur Richards. Vous aurez la somme dès la fin de la semaine prochaine. De toute façon, ma cliente tient à emménager avant la rentrée des classes.

N'importe qui se serait félicité d'une vente aussi rapide, mais il essaya d'obtenir davantage encore.

— Votre agence a sous-estimé la maison. Vous auriez pu demander plus.

Imperturbable, Louise lui tint tête.

— C'est vous qui décidez, monsieur Richards. Que vous acceptiez notre offre ou non, la commission que vous devez à l'agence, elle, reste inchangée. Nous avons rempli notre part du contrat en vous proposant un client prêt à payer comptant la somme dont nous étions convenus ensemble.

L'argument était imparable et Richards avait signé. Porter l'affaire devant les tribunaux n'aurait servi à rien et, d'ailleurs, un procès était bien la dernière chose dont il avait besoin ces temps-ci. Il avait d'autres chats à fouetter.

13

Abigail Snow visionnait attentivement les cassettes vidéo où apparaissait Elisa afin de sélectionner les prises de vue qui lui serviraient à concocter les nouvelles accroches publicitaires du *KEY Evening Headlines*. Range Bullock, producteur de l'émission, entendait bien faire encore grimper l'audience. La concurrence était rude dans le milieu et KEY rivalisait avec les plus grands networks : CBS, NBC, ABC, FOX et CNN. Range cherchait sans cesse des idées pour rallier de nouveaux téléspectateurs à la chaîne.

Les études de marché montraient que l'excellente cote de popularité d'Elisa présentait une faille importante : le jeune âge de la présentatrice. En effet, le public estimait qu'elle manquait d'expérience pour aborder les sujets les plus graves. Il est vrai que la plupart de ses concurrents approchaient tous de la soixantaine et pratiquaient ce métier depuis de longues années. Avec ses trente-quatre ans, Elisa faisait pâle figure à côté d'eux.

Elle possédait cependant un atout inégalable : sa féminité.

Abigail étudia soigneusement les prises de vue. Les yeux de la présentatrice crevaient l'écran. Leur bleu contrastait admirablement avec le châtain soyeux de ses cheveux mi-longs et la clarté de son teint soulignait sa bouche sensuelle. Parfaitement photogénique, son visage resplendissait.

Range s'était entretenu plusieurs fois avec Abigail pour mettre au point les dernières accroches. Il tenait à miser sur le point faible d'Elisa et avait donc décidé que le slogan s'appuierait sur sa jeunesse.

« Un regard neuf sur votre monde.
Elisa Blake.
KEY News. »

Abigail archivait tous les extraits qui mettaient le plus en valeur les yeux d'Elisa. Loin de trouver ce travail fastidieux, elle s'en acquittait avec la plus grande dévotion.

14

Une fois les contrats signés par Richards, Louise Kendall appela Elisa pour lui annoncer la bonne nouvelle : elle était officiellement propriétaire. Cependant, bien que Louise lui eût promis de s'occuper de la partie légale et de toute la paperasserie relative à l'achat, la simple idée de déménager mettait Elisa dans tous ses états. Elle devait maintenant remplir les cartons, faire le tri dans ses affaires. Elle aurait par ailleurs voulu rafraîchir les lieux et changer le papier peint avant d'emménager, mais sa priorité était Janie. Elisa ne voulait pas rater sa première rentrée scolaire. Le reste attendrait.

Du calme, se dit-elle, réfléchis un instant. Tu as les moyens, maintenant. Paige peut contacter les déménageurs pour qu'ils s'occupent de tout. Tu n'es pas obligée de tout faire toi-même.

Elle voulait simplement s'assurer que Janie aurait un bel anniversaire pour ses cinq ans. Elle le lui avait promis, et il lui était impossible désormais de se rétracter. Comment aurait-elle pu prévoir que les choses allaient se précipiter à ce point ? D'abord l'achat de la maison, ensuite le déménagement et, pour finir, le départ de Mack pour Londres...

Quelqu'un frappa à la porte restée ouverte.

Ils échangèrent un regard et Elisa se retint de fondre en larmes. Depuis la mort de John, cinq ans auparavant, elle n'avait réussi à nouer de liens avec personne d'autre. Et maintenant qu'elle comptait sur Mack, il devait partir à son tour.

Il s'avança devant le bureau qui les séparait et s'immobilisa.

— C'est décidé, je ne pars pas.

Elisa aurait bien sauté de joie, tant elle souhaitait que cet homme partageât sa vie. Mais elle n'était pas assez naïve pour ignorer qu'il mettrait alors sa carrière en péril. Mack devait accepter le poste.

— Merci, Mack, mais nous savons tous les deux que tu dois partir.

Elle se mordit la lèvre inférieure.

— Nous ne savons rien du tout, reprit Mack avec détermination, observant une pause entre chaque mot. Et puis ce travail n'est pas si important pour moi.

Elisa eut un petit rire nerveux.

— Grand reporter, pas si important pour toi? Tu te moques de qui? Refuse et on verra si tu ne ressasses pas cette histoire jusqu'à la fin de tes jours. Et, par-dessus le marché, tu m'en voudras de t'avoir retenu. Tous les soirs, à la télé, tu me regarderas présenter le journal et ta rancœur ne fera que grandir. Et puis, tu connais le milieu. Si tu refuses, ceux qui t'ont hissé à ton niveau se chargeront de te démolir.

— Je m'en fiche éperdument! Je tiens à toi, Elisa, et je ne veux pas te quitter!

Elisa s'effondra. Mack s'approcha d'elle pour la prendre dans ses bras.

— Mack, je ne suis pas sûre de mes sentiments pour toi.

Elle mentait et ils le savaient tous les deux.

15

Tous les matins, avant le lever de ses enfants, Susan Feeney se servait une tasse de café et sortait dans le jardin inspecter ses fleurs. Elle appréciait particulièrement ces moments privilégiés. Depuis qu'elle s'était installée là, trois ans auparavant, son engouement n'avait connu aucune limite. Ainsi avait-elle déjà planté des centaines de bulbes soigneusement sélectionnés pour jouir de floraisons tout au long de l'année.

En ce mois d'août bien avancé, Susan s'attarda sur les chrysanthèmes qui promettaient d'éclore dans quelques jours.

Elle était heureuse d'avoir emménagé à HoHoKus. HoHoKus – quel drôle de nom! D'autres villes du nord du New Jersey en portaient de semblables, vestiges exotiques de l'Amérique des origines. Pascack Valley, Mahwah, Kinderkamack Road, Musquapsink Brook.

Susan composait un bouquet lorsque James apparut dans le jardin, les yeux encore embrumés de sommeil.

— Bonjour, mon chéri, tu as bien dormi?

En voyant son fils de cinq ans, Susan réalisa qu'il allait déjà rentrer à l'école. Comme le temps passait! Emue, elle se rappela sa naissance, précédant celles de ses filles, Kimberly et Kelly.

Elle se félicitait de la bonne santé de tous les membres de la famille Feeney. Depuis qu'il avait monté sa société, son mari passait plus de temps en déplacements qu'au foyer, mais le couple avait accepté cette contrainte, sachant qu'elle était provisoire.

James regarda les fleurs que sa mère venait de cueillir.

— Comment elles s'appellent, ces fleurs?

— Ce sont des Black-eyed Susans, mon chéri.

— Pareil que toi, maman!

Susan s'accroupit à hauteur de son fils. Son observation poétique l'avait attendrie.

— Tu as raison, mon cœur, sauf que les yeux de maman sont marron foncé, et pas noirs.

— Et moi verts! annonça-t-il fièrement.

— Mm-hmm.

— Comme Kelly!

— Bravo! Et ceux de Kimberly, de quelle couleur sont-ils?

— Bleus, répondit-il sans hésitation.

Aucun de ses enfants n'avait hérité du marron sombre de ses yeux.

— Et que dirais-tu de quelques toasts?

Elle savait que sa suggestion ne rencontrerait aucune objection, tant James était gourmand.

Alors qu'elle se dirigeait vers l'évier pour remplir un vase d'eau, sa bonne humeur la quitta. Son regard venait de se poser sur la maison vide des Richards, ce vieux couple chaleureux qui avait su les accueillir si gentiment. Les conditions de leur mort restaient pour elle mystérieuses.

16

A l'agence immobilière, Louise épluchait le rapport des experts qui avaient inspecté la maison d'Elisa. Les commentaires étaient bons dans l'ensemble, même si quelques travaux s'avéraient nécessaires.

Louise ne trouva rien qui puisse dissuader sa cliente d'acheter la maison. Les Richards, précédents propriétaires, avaient vécu dans cette demeure pendant près de quarante ans sans pratiquement toucher à rien. Leur plus grand investissement, assez récent, avait été la construction de la piscine et de la dépendance adjacente. Louise jugeait cela un peu incongru de la part d'un vieux couple. Mais elle avait vu tant de choses bizarres depuis qu'elle faisait ce métier qu'elle ne s'attarda pas sur ce détail.

Vivienne Dusart, sa collègue à l'agence, s'arrêta un instant dans son bureau.

— Comment ça s'annonce? demanda-t-elle.

— Plutôt bien. Je viens de lire l'expertise. La maison est en bon état et, de toute façon, Elisa n'est pas du genre à ergoter sur la vétusté de la plomberie ou des installations électriques.

— Alors, finalement, elle l'achète? C'est dommage pour elle, mais il faudra qu'elle change tout ça de sa poche, ajouta-t-elle en quittant la pièce.

Elle avait raison et Louise n'était pas dupe.

— Une chance qu'elle ait un nouveau chauffe-eau.

Vivienne s'arrêta net et, se retournant vers sa collègue, lui adressa un regard réprobateur.

— Tu ne devrais pas rire de ça, Louise.

— Qu'est-ce que tu veux dire par là? s'étonna celle-ci.

— Tu plaisantes, Louise! Tu sais bien ce qui s'est passé chez les Richards, non? Tous les journaux en ont parlé.

— Bien sûr que non, je ne suis pas au courant. Qu'est-ce qu'il y a eu?

— Une des arrivées de gaz était défectueuse sur l'ancien chauffe-eau. M. et Mme Richards sont morts intoxiqués. Il faut en informer ta cliente, elle pourrait te poursuivre plus tard pour rétention d'informations.

Louise la regarda, atterrée. Vivienne lui tapota l'épaule pour la réconforter.

— Si elle se rétracte, fais-moi signe. Les clients s'arrachent cette offre.

17

Des clameurs enfantines s'échappaient du salon encombré de ballons de l'appartement new-yorkais. A la queue leu leu, les petits monstres se faisaient grimer.

Au cours d'une de ses conversations avec Doris, Elisa lui avait parlé de ses préparatifs en vue de l'anniversaire de Janie. Et lorsqu'elle lui avait avoué ne pas savoir comment occuper des bambins pendant deux heures, Doris s'était généreusement proposé de venir les maquiller.

Tout comme les enfants, Doris attendait la fête de Halloween, chaque année, avec le même ravissement. Elle mettait des mois à confectionner elle-même son déguisement. Tout le monde à KEY News savait qu'elle respectait cette coutume et que, à cette occasion, elle participait même à tous les concours de déguisement et événements festifs de la ville. Le jour même, il lui suffisait de passer quelques coups de fil pour déterminer l'itinéraire de sa soirée, et le tour était joué. Chaque année, elle remportait ainsi divers prix tels que voyages au soleil, chèques cadeaux ou billets de spectacles.

Pour l'anniversaire de Janie, elle portait un justaucorps et des collants violets, la couleur fétiche de la fillette. Elle s'occupait du petit Gregory Leslie qui voulait une tête de dinosaure. L'impatience le rendait nerveux, il bougeait sans cesse. Mais lorsque, enfin, il se vit dans le miroir, il se montra tout heureux d'être devenu un animal préhistorique.

— Waou ! Génial !

— Tu veux un tatouage de dino sur le bras ? lui proposa Doris.

Malgré cette offre alléchante, Gregory ne pouvait attendre une minute de plus. Sans répondre, il détala pour rejoindre les fées et les papillons qui virevoltaient dans la salle de séjour. Amusée, Doris le suivit du regard un instant et passa à l'enfant suivant.

Elisa sentit les bras puissants de Mack autour de sa taille et la douceur de ses lèvres près de son oreille.

— Janie s'amuse comme une petite folle, c'est une réussite, murmura-t-il.

La bonne humeur d'Elisa se dissipa tandis qu'elle se tournait vers lui. Mack allait traverser l'Atlantique la semaine suivante ; elle s'installerait ici, à HoHoKus.

Trop de choses survenaient subitement. Sans compter qu'elle devait chercher une nouvelle nourrice et s'acheter une voiture. Elle n'en avait jamais possédé, ayant jusqu'alors jonglé entre des véhicules de location et ceux mis à sa disposition par KEY News pour faire la navette entre son domicile et les studios d'enregistrement. Mais habiter HoHoKus signifiait s'éloigner du centre-ville.

Elle observa attentivement le visage de cet homme qu'elle aimait et toucha machinalement du doigt les fines rides au coin de ses yeux. Elles donnaient à son regard un éclat particulier et irrésistible. Le sourire rassurant de Mack la ramena à la réalité. Sa défaillance passagère se mua en ardeur. Elle ferait face et ne perdrait pas Mack, malgré l'éloignement.

— Maman, c'est quand qu'on souffle les bougies ?

Elisa sursauta et jeta un œil à sa montre.

— Tout de suite, joli papillon ! Les papas et les mamans de tes camarades vont bientôt revenir.

Elle serra Janie dans ses bras et embrassa sa petite main, puis la laissa rejoindre ses amis tandis qu'elle-même retournait s'affairer dans la cuisine.

A l'arrivée du gâteau orné des cinq bougies, les bavardages cessèrent et les enfants entonnèrent un chant désordonné. Elisa tomba sur Louise Kendall dans le couloir, un gros paquet-cadeau dans les bras. Elisa n'était pas dupe, elle connaissait l'agenda chargé de Louise et savait que la raison de sa venue était autrement plus importante que la célébration des cinq ans de sa fille.

Laissant les enfants se gaver de glace à la vanille et au chocolat, Elisa accueillit Louise avec bonne humeur.

— Tout ce petit monde sera parti dans cinq minutes. Après, on pourra discuter tranquillement.

— C'est parfait, Elisa. En attendant, je peux te donner un coup de main ?

— Merci, mais regarde-les, pour l'instant, tout va pour le mieux !

Espérons que ça va durer, pensa Louise, un peu anxieuse.

18

Sur le magnétoscope se trouvaient empilées plusieurs vidéos – de quoi s'occuper trois nuits entières. L'appareil était programmé à 18 h 30 précises, début du *KEY Evening Headlines*. Même si la télévision était allumée à cette heure-là, l'enregistrement de l'émission avec Elisa Blake avait lieu, quoi qu'il arrive.

Cette façon de procéder lui apportait entière satisfaction. Le direct étant parfois trop rapide, les cassettes permettaient de revenir en arrière pour saisir le moindre détail, les mots utilisés, le ton employé et l'expression du visage de la présentatrice. Après la diffusion, elles étaient rembobinées pour être réutilisées. La presse rapportait que la jeune femme bénéficiait d'un taux d'écoute remarquable. A l'évidence, la chaîne savait utiliser et optimiser les qualités de ses employées.

Elle promettait d'être là un moment.

Quoique. L'exemple de Linda Anderson avait marqué les esprits. Elle aussi, qui présentait le journal du soir sur GSN, semblait destinée à une carrière exceptionnelle...

Sa disparition soudaine avait été un échec douloureux pour lui. S'attacher à elle et la chérir avait pourtant constitué une expérience incomparable. Linda avait repoussé son amour.

Il lui avait fallu cinq ans pour retomber amoureux.

Mais une femme comme Elisa Blake justifiait son attente.

19

— Intoxiqués au monoxyde de carbone? Quelle horreur!

Révulsée, Elisa s'efforça néanmoins de ne pas élever la voix.

Les deux femmes discutaient dans la cuisine tandis que, dans le salon, Mack aidait Janie à construire le petit théâtre en plastique qu'elle avait reçu pour son anniversaire.

— Je suis vraiment désolée, Elisa. J'aurais dû être au courant de cette affaire sordide et t'en parler avant l'achat. Mais la mort des Richards a coïncidé avec mes vacances. A mon retour, le scandale s'était bien tassé et tout le monde semblait avoir oublié cette histoire. Quand la maison a été mise en vente, je me suis précipitée, sachant que c'était l'occasion idéale pour toi. J'ai appris la mauvaise nouvelle hier de la bouche de ma collègue et je tenais à te le dire moi-même.

Elisa se rappela avoir fait un reportage sur la toxicité de ce gaz. Chaque année, les statistiques faisaient état d'une centaine d'accidents domestiques mortels liés au monoxyde de carbone. Un gaz inodore et incolore. Toutefois, des mesures de prévention efficaces existaient. Il suffirait de vérifier la fiabilité des joints, de faire inspecter régulièrement les conduits et les aérations. Si ces règles de sécurité élémentaires étaient respectées, aucun risque n'était à craindre.

Le plus dur à accepter restait le fait d'emménager avec Janie dans une maison où un vieux couple avait trouvé la mort. Elisa en avait la chair de poule.

20

Le crépuscule des nuits d'été fascinait Cornelius comme aucun autre moment de l'année. A cette heure du jour, le dimanche, il pouvait se consacrer corps et âme à sa passion pour les chauves-souris et oublier le bar et... Elisa Blake.

Depuis l'enfance, sa passion pour ces mammifères volants allait grandissant. Il se rappelait les cris hystériques de sa mère le jour où elle avait découvert que des chauves-souris nichaient dans le grenier. Elle avait demandé à son père d'aller détruire les petits en les surprenant dans leur sommeil, en plein jour. Cornelius avait seulement sept ans à l'époque, mais la brutalité de la tuerie le hantait encore.

Cornelius avait essayé, en vain, d'expliquer à sa mère la nécessité de ces mammifères dans leur région, où ils agissaient comme pesticide naturel. Les prairies marécageuses du New Jersey constituaient en effet le repaire favori des moustiques.

Comme à son habitude lorsqu'il lui demandait d'admettre une idée nouvelle, sa mère se mettait à le regarder fixement en le traitant de fou. A l'école, il s'était heurté à la même incompréhension. Les bonnes sœurs s'épouvantaient de le voir choisir les chauves-souris comme sujet d'étude et les autres enfants le trouvaient bizarre.

Face à une telle hostilité, Cornelius avait cessé de parler de sa passion en public, sans renoncer pour autant à se documenter en cachette. Après avoir quitté le domicile familial, il avait acheté un abri pour chauves-souris et l'avait installé dans le bois qui jouxtait son immeuble. Simple maisonnette dont la capacité d'accueil se limitait à cinquante individus, l'abri s'était transformé l'année suivante et pouvait désormais abriter une colonie entière de près de deux cents chauves-souris.

Chaque année, l'accouplement donnait lieu à la naissance d'un unique petit par femelle. Pendant six semaines, ils se nourrissaient du lait de leur mère puis étaient sevrés. Au printemps, Cornelius se postait discrètement dans le bois, attendant que les premiers adultes sortent à la recherche de nourriture. Il en profitait alors pour observer les créatures aveugles et vulnérables, blotties les unes contre les autres.

Ce soir-là, alors qu'il rejoignait son poste d'observation, il sentit une immense tristesse l'envahir. Bientôt, la belle saison s'achèverait et les premiers froids feraient fuir ses amies nocturnes. Elles iraient hiberner dans des grottes et des mines situées à des centaines de kilomètres de là.

Le bruissement de leurs ailes et la grâce de leur vol allaient lui manquer. Son unique consolation était qu'elles seraient au rendez-vous l'année suivante.

Du moins, si personne ne les massacrait d'ici là.

21

Elisa s'était levée de bonne heure. Elle tendit à Paige une liste de choses personnelles à faire lorsque celle-ci arriva au bureau.

— Je suis désolée, Paige, je n'aime pas avoir à vous demander de me rendre ce genre de services. Cela ne concerne pas le journal à proprement parler. Ma seule excuse, c'est que la présentatrice de KEY News ne sera pas opérationnelle si elle ne règle pas les aspects pratiques de sa vie privée.

Paige jeta un œil complaisant à la liste et rassura Elisa.

— Pas de problème, madame Blake, ce sera fait au plus vite.

— Merci, Paige, tu es un ange. Je promets de ne pas trop t'embêter avec ce genre de détails à l'avenir. Si tu pouvais commencer par les agences qui recrutent des nourrices dans le nord du New Jersey. Sers-toi de mon agenda pour essayer de caser quelques rendez-vous.

Paige hocha sa tête bouclée.

— Et, Paige...

— Oui?

— S'il te plaît, appelle-moi Elisa. Ça me donne un coup de vieux de t'entendre m'appeler madame.

Un sourire timide se dessina sur les lèvres de la jeune femme. Elle se sentit rougir et détourna son regard. Elisa remarqua sa gêne. Ce n'était pas la première fois que la question était soulevée, mais Paige ne s'autorisait aucune familiarité avec sa supérieure. Elisa avait beau insister en soulignant qu'elles travaillaient en étroite collaboration et qu'un écart d'âge de douze ans seulement les séparait, rien n'y faisait.

Elisa regarda Paige sortir du bureau et se rappela ses vingt-deux ans. Tout juste sortie des départements de journalisme et de siences politiques de l'université de Rhode Island, elle nourrissait alors de grands espoirs et de hautes ambitions. Elle savait que son rêve de faire de la télévision la conduirait sur des routes escarpées qui ne seraient pas de tout repos. Ce milieu était infesté de requins et elle ne l'ignorait pas. Mais, depuis l'âge de douze ans, elle avait toujours voulu devenir journaliste.

A sa sortie de l'université, la chance lui avait souri. Du moins sur le plan professionnel.

La dernière lettre de Sarah Morton lui traversa l'esprit. Encore une petite de douze ans, mordue par le virus de la télévision, qui devait lutter contre une terrible maladie. Elisa saisit son téléphone et appela Paige.

— Paige, dis-moi, quel jour Sarah Morton nous rend-elle visite ?

— Demain matin à 11 h 30... Elisa.

Le dernier mot avait visiblement requis un effort de sa part, mais c'était un bon début.

— Est-ce que je vois quelqu'un pour le déjeuner ?

— Non, personne.

— Très bien. Peux-tu réserver une table pour trois au Jekyll and Hyde ? J'aimerais emmener mes invités là-bas après notre petite visite.

De tous les restaurants à thème de la 57e rue, le Jekyll and Hyde était de loin l'un des plus amusants. Les enfants adoraient l'atmosphère inquiétante du lieu et les hamburgers y étaient plutôt bons. En espérant que Sarah puisse y goûter.

22

Le bureau de Keith Chapel était situé au fond d'un long couloir, à l'opposé de celui d'Elisa. Sur un calepin où il avait inscrit « Un nouveau regard », il notait les idées auxquelles il avait pensé pour les mois à venir.

La nouvelle version du journal serait lancée après la fête du Travail. Chaque mercredi, il inclurait un reportage présenté par Elisa Blake. Une société d'investissement cotée en Bourse soutenait l'initiative et figurait au générique de chaque reportage. Les sommes engagées étaient importantes et la chaîne devait mener une campagne de promotion digne de ce nom.

Comme toujours lorsqu'il était soumis à une forte pression, Keith sortait un chewing-gum à la menthe du tiroir de son bureau, le délivrait de son papier doré et laissait la pâte mentholée se détendre sous sa langue un instant. Son regard tomba sur ses ongles rongés à l'extrême. Pathétique, pensa-t-il.

Mais, au vu de sa situation actuelle, l'état de ses ongles ne risquait pas de s'améliorer. Entre la promotion du journal à assurer et sa femme qui, enceinte de sept mois, devenait de plus en plus invivable, ses nerfs commençaient à lâcher prise.

Il serra les dents et poussa un grognement de dégoût au souvenir de la scène qu'ils avaient eue la veille au soir. Une fois de plus, Cindy s'était plainte de son état, de ce ventre de plus en plus gros qui l'empêchait de voir ses pieds. Elle pleurait lorsque, au sortir de la douche, elle était venue s'asseoir sur la cuvette des toilettes pour se sécher les jambes. Ses pieds ressemblaient à des saucisses apéritif prêtes à être piquées par un cure-dents, se plaignait-elle. Elle faisait de la rétention d'eau et la chaleur de ce mois d'août n'arrangeait décidément pas les choses. Cindy avait juré que c'était le premier et dernier enfant qu'elle porterait.

Keith avait essayé de la calmer, lui disant qu'il la trouvait toujours attirante et que, dans deux mois, elle retrouverait ses formes d'avant la grossesse.

— Facile à dire pour un mec, s'était-elle emportée. Ta vie à toi, tu peux me dire en quoi elle a changé, hein ? Tu rentres toujours dans les mêmes fringues, tu manges à ta guise, tu saignes pas du nez constamment et tu sais même pas ce que c'est que d'avoir une sciatique. Personne te donne des coups de pied de l'intérieur et tu ne te rues pas dans la salle de bains toutes les vingt minutes pour libérer ta vessie. Et les vergetures, j'en ai pas vu une seule sur ton ventre !

Au début, elle avait tenté de se libérer de l'étreinte

de son mari, avant de fondre en larmes et d'enfouir sa tête blonde au creux de ses bras. Bien sûr qu'elle était heureuse d'attendre un bébé, mais la grossesse et son cortège de maux lui étaient insupportables.

— Si je pouvais alléger ta souffrance, je le ferais, ma chérie.

Keith avait séché les larmes de Cindy. Il n'avait jamais rien ressenti d'aussi intense pour une femme, enceinte ou pas. Aussi l'avait-il embrassée tendrement en espérant secrètement que, cette fois, ils pourraient faire l'amour normalement. Le docteur lui-même ne bannissait pas les rapports sexuels pendant la grossesse. Le problème était que Cindy avait perdu tout désir.

Pourtant, il avait forcé un peu les choses et s'en voulait terriblement. Elle ne voulait pas, un point c'est tout. Quel genre d'animal sommeillait en lui pour qu'il ait ainsi perdu son sang-froid?

Les grands yeux apeurés de sa femme auraient pourtant dû l'alerter. Mais non, il avait fallu qu'il aille jusqu'au bout. Et au lieu de s'assoupir dans les bras l'un de l'autre, ils avaient dormi dos à dos et ne s'étaient plus effleurés de la nuit.

Ce matin, pas un mot. Bien qu'éveillée, Cindy était restée au lit jusqu'à son départ.

Keith était sur le point de téléphoner à sa femme lorsque Range Bullock apparut dans l'embrasure de la porte.

— Ça roule? demanda le producteur. T'en fais une tête!

Keith se retint de s'épancher sur sa vie privée. Il savait que Range n'était pas la bonne personne pour ce genre de confidences. Range n'avait d'intérêt pour la vie privée de ses employés que lorsque la qualité du travail s'en ressentait. Keith se reprit.

— C'est juste l'air que je prends quand je suis extrêmement concentré.

Il se força à sourire.

— Je travaille sur notre nouvelle série de reportages. Je voudrais que tout soit au point.

Range vint s'asseoir sur le sofa et regarda Keith droit dans les yeux.

— Alors, ça donne quoi?

— Eh bien, je pense que le premier sujet va t'emballer. On l'a déjà tourné avec Elisa et le montage est presque terminé.

Keith croisa les doigts. Il savait que les sommes engagées pour ces reportages étaient faramineuses et que Range se montrerait très exigeant.

Le producteur passa une main dans ses cheveux poivre et sel tout en acquiesçant.

— Celui sur les gardes d'enfants, je crois?

— Oui. On a réussi à filmer des gosses maltraités par leur nounou et des témoignages de parents accablés. La dernière partie est consacrée aux conseils donnés aux parents pour éviter ce genre de situations.

— Parfait, déclara Range en claquant les mains sur ses cuisses. C'est exactement le type d'histoires qu'il nous faut. Pas de complaisance, mais assez d'émotion pour que le spectateur revienne la fois suivante. Il faut qu'il ait un sentiment de nouveauté face à ce qui lui est présenté, quelque chose qui le questionne intimement. Et surtout, surtout... Range observa une pause, je veux qu'Elisa soit montrée en situation. Qu'on sente son réel engagement dans les sujets traités.

— Compris, chef.

Range se leva, s'avança vers Keith et, dans un geste de reconnaissance, lui posa une main sur l'épaule.

— Je te fais confiance, Keith. Tu es l'homme qu'il nous faut à ce poste.

Après le départ de Bullock, Keith songea qu'il aurait aimé partager ce sentiment. Ces derniers temps, il doutait de plus en plus de lui.

23

— Sinisi, j'écoute, répondit le mécanicien dans son bleu de travail.

Le téléphone plaqué contre l'oreille, il chercha un stylo sous l'amoncellement de documents qui recouvraient le bureau puis saisit son agenda.

— C'est d'accord, madame Palumbo, nous réparerons ça demain. Vous pouvez nous amener directement la voiture et un de nos mécanos vous reconduira chez vous. Ou, si vous préférez, nous pouvons venir chercher la voiture à votre domicile. C'est comme vous voulez.

Les yeux fermés, Augie espéra que la cliente opterait pour la seconde solution.

— Très bien ! Augie leva le poing en signe de victoire. Aucun problème, madame. Redonnez-moi votre adresse, nous passerons dans la matinée.

La station-service d'Augie Sinisi accueillait une clientèle haut de gamme. Spécialisé dans les voitures étrangères, il avait depuis quelques années des habitués qui lui confiaient leurs Mercedes, BMW ou Jaguar pour des contrôles techniques et autres réglages. Il avait misé sur l'embauche de mécaniciens performants et un service irréprochable. Délais tenus et disponibilité optimale lui assuraient de bonnes rentrées d'argent et un agenda rempli de précieuses adresses dans les quartiers huppés du secteur.

Augie connaissait parfaitement l'adresse de sa cliente. M. Palumbo avait l'habitude de confier sa limousine au garage. Cependant, il ne lui laissait à chaque fois que le double des clés de la voiture.

Peut-être aurait-il plus de chance avec Mme Palumbo. Peut-être laisserait-elle le trousseau entier.

Tant de gens commettaient cette erreur.

24

Paige reconnut son interlocuteur immédiatement.

— Bonjour, Samuel Morton au bout du fil, le père de Sarah.

— Oui, bonjour, monsieur Morton. Je suis Paige Tintle, l'assistante de Mme Blake. Que puis-je faire pour vous?

Elle saisit un stylo pour noter le message.

— Eh bien, ma fille et moi avions rendez-vous dans les studios d'enregistrement avec Mme Blake demain.

Une certaine tension transparaissait dans sa voix. Paige pensa que la perspective de rencontrer une présentatrice connue expliquait probablement cette nervosité. Rien de plus humain, après tout.

— Oui, le rendez-vous est prévu à 11h30 demain matin, répliqua l'assistante d'une voix chaleureuse, dans l'espoir de mettre son interlocuteur à l'aise. Mme Blake a même prévu de vous emmener déjeuner, si vous êtes libres.

L'homme à l'autre bout du fil éclata en sanglots. Paige nota solennellement son message.

Sarah était décédée la veille à Sloan-Kettering.

25

Larson Richards gara son imposante berline noire devant l'entrée de la maison de son enfance. En sortant, il fut suffoqué par la chaleur accablante de ce mois d'août. Il ôta sa veste beige clair et la suspendit au crochet, à l'arrière de sa voiture.

Remontant ses manches de chemise et desserrant son nœud de cravate, il pesta contre les raisons qui l'avaient amené là. Sa tenue n'était pas appropriée. Mais, comme le lui avait fait remarquer très justement l'agence immobilière cet après-midi, il n'avait plus qu'aujourd'hui s'il voulait examiner la maison une dernière fois.

Il s'épongea le front. Les affaires n'allaient pas fort, dernièrement. Deux ans auparavant, il avait convaincu toute une équipe d'investisseurs de racheter les sociétés indépendantes de transport d'ordures qui sillonnaient le nord du New Jersey depuis des décennies. Autrefois prospères, celles-ci avaient été durement frappées par les mesures gouvernementales concernant l'évacuation des déchets. Richards avait vu là une opportunité. S'il réussissait à fédérer tous ces petits transporteurs en un seul groupe, il pourrait proposer leurs services à une compagnie nationale et en profiter pour se remettre à flot.

Les investisseurs, trouvant l'idée séduisante, s'étaient lancés dans l'aventure. Dans un premier temps, les bénéfices avaient même dépassé leurs espérances. Mais, rapidement, les soubresauts de Wall Street avaient compromis ses plans, et l'inquiétude succédé à l'euphorie. A présent, Richards parvenait difficilement à payer ses salariés. Les voitures qu'il avait louées pour impressionner ses acheteurs potentiels l'avaient mis sur la paille. Et les entreprises de location se fichaient royalement de ses difficultés. Elles exigeaient le remboursement mensuel du prêt. Sans parler des crédits élevés sur les bureaux.

L'investissement était tel qu'il ne pouvait plus reculer. Il avait tout misé sur cette entreprise : maison hypothéquée, portefeuille d'actions revendu, compte d'épargne vidé. Une conviction tenace lui soufflait que, s'il parvenait à tenir encore quelques mois, il s'en sortirait. Ses investisseurs, quant à eux, se montraient plus sceptiques.

Heureusement que la vente se conclut vendredi, pensa-t-il. Ça fera deux millions de dollars en banque la semaine prochaine.

A l'intérieur de la maison, il passa tranquillement d'une pièce à l'autre en s'étonnant de ne ressentir aucune nostalgie. Il avait vécu là une enfance heureuse. Ses parents avaient largement contribué à son bonheur et pourtant, il leur en voulait terriblement de ne pas l'avoir soutenu dans les moments difficiles.

Fatigué, il monta à l'étage en traînant les pieds sur l'escalier en bois, passa devant sa chambre et se dirigea vers celle de ses parents.

La pièce avait été vidée de ses meubles par un antiquaire qui avait tout raflé pour une somme modique. De toute façon, il n'aurait pas pu faire autrement. L'imminence de sa faillite l'avait poussé à vider les lieux et à mettre la maison en vente au plus vite.

Sur les murs et au sol, les traces du mobilier absent étaient visibles. En une fraction de seconde, il se vit enfant, sautant sur le lit de ses parents. Mais Larson n'avait que faire des bons souvenirs. Ils appartenaient au passé. Le présent, dans toute sa cruauté, était bien plus réel.

Il avança vers le placard mural et ouvrit les portes. Vide. Les robes et les costumes, envolés. Pourtant, l'odeur discrète du parfum de sa mère flottait encore. Il respira profondément pour ne pas s'attendrir et retrouva la combinaison du coffre-fort. Un déclic sourd et familier lui indiqua que l'accès était libre. La petite ouverture carrée ne recelait aucun trésor mais ça, Larson le savait. Après le décès de ses parents, il avait en effet vérifié et vidé son contenu, composé pour l'essentiel de bijoux et de documents que ses parents lui avaient fait signer. Aujourd'hui, il venait s'assurer qu'il n'avait rien oublié.

26

Un quart d'heure avant son passage à l'antenne, Elisa affichait une mine défaite.

— Elisa ! s'écria Doris en se précipitant vers sa protégée

et en lui passant un bras autour des épaules. Qu'est-ce qui se passe ?

— Oh, Doris ! Elisa essaya de ravaler ses larmes. Tu te rappelles la petite Sarah, la petite qui m'écrivait, celle qui avait un cancer... Elle... Elle est morte.

Sincèrement désolée, la maquilleuse s'efforça de consoler la jeune femme. Dans le même temps, en bonne professionnelle, elle jeta un œil à sa montre. Peu de temps pour faire des miracles.

— Viens par là, ma chérie, assieds-toi.

Tout en écoutant Elisa lui raconter l'histoire de Sarah Morton, Doris sortit un pack de glaçons du réfrigérateur. Il fallait impérativement remédier aux yeux rouges et gonflés de la présentatrice. Puis, profitant d'un instant de détente, elle lui mit quelques gouttes de collyre dans les yeux. L'effet fut immédiat. Elisa se détendit tandis que Doris lui massait délicatement le cou et les épaules. La maquilleuse se demandait pourquoi Elisa prenait cette histoire tant à cœur alors qu'elle n'avait jamais rencontré la fillette.

— Tu as connu trop de coups durs ces derniers temps, murmura Doris. Tout va s'arranger, tu verras.

Elisa pressa le bras de Doris, sachant qu'elle disait juste. La mort de Sarah avait touché sa corde sensible. Ramenée à l'horreur de la perte de son mari et à l'angoisse, non moins aiguë, de perdre Janie, elle se sentait plus vulnérable que jamais.

Ce soir, des mesures cosmétiques exceptionnelles s'imposaient. L'efficacité habituelle du brushing ne suffirait pas. Doris revint patiemment sur chaque rougeur, s'efforçant de les gommer avec une crème de soin très claire. Un peu de fond de teint permit ensuite de retrouver un semblant d'harmonie, tandis qu'une touche de gris sur les arcades sourcilières, accompagnée d'un fin trait d'eyeliner sur les paupières, ranimèrent le regard d'Elisa. Un fard couleur prune et une poudre plus foncée suffirent à intensifier le bleu de ses yeux. Enfin, Doris fit une entorse à la règle en lui ajoutant quelques paillettes discrètes sur les tempes pour donner plus d'éclat à son regard. Le contour des lèvres fut l'ultime touche apportée.

— Mon Dieu, Doris ! Tu mérites l'Oscar de la meilleure maquilleuse, s'exclama Elisa avec admiration en se regardant dans le miroir.

Elle se leva avec lassitude, s'étira et envoya un baiser de la main à sa sauveuse.

Dans une demi-heure, elle serait rentrée chez elle et pourrait serrer Janie dans ses bras.

Cette fois, elle l'avait enfin écouté ! Sa robe bleu marine tombait au-dessous du genou. Bien. Très bien.

Seul détail encore gênant : la robe sans manches découvrait entièrement ses bras. Il n'aimait pas ça.

— Hey, Bidoche ! Sers-m'en une autre.

Le barman se détourna du poste à contrecœur et saisit la chope de bière qui traînait sur le zinc étincelant. La main sur le levier de Budweiser, il s'efforça de distinguer la voix d'Elisa du brouhaha ambiant. Bien sûr qu'il était captivé par le score des Giants, mais, de 18 h 30 à 19 heures, il n'avait d'yeux que pour la présentatrice du journal télévisé.

Et voilà qu'un type au comptoir lui demandait pourquoi on l'appelait Bidoche.

— C'est mon surnom depuis le collège, grommela-t-il, agacé.

— A cause de ta corpulence, je parie, lança le nouveau venu en désignant les bras potelés qui sortaient des extrémités du T-shirt du barman.

— Ouais, en partie à cause de ça et aussi parce que mon nom de famille, c'est Bacon.

Cette fois, Cornelius tourna le dos au client et ne quitta plus l'écran des yeux. Il n'allait pas dire à ce bouffon que la trouvaille de ce surnom lui avait enlevé une épine du pied. Primo parce qu'il détestait son vrai prénom, et secundo parce qu'il était fier que Bidoche soit une invention de ses copains de l'équipe de foot. Cornelius, voilà le nom auquel il avait répondu tout au long de l'école primaire. Les sœurs ne voulaient rien savoir. Il avait beau insister pour qu'elles l'appellent Neil, rien à faire, elles s'en tenaient à son prénom officiel. Dans des classes remplies de John, Joseph, Kevin et Tommy, les gamins se moquaient sans cesse de lui. Et ses parents, indécrottables planqués, n'avaient jamais levé le petit doigt pour faire cesser ce manège cruel.

Cornelius lâcha un petit rire. A la mort de son père, il n'avait pas versé une larme. Il n'avait ressenti que du mépris pour cet homme timide qui n'osait pas s'imposer dans le monde extérieur et préférait se retrancher derrière des raisonnements stériles. Son grand argument se résumait à peu de chose : être fonctionnaire de l'Etat ne ferait pas de lui un millionnaire, mais lui assurerait au moins une couverture sociale et une bonne pension pour ses vieux jours. Résultat : il était mort d'une crise cardiaque deux mois avant de partir à la retraite.

Le côté positif était que sa mère avait été libérée de tout tracas financier. Au bout du compte, c'est elle qui avait profité de la retraite si convoitée de son mari. Elle avait de quoi vivre et pouvait même se distraire en allant jouer au loto organisé par l'église, deux fois par semaine. Elle ne demandait rien de plus.

La vie menée par son fils lui déplaisait en revanche souverainement. Barman n'était pas exactement le métier dont elle avait rêvé pour lui et elle ne manquait jamais de le lui faire sentir au téléphone. Que ne trouvait-il pas un emploi respectable et bien payé !

— Désolé, m'an, bien peu pour moi, se contentait-il de répondre d'un ton monocorde.

Cornelius obéissait aux règles que lui seul édictait, un point c'est tout.

Elisa était superbe, comme d'habitude, mais une certaine tristesse voilait son regard. Abigail le remarqua et, malgré elle, éprouva aussitôt le désir de la réconforter.

Elle tenta de se reprendre. Il fallait qu'elle guérisse de son obsession pour la présentatrice. Depuis des mois, en effet, Elisa occupait toutes ses pensées. Abigail avait récemment décidé de ne plus parler de son désir d'entretenir une relation avec elle à son psy, consciente que le Dr Flock ne voyait pas d'un très bon œil cette attitude. Il est vrai qu'Abigail traversait une période de solitude qui ne faisait qu'amplifier sa fascination pour Elisa Blake.

Elle rencontrait pourtant beaucoup de femmes *via* Internet, mais, au bout du compte, elle était toujours déçue.

L'âme sœur ne courait pas les rues.

Elle repensa à son ancienne amie, Cosima. Leur idylle avait duré un an. Elle se rappelait les bons moments passés à la campagne, les après-midi à faire du vélo et du roller à Central Park, et même une semaine à la station de ski de Poconos. Et aussi, les instants de détente à lire ou à cuisiner de délicieux plats grecs. Tous ces petits riens qu'Abigail avait adorés. Puis Cosima avait rencontré quelqu'un d'autre.

La communauté lesbienne était un microcosme fermé où les commérages allaient bon train. C'est ainsi qu'Abigail avait appris de la bouche de son amie Shannon que Cosima venait de passer les deux mois d'été à Sag Harbor avec sa nouvelle conquête. Et, à les voir sans cesse main dans la main, tout le monde s'accordait à dire qu'elles filaient le parfait amour.

Cet aveu n'avait fait qu'intensifier le désarroi intérieur d'Abigail. Shannon s'était alors proposé de l'accompagner au Chubby Hole un vendredi, pour lui changer les idées. Chaque fin de semaine, la boîte accueillait des strip-teaseuses dans une ambiance surchauffée.

Mais Abigail doutait que l'érotisme torride de ce genre de soirée ne dissipe ses idées noires. Une relation affective durable, voilà ce qu'elle voulait.

Avec quelqu'un comme Elisa.

Parce que, à chaque fois qu'il leur arrivait de travailler ensemble, Elisa ne la décevait jamais. C'était la femme de ses rêves. Intelligente, perspicace, ravissante et tellement féminine. Abigail qui, dans le couple, préférait endosser le rôle masculin, n'en finissait pas de s'imaginer en train de faire l'amour à Elisa. Il fallait pourtant qu'elle arrête de fantasmer et accepte le fait qu'Elisa Blake n'était pas homosexuelle. Sa relation avec Mack McBride en était la preuve vivante. Elle conservait cependant une lueur d'espoir. Après tout, elle aussi s'était déjà mariée plus jeune. Et beaucoup de lesbiennes avaient eu des relations hétérosexuelles avant de prendre conscience de leur homosexualité.

Peut-être serait-ce un jour le cas d'Elisa.

27

Paige dénicha une excellente agence qui lui adressa plus d'une demi-douzaine de femmes dignes de confiance. Ne restait plus à Elisa qu'à les rencontrer et à faire son choix. Trois d'entre elles semblaient parfaites pour le poste proposé et, en effet, Elisa jeta son dévolu sur l'une d'elles.

Le seul inconvénient était que Carmen Garcia ne pouvait se libérer avant la mi-septembre. Elle devait respecter son préavis, sans compter qu'elle avait promis d'aider ses employeurs jusqu'à leur départ pour la côte Ouest.

— Pensez-vous être capable de m'aider à m'installer alors que vous sortirez tout juste d'un déménagement? demanda anxieusement Elisa à la femme guatémaltèque lorsqu'elle la rencontra.

— Ce n'est pas un problème, señora. J'aime être dans les cartons, répliqua Carmen en croisant les mains. Les Howard ont été bons avec moi. Ils m'ont aidée à obtenir ma carte de séjour. A présent, leurs enfants sont grands, ils n'ont plus besoin de moi. Plus de jouets à ranger, juste du linge à laver et à repasser. Ils sortent souvent au restaurant. Mais moi, j'aime cuisiner et avoir à m'occuper d'une petite.

Trop beau pour être vrai, pensa Elisa.

— Est-ce que vous conduisez, madame Garcia?

poursuivit Elisa. Il faudra souvent accompagner ma fille à l'école.

— Oui, je sais conduire. Mais je n'ai pas de voiture, ajouta-t-elle, un peu inquiète.

— Non, non, je n'exige pas que vous ayez votre propre voiture, je vais moi-même en acheter une. Il faudra juste que vous puissiez venir par vos propres moyens le matin et le soir. De temps en temps je pourrai vous raccompagner, mais ce sera rare vu mon emploi du temps.

— Je comprends, señora. Ne vous inquiétez pas. Pour les trajets, je m'arrangerai avec ma fille ou une amie à moi.

— Bon. Un autre point : il y aura des jours où je rentrerai plus tard, et cela par obligation professionnelle. J'ai besoin de savoir si je peux compter sur vous certains soirs.

— Sans problème, señora. Je vis avec ma fille et sa famille à West Wood, à dix minutes d'ici. Mes autres enfants sont rentrés au pays et je n'ai plus d'obligations familiales. Si vous ne pouvez pas rentrer de suite après votre travail, ce n'est pas grave. Personne ne m'attend à la maison.

La femme portait une robe fleurie, une double rangée de perles autour du cou et des boucles d'oreilles. Bien que bon marché, ses chaussures à talons plats semblaient neuves. Elisa sentait que Mme Garcia avait fait un effort vestimentaire pour faire bonne impression.

— Puis-je vous demander votre âge, madame Garcia ? hasarda Elisa, sachant qu'elle pouvait être poursuivie en justice pour demander ce genre de détail à une employée potentielle.

— Cinquante ans.

— Vous ne les faites pas.

Carmen Garcia était légèrement au-dessus de l'âge idéal. Mais Elisa ne trouvait rien à redire sur tous les autres points. Son naturel et sa retenue lui plaisaient. Restait à convaincre Janie, qui apprendrait peut-être un peu d'espagnol à son contact.

Lorsque Mme Garcia quitta le bureau, Elisa laissa échapper un profond soupir de soulagement. Elle avait redouté ce moment depuis des mois : trouver quelqu'un sur qui elle puisse compter, quelqu'un qui lui inspirerait une confiance suffisante pour qu'elle sache Janie en sécurité. Et aujourd'hui, son intuition lui soufflait qu'elle avait trouvé la bonne personne.

Un poids en moins.

Maintenant, il fallait se préparer à la séparation avec Mack.

28

— Une fois que j'aurai pris mes marques, je pourrai envisager de revenir pour un week-end. Ce ne sera pas long, tu verras.

Mack s'efforçait d'être optimiste pour leur dernière nuit ensemble. Demain soir, il traverserait l'océan au moment même où Elisa passerait à l'antenne. Celle-ci préférait de loin lui faire ses adieux dans l'intimité plutôt qu'au terminal encombré de l'aéroport Kennedy.

Elle regarda fixement son verre de merlot en faisant tanguer légèrement son contenu. Tous les deux savaient pertinemment que s'accorder ne serait-ce qu'un week-end serait un véritable casse-tête. Cela faisait tout juste deux mois qu'Elisa présentait *Evening Headlines*, sans parler de l'élection présidentielle qui approchait. Non, en l'état actuel des choses, elle ne se sentait pas autorisée à prendre du temps libre. Range n'apprécierait pas.

Quant à Mack, songer à un quelconque congé dès à présent relevait de l'inconscience. En tant que grand reporter, il s'apprêtait à couvrir tous les événements importants en Europe. Ce qui signifiait être disponible vingt-quatre heures sur vingt-quatre.

Une chance s'ils parvenaient à se retrouver pour les fêtes de Noël, pensa Elisa avec tristesse.

Du nerf! Allait-elle passer ses derniers moments avec Mack à ressasser désespérément leur avenir? Elle ne voulait pas qu'il emporte d'elle une image ternie. Qu'il s'envole l'esprit libre en pensant à leurs prochaines retrouvailles, voilà ce qu'elle désirait.

Courage, ma fille.

— Un peu de vin?

Le ton était un brin trop enthousiaste. Elle vida la bouteille et ils trinquèrent. Une gouttelette perla au coin de sa bouche et Mack la fit disparaître dans un baiser.

Elle lui rendit un baiser volontaire et avide, mêlé de désir et de désespoir. Elle aurait aimé l'enserrer comme une liane et ne jamais le libérer de son étreinte. Elle le voulait constamment et pour toujours. Ils avaient besoin de plus de temps.

Mais pourquoi, à chaque fois, lui enlevait-on les hommes qu'elle aimait?

29

Avant de préparer la limousine couleur crème pour les réglages, Augie inspecta attentivement le trousseau de clés. Il isola les trois clés qui devaient servir pour le domicile et les glissa dans la poche de sa salopette.

A midi, il prétexta une course à la banque. Il s'y rendit effectivement, non sans être d'abord passé au Home Depot, sur la nationale 17. Là, il fit faire un double des clés. Augie ne s'adressait jamais deux fois au même vendeur pour ne pas éveiller les soupçons.

A 16 heures, comme prévu, la limousine fut ramenée au domicile des propriétaires. Augie sonna à la porte et remit le trousseau à Mme Palumbo.

— Merci mille fois, Augie, de m'avoir dépannée aussi vite. Nous partons demain pour Point Pleasant et je ne voulais pas avoir de mauvaises surprises.

— C'est bien naturel, madame Palumbo. Votre mari pourra me régler la prochaine fois qu'il passera au garage faire un plein.

Lorsqu'il rejoignit le mécanicien qui l'attendait dans la camionnette pour le ramener au garage, Augie était d'humeur joviale.

Les gens étaient décidément stupides. Naïfs et stupides.

30

Ce soir-là, Joe Connelly resta à son poste, dans les sous-sols des studios d'enregistrement, plus longtemps qu'à l'accoutumée. Assis devant son ordinateur, il enregistrait dans son fichier intitulé « Comportements déviants » les derniers cas qui lui donnaient du fil à retordre. En tout, on pouvait dénombrer près de soixante courriers et menaces téléphoniques adressés à KEY News.

Certains cas s'avéraient simples à traiter, d'autres plus ardus.

Elisa Blake était de loin la plus visée, mais elle recevait rarement de menaces sérieuses. Des années d'expérience avaient appris à Joe à séparer le bon grain de l'ivraie.

Les lettres ordinaires qui offraient des commentaires sur certains reportages ou demandaient une photo d'Elisa étaient directement traitées par le service clientèle de KEY. Les lettres plus douteuses atterrissaient à la sécurité. C'est ainsi que celle d'un certain Bidoche lui avait été transmise par Paige.

L'expérience avait montré à Connelly que les présentatrices étaient plus sollicitées que les présentateurs. Il attribuait ce phénomène à leur côté plus accessible. Pour lui, il ne s'agissait pas tant d'une question de séduction que de contact chaleureux.

Elisa Blake n'échappait pas à la règle. Ses qualités séduisaient tous les téléspectateurs, y compris les détraqués.

Joe Connelly devait évaluer si la menace s'avérait suffisamment inquiétante pour justifier une intervention. Mais, là aussi, les choses se compliquaient, car une intervention prématurée pouvait envenimer la situation.

Joe lut la lettre encore une fois, à la recherche de points communs avec les précédentes. De toute évidence, « sang » était le mot favori de Bidoche.

Elisa Blake,
Insolente petite arrogante, tu crois tout savoir. Mais tu ne sais rien !
Certes, les chauves-souris appartiennent à la race des vampires. Elles sucent le sang, mais sais-tu qu'elles adoptent aussi des orphelins et risquent leur vie en partageant leur nourriture avec ces rejetons moins fortunés ?
Tu devrais prendre exemple sur elles. Rester chez toi et t'occuper de ta précieuse progéniture. Au lieu de ça, tu préfères t'exhiber aux yeux de tous, chaque soir, dans des tenues indécentes. Mère indigne !
Je te l'ai déjà dit et je perds patience. Habille-toi correctement et ne montre plus ta peau. Sinon, je me ferai un plaisir de goûter au carmin de ton sang, je te le promets.
Bidoche.

Juger une lettre relevait largement de l'expérience et de l'intuition. Cette fois, une inquiétude bien palpable s'empara de Connelly à la lecture comparée des deux lettres. Cet homme était de toute évidence un individu dangereux.

31

Le soutien de KayKay et Poppie était irremplaçable. Ils insistèrent pour qu'Elisa utilise leur voiture en attendant d'en acheter une.

— Cela fait des lustres qu'elle moisit dans le garage ! On ne s'en sert plus que très rarement, insista Katharine.

— Et d'ailleurs, une voiture est faite pour rouler, renchérit Poppie.

La journée s'achevait et Elisa imaginait Mack quelque part entre les Etats-Unis et l'Europe. Elle n'avait pas la force de protester et, pour dire vrai, la proposition de ses beaux-parents la soulageait grandement.

— Vous me sauvez ! Je n'aurai pas une minute à moi pour louer une voiture avant samedi. Je vous promets de faire au plus vite pour vous la rendre.

Un simple coup d'œil suffit à Katharine pour déceler une vague inquiétude dans le regard de sa belle-fille. Elle était au courant de sa liaison avec Mack et pouvait témoigner du changement que son arrivée avait produit sur Elisa. Depuis qu'ils étaient ensemble, elle avait retrouvé son humeur joviale et Janie l'adorait. Après cinq longues années douloureuses, il était grand temps que la jeune femme sorte de sa période de deuil et refasse sa vie.

Mais le départ soudain et prématuré de Mack venait compliquer les choses.

— Garde-la tant que tu voudras, ma chérie, il n'y a aucune urgence, assura la vieille femme en l'embrassant.

Elle appela sa petite-fille pour lui dire au revoir. Les pas précipités de l'enfant ne se firent pas attendre.

— Au revoir, mamie, dit Janie en serrant ses bras menus autour de la taille de Katharine. Tu m'emmèneras encore chez le coiffeur ?

La fillette arborait un sourire radieux, très fière de sa nouvelle coupe et de ses ongles vernis.

— Promis, ma puce. En attendant, tu seras la plus jolie petite écolière, la semaine prochaine.

Le visage de Janie s'assombrit subitement et Elisa s'agenouilla pour la rassurer.

— Janie, je sais que tu es un peu inquiète pour l'école. Tous les enfants sont inquiets, la première fois. Maman aussi a eu très peur pour son premier jour d'école et KayKay aussi, pas vrai ?

La petite regarda sa grand-mère d'un air incrédule. Elle avait la certitude que rien ne pouvait faire peur à sa grand-mère.

— Oui, moi aussi j'étais impressionnée, annonça Katharine d'un air grave, mais après, j'ai adoré ça. Tu verras, toi aussi tu vas t'y plaire.

L'expression de Janie laissa entendre que ce témoignage ne l'avait pas vraiment convaincue. Katharine passa à un autre sujet.

— Et tes nouvelles chaussures ! Va vite les chercher pour les montrer à maman !

Janie se précipita et Katharine se dirigea vers la porte. Sur le seuil, elle se retourna un instant et se confia à Elisa :

— Tu sais, Elisa, c'est tout aussi bien que la nouvelle nourrice ne commence pas immédiatement. Comme ça, les choses se feront en douceur. Avec Poppie, on l'accompagnera pour son premier jour d'école, ça la rassurera.

— Moi aussi, ça me rassurera, répondit Elisa.

32

Le jour de la vente était arrivé. Louise Kendall, Larson Richards ainsi que deux notaires, exerçant respectivement dans le New Jersey et à New York, se présentèrent aux studios d'enregistrement de KEY, un vendredi matin, à 9h30 précises. La cession de la résidence située sur la route de Saddle Bridge devait avoir lieu dans la matinée.

Elisa s'était levée tôt ce matin-là. Elle avait confié à Louise une tâche que la plupart des futurs propriétaires ne délèguent que rarement, à savoir celle d'inspecter de fond en comble la maison avant de remettre l'état des lieux au propriétaire sortant. Tout semblait en ordre.

Paige escorta le groupe jusqu'au bureau d'Elisa et les pria de patienter un bref instant. A la différence des autres, Larson Richards resta debout et inspecta le bureau, feuilletant les livres et observant l'alignement de petites statuettes, trophées de l'audiovisuel. Il se dirigea ensuite vers le bureau et s'attarda un instant devant le portrait d'une fillette dans un cadre doré. Le papier peint, dans les tons rouges et bleus, conférait à la pièce un chic particulier, et était ponctué ici et là de cadres montrant des récompenses et autres signes distinctifs de la profession. Un sofa en cuir, garni de coussins aux motifs orientaux, trônait magistralement et offrait une vue imprenable sur le plateau en contrebas.

Une vraie ruche. Une douzaine d'employés s'affairaient sans relâche, répondant au téléphone, pianotant sur un clavier d'ordinateur, se précipitant pour accueillir quelqu'un ou lançant des directives inaudibles.

Le plateau de télévision que Richards avait vu maintes fois à travers le petit écran lui faisait face, planté au beau milieu du studio et éclairé de mille feux. D'imposantes caméras étaient braquées sur le siège encore vide de la présentatrice. Une salle aux baies vitrées abritait cinq personnes réunies autour d'une table ovale. Des moniteurs de contrôle étaient placés en face de chacune d'elles et certains murs étaient couverts d'écrans de télévision.

— Qu'est-ce qui se passe là-bas ? demanda Richards.

Paige s'avança vers lui avec une tasse de café.

— On appelle ça le bocal, répondit-elle en plaçant une nappe en papier sur le bureau. C'est le siège des producteurs, le lieu où se prennent toutes les décisions concernant le planning et la coordination du journal du soir.

Richards acquiesça avec nonchalance, bien déterminé à ne rien laisser transparaître de son enthousiasme. Car il était franchement impressionné. Elisa Blake en personne s'apprêtait à acheter la maison de ses parents. Il savait qu'aucun problème financier ne se poserait et que, s'il jouait finement, il pourrait même inciter la présentatrice à investir dans sa société.

Mais l'impatience le gagnait. Il lui tardait que les documents légaux soient signés pour pouvoir déposer son chèque à la banque au plus vite. Avec la fête du Travail qui allongeait le week-end, il ne tenait pas à attendre jusqu'au mardi pour approvisionner son compte.

— Désolée pour le retard, lança soudain Elisa, qui fit son apparition dans un tailleur rose vif. Elle s'empressa de serrer la main des personnes présentes et d'embrasser Louise. Elle savait que le mari de cette dernière avait occupé ce bureau par le passé et pensa qu'il était sans doute pénible pour elle de se retrouver là.

A son tour, Louise s'empressa de faire les présentations.

— Enchantée, monsieur Richards. Vos parents avaient une magnifique propriété et je suis heureuse de pouvoir l'acheter.

— J'espère que cette maison vous conviendra, madame Blake, déclara Larson d'un ton doucereux. Nous y avons passé de très bons moments.

Il est mielleux, pensa Elisa. Trop mielleux.

— Allons-y, si vous le voulez bien, enchaîna l'avocat d'Elisa. Mme Blake est très sollicitée.

Les papiers furent signés un par un. Au moment où Louise reçut le chèque couvrant sa commission, Elisa surprit une grimace écœurée sur le visage de Richards.

Enfin, le titre fut transféré et Richards eut son argent. Il se leva aussitôt et salua Elisa.

— Eh bien, bonne chance, Elisa, si je peux me permettre de vous appeler par votre prénom. Je pense que nous aurons l'occasion de nous revoir.

Elle n'y tenait pas vraiment.

Alors que Richards se dirigeait vers la sortie, Louise l'interpella :

— Ah ! au fait, monsieur Richards, vous n'oublierez pas de nous transmettre la combinaison du coffre-fort de la chambre à l'étage ! Elisa voudra certainement en changer pour pouvoir l'utiliser au plus vite. Vous savez ce que sont les tracas d'un déménagement.

Larson eut un geste agacé.

Monsieur a l'air embêté, pesta Louise intérieurement. Un chèque de deux millions de dollars en poche et il n'est même pas fichu d'être réglo. Il a intérêt à cracher le code, et vite.

Avant de quitter les studios, Louise fit un détour par le bocal. Sachant qu'elle serait dans les parages ce jour-là, Range avait tenu à la voir.

Range et elle s'étaient connus par l'intermédiaire du mari de Louise. Mais ce n'est qu'après le décès de son époux, au printemps passé, qu'ils étaient devenus plus proches. Très proches même.

Depuis le suicide de son mari, Louise oscillait entre le désespoir et la rancœur. Bill l'avait tout bonnement plantée là, avec leur fils handicapé. Certes, l'annonce de la maladie incurable de William, leur fils unique, les avait ébranlés tous les deux mais, malgré les moments de détresse qu'elle aussi avait traversés, elle avait résolument écarté l'idée du suicide. William avait besoin d'elle. Il avait besoin de ses deux parents.

Pendant dix-neuf ans, Bill avait été un père aimant et William l'adorait. D'ailleurs, il n'acceptait toujours pas la mort de son père. Dès que Louise passait le prendre à la sortie du centre où il recevait des soins, il contemplait fixement le siège passager vide, puis se tournait vers sa mère, avec la même question muette dans le regard. Louise endurait une véritable torture, chaque jour, à devoir lui expliquer que son père était parti et qu'il ne reviendrait pas.

— Papa est au paradis, c'est ça, maman ?

— Oui, mon cœur, papa est au paradis, là-haut, et il te voit, il t'aime et il pense à toi tous les jours.

Maudit Bill ! pensait Louise.

Tenant un téléphone d'une main et tapant de l'autre sur un clavier d'ordinateur, Range sentit une présence derrière lui. Se retournant, il croisa le regard de Louise et lui tendit les bras.

Fait inhabituel, le bocal était presque vide. L'horloge affichait 11 heures 06. Dans neuf petites minutes, Range présiderait la réunion matinale des producteurs, puis ce serait au tour des rédacteurs de prendre la parole sur les sujets à traiter. Au final, seuls sept ou huit seraient retenus pour le journal télévisé.

— D'accord, on en reparlera plus tard. Tiens-moi juste au courant de ce qu'ils en disent au service météo.

Agacé, Range raccrocha.

— Chaque année, c'est le même cirque. D'août à octobre, il faut qu'on se rencarde sur d'hypothétiques avis de tempête. On attend toujours le truc dévastateur, le méga ouragan de derrière les fagots et, résultat des courses, on se retrouve avec un banal orage de saison. Rien de plus.

— Je me rappelle du temps où Bill allait parfois couvrir ce genre d'événements. J'étais morte de peur.

Louise s'avança vers Range et lui massa doucement la nuque.

— Un peu tendu aujourd'hui, monsieur le producteur.

— C'est vrai, j'ai pas envie qu'un foutu ouragan fiche nos plans à l'eau. Un week-end de trois jours, tu t'imagines !

Cela faisait vingt ans que Louise côtoyait des hommes issus du milieu du journalisme, et elle ne s'était jamais habituée au fait que des événements étrangers à sa vie personnelle puissent influer sur sa vie intime. Au point de lui faire annuler des plans prévus de longue date. Heureusement, avec le temps, elle avait appris à être philosophe. Elle ne pourrait en rien modifier cet état de fait tant qu'elle se lierait à des hommes de ce milieu.

— Ecoute, si on ne peut pas se rendre à Cape, ce n'est pas la fin du monde. En plus, je n'ose pas imaginer la circulation. On pourra toujours passer le week-end chez moi, tranquilles, à nager et à se faire des grillades. Comme ça, tu seras libre de revenir au studio si nécessaire.

Range lui baisa le creux de la main.

— Voilà la femme la plus compréhensive que j'aie jamais rencontrée.

Un frisson de plaisir parcourut Louise lorsqu'il l'embrassa.

33

Bien qu'elle dût présenter le journal le jour de la fête du Travail, Elisa avait insisté pour que Paige prenne un week-end prolongé. Elle avait précisé que la journée s'annonçait calme et qu'elle-même n'arriverait que tard dans la matinée.

— Non, vraiment Paige, rien ne t'oblige à venir lundi. Nous réglerons les affaires courantes mardi. En attendant, passe un bon week-end.

Les soldes avaient commencé et Paige était impatiente de profiter de ce jour de congé pour écumer ses magasins préférés. Elle avait déjà repéré un superbe caban beige chez Calvin Klein et entendait profiter de l'occasion pour se l'offrir.

Le vendredi soir, Elisa quitta le bureau après la diffusion du JT. Paige, qui avait prévu de partir tôt elle aussi, mit rapidement de l'ordre dans ses papiers et alla jeter un dernier coup d'œil dans le bureau d'Elisa. Elle ramassa une tasse oubliée et la déposa dans la petite pièce qui leur servait de cuisinette. Elle remplit le frigo de thé glacé – Elisa en consommait régulièrement –, puis éteignit la lumière. Elle revint ensuite vers son bureau récupérer ses effets personnels et, machinalement, vérifia son répondeur. Un nouveau message venait juste d'être déposé, probablement pendant qu'elle s'affairait dans la cuisine.

La voix lui était familière. C'était celle de cet amoureux transi qui, depuis deux mois, appelait Elisa pour lui témoigner toute son admiration. Jusque-là, Paige n'avait pas accordé beaucoup d'importance à ses appels. Ils lui semblaient si inoffensifs qu'elle les avait tous effacés.

Ce soir, néanmoins, quelque chose avait changé. Parce qu'il avait appelé plus tôt que d'ordinaire, Paige eut le sentiment que l'homme cherchait désormais à tomber directement sur Elisa. De plus, sa voix n'était plus la même. Jusqu'alors romantique, le message devenait plus pressant.

— Elisa, je vous aime. Je ne peux plus me passer de vous.

SEPTEMBRE

34

Elisa savait exactement comment Paige avait réussi à convaincre les déménageurs de travailler un jour férié. Le chèque rondelet qu'elle avait signé constituait, à lui seul, une preuve suffisante.

La journée ne s'annonçait pas trop chaude et, depuis un moment déjà, des hommes de forte carrure allaient et venaient entre le camion et la maison.

Postée dans le couloir, Elisa accueillait les déménageurs et leur indiquait où déposer les cartons et le mobilier. Sa table en acajou et ses chaises de style XVIIIe, qui occupaient si bien l'espace de son salon new-yorkais, semblaient avoir subitement rapetissé dans l'immense séjour. Un séjour qui pouvait contenir deux grands sofas et un mobilier important. Quant aux murs interminables, comment allait-elle pouvoir les habiller?

Elle chassa ses interrogations d'un haussement d'épaules. Après tout, elle avait tout son temps pour penser à la décoration. Pourvu que la chambre de Janie soit en ordre, que la chambre d'amis puisse accueillir ses beaux-parents et que la cuisine soit rangée, le reste pouvait bien attendre.

Il serait amusant, même si Janie rouspétait, de chiner à droite et à gauche pendant les week-ends. Faire les puces l'aiderait à surmonter l'absence de Mack.

Elisa errait à présent dans la cuisine. Jetant un œil par la fenêtre en direction de la piscine, elle aperçut Katharine et Paul, assis au bord de l'eau, qui encourageaient Janie. Celle-ci les éclaboussait allègrement en nageant la brasse tant bien que mal. Elisa apporta des chaises en plastique à ses beaux-parents.

— Comment ça se passe? s'enquit Paul, ses cheveux argentés agités par la petite brise qui soufflait.

— Bientôt terminé... Encore quelques cartons et ce sera bon pour aujourd'hui, répondit Elisa en s'allongeant, exténuée, sur le rebord de la piscine.

Elle s'étira longuement sur les dalles chaudes.

— Des suggestions pour le dîner de ce soir ? On pourrait aller quelque part ou se faire livrer quelque chose ? proposa-t-elle.

— Je veux manger chinois ! s'exclama Janie dans la piscine. Je veux de la soupe aux champignons et du poulet au sésame.

Elisa se sentit un peu coupable de toujours proposer des plats prêts à emporter. Combien de fois n'avait-elle pas eu recours à cette solution, après une semaine trépidante, pour compenser ses absences auprès de sa fille ? Une habitude alimentaire qui contrastait étrangement avec les repas dominicaux que sa mère ne manquait jamais de préparer quand elle était enfant. Elle se rappelait l'incomparable gigot accompagné de pommes de terre sautées et de petits pois. Janie n'aurait pas ce genre de souvenirs culinaires. Mais Elisa eut tôt fait de se consoler. Au cours de ses cinq années d'existence, sa fille avait fait plus de sorties et avait vu plus de choses qu'elle-même pendant les vingt premières années de sa vie.

Ici, la vie promettait d'être plus calme, pensa Elisa en regardant le soleil se coucher à l'horizon.

Elle demanderait à Mme Garcia d'approvisionner régulièrement le réfrigérateur pour lui permettre de cuisiner si l'envie lui prenait un de ces dimanches.

Cependant, la perspective de préparer un bon repas seulement pour Janie n'était pas très encourageante. Elle se mordit la lèvre en pensant à Mack, puis essaya d'évaluer le décalage horaire. Selon ses calculs, il allait bientôt se mettre au lit.

— Bonjour !

Quatre têtes pivotèrent en même temps. Une jolie femme brune porteuse d'un plateau s'approcha d'eux, suivie d'un garçonnet, brun lui aussi, encombré d'un gros bouquet de fleurs.

— Bonjour, je suis Susan Feeney, votre voisine, et voici mon fils James. Nous habitons de l'autre côté de la rue et nous sommes venus vous souhaiter la bienvenue.

Susan saisit le plateau d'une main tandis qu'elle tendait l'autre en direction d'Elisa.

— Oh ! c'est tellement gentil de votre part ! s'exclama Elisa en acceptant la poignée de main chaleureuse et vigoureuse de sa nouvelle voisine. Combien de femmes se contentaient de tendre une main molle et sans conviction. Par ce simple geste, Susan lui plut d'emblée.

Suivirent les présentations avec Katharine et Paul, et enfin avec Janie qui, infatigable, barbotait encore dans la piscine.

— Et là-bas, c'est Janie, ma fille de cinq ans.

Les yeux de James s'agrandirent à l'annonce de ce chiffre magique.

— Moi aussi, j'ai cinq ans ! s'empressa-t-il de préciser.

— Alors, toi aussi tu vas rentrer à l'école la semaine prochaine ? demanda Elisa, déjà sûre de la réponse.

James hocha la tête fièrement.

— A l'école maternelle de HoHoKus ?

— Ouais.

— Waou ! Ça c'est une nouvelle ! Janie ira à la même école que toi. Vous serez dans la même classe.

James se débarrassa de son bouquet dans les bras d'Elisa et se dirigea vers la piscine. Elle proposa alors qu'il reste se baigner un moment avec Janie.

— Oh ! Mille mercis, mais mon mari est seul à la maison avec les deux petites de deux et trois ans. Je voulais juste me présenter et vous amener quelques gâteaux faits maison.

Elisa posa le bouquet sur la pelouse et prit les biscuits que Susan lui tendait.

— J'espère que vous n'avez rien contre l'ananas.

— Au contraire, ça a l'air délicieux ! Merci encore.

— C'est bien naturel, entre voisins. Je pourrais vous faire faire une petite promenade dans le coin un de ces jours, et si vous voulez profiter de la voiture, vous êtes la bienvenue. J'emmènerai James à l'école tous les jours et je pourrai prendre Janie sans problème.

Dieu existe, pensa Elisa. Elle était rassurée de savoir que, en cas d'empêchement, elle pourrait toujours compter sur quelqu'un pour ramener Janie de l'école. Elle prévoyait toutefois de déposer elle-même Janie tous les matins avant de partir pour Manhattan. La proposition de Mme Feeney était intéressante et elles pourraient sans doute par la suite se relayer mais, pour l'heure, elle voulait que les choses se passent en douceur.

Au bord de la piscine, James avait déjà ôté son T-shirt à rayures vert et blanc et était sur le point de sauter à l'eau.

— Si vous devez absolument rentrer, laissez-le s'amuser dans la piscine, insista Elisa. Je serais ravie que Janie se fasse un nouveau petit camarade.

— Eh bien, c'est-à-dire que, avec le déménagement, vous devez être débordés. Vous n'avez pas besoin d'un autre enfant dans les jambes.

Elisa regarda ses beaux-parents.

— Ce n'est pas un problème, assura Paul.

— Alors d'accord. James peut nager avec son short. Je viendrai le chercher dans une demi-heure.

Elisa raccompagna sa visiteuse jusqu'à l'entrée de la propriété.

— La prochaine fois, je vous ferai visiter la maison, mais pour l'instant tout est en chantier.

Le sourire de Susan Feeney s'estompa.

— Vous savez, je connais bien la maison, soupira-t-elle. Nous avons emménagé il y a seulement trois ans et les Richards étaient des voisins adorables. Ils me manquent tellement! Je me rappelle en particulier ce jour de Pâques où nous sommes arrivés. J'étais alors enceinte de Kimberly et la maison était remplie de cartons. J'avais promis à James de faire des œufs durs que nous aurions ensuite décorés, mais le gaz n'était pas installé et je n'ai pas pu faire bouillir d'eau. James a pleuré toute la journée.

Les deux femmes s'immobilisèrent dans le chemin un instant.

— Eh bien, vous ne devinerez jamais. Le lendemain

matin, Mme Richards venait à ma porte pour me souhaiter la bienvenue. Elle portait un panier rempli d'œufs qu'elle avait peints elle-même. Ce fut une heureuse coïncidence que j'ai toujours gardée présente à l'esprit. Comme si le hasard nous souriait.

Elisa approuva d'un signe de tête.

— Votre visite d'aujourd'hui m'a fait le même effet et je vous en remercie.

Retrouvant son sourire, Susan s'éloigna. Le moment était mal choisi pour la questionner sur ce qui était arrivé aux Richards, songea Elisa.

35

Après le repas, Elisa et Katharine firent les lits, déplièrent les serviettes de bain et rangèrent leurs affaires de toilette. Pendant ce temps, Poppie brancha le magnétoscope et y inséra l'une des cassettes de Janie. A 21 heures, lorsque Elisa descendit au salon pour mettre l'enfant au lit, elle la trouva sur les genoux de son grand-père. Tous les deux dormaient paisiblement devant *Sauver Willy*.

Paul, la bouche légèrement entrouverte, ronflait un peu et ne se réveilla pas quand Elisa le libéra de Janie. Dans l'escalier, les deux femmes échangèrent un sourire complice tandis qu'une main ridée s'attardait sur la joue de la fillette.

Pour ne pas la réveiller, Elisa choisit de simplement tirer sur sa fille une couverture à l'effigie des 101 dalmatiens. C'était l'un de ses moments favoris, regarder sa petite Janie si parfaite, confortablement installée dans son lit. Rien ne la remplissait d'autant d'amour et de satisfaction. Du moment que sa fille était heureuse, le reste importait peu.

Un problème demeurait. Où était Zippy? Elisa regarda rapidement autour d'elle. Rien. Si Janie se réveillait et ne trouvait pas son singe fétiche, elle paniquerait. Voyons, où l'avait-elle vu pour la dernière fois?

A côté du bassin, dans l'après-midi.

Elle baissa les stores et sortit de la chambre sur la pointe des pieds. Paul et Katharine discutaient à voix basse dans la chambre d'amis. Elisa les rejoignit pour leur souhaiter bonne nuit et les serra tendrement dans ses bras.

— Je ne sais pas comment vous remercier.

— Nous remercier de quoi, ma douce? demanda Paul. Nous tenons à être ici à tes côtés avec Janie. Vous êtes tout ce qu'il nous reste.

— Bien sûr, mais vous êtes tout de même des grands-parents extraordinaires. Je veux que vous sachiez combien je vous suis reconnaissante pour tout ce que vous faites.

La voix chevrotante d'Elisa trahissait son émotion. Elle s'efforça de ne pas pleurer.

— Le plus dur est passé, maintenant, ma chérie, dit Katharine, d'une voix consolatrice. Te voilà avec Janie dans ta nouvelle maison. Demain, nous commencerons le rangement et tu te sentiras vite chez toi ici.

Elisa acquiesça silencieusement et les quitta. Ils allaient se coucher côte à côte et elle les enviait. Elle rêvait de quelqu'un avec qui partager son lit. Quelqu'un comme Mack, bien entendu. Elle pensa lui passer un petit coup de fil, mais renonça rapidement. La nuit était certainement déjà bien avancée à Londres. Pourquoi, sachant que le déménagement avait lieu aujourd'hui, n'avait-il pas donné signe de vie?

Calme-toi, se raisonna-t-elle. En entrant dans sa chambre, elle se débarrassa de ses vêtements et se prépara à prendre sa douche. Un reportage inattendu avait sans doute accaparé Mack.

Zippy lui revint brusquement à l'esprit. Elle remit son T-shirt, courut jusqu'à la cuisine, se glissa dehors et, tâtonnant dans le noir, retrouva le chimpanzé en peluche.

Pendant ce bref intervalle, la porte de la cuisine resta ouverte.

36

Oh non ! pas ça !

Mack écoutait la respiration régulière de la blonde allongée à ses côtés, dans la chambre 509 de l'hôtel Mandarin Oriental. C'est là qu'il avait atterri à son arrivée à Londres, en attendant que l'appartement mis à sa disposition par KEY News soit prêt à l'accueillir.

Il se détestait.

Aucune excuse valable ne plaidait en sa faveur. Ni le déchirement de la séparation avec Elisa, ni sa solitude pesante, et encore moins un dîner trop arrosé avec Marcy McGinnis et sa séduisante assistante. Une assistante qu'il allait devoir côtoyer tous les jours au boulot. Avec ce qui venait de se passer. Le corps allongé contre le sien bougea pour rabattre les couvertures.

Quelle calamité !

Mack se rappela l'expression gênée du visage de McGinnis lorsqu'elle les avait laissés la veille à une des tables du Harvey Nick. Ce n'était sûrement pas la première fois qu'un dîner dans ce restaurant très couru de la capitale se muait en rencontre coquine.

Son crâne allait exploser. Lui qui partait du principe qu'il ne fallait en aucun cas mélanger le sexe et le travail se retrouvait à présent dans de beaux draps. Elisa avait jusqu'alors été l'exception. Et quelle exception !

Il ne connaissait pas cette jeune femme qui dormait dans son lit. Pouvait-il compter sur sa discrétion ou allait-elle mettre tout Londres au courant ? Et si la nouvelle traversait l'océan et parvenait aux oreilles d'Elisa ? Mack se laissa tomber du lit et marcha à tâtons jusqu'à la salle d'eau. Il ferma la porte à clé et s'aspergea le visage d'eau froide. Dans le miroir, ses yeux rouges lui montrèrent l'étendue des dégâts. Il se vomissait.

Comment avait-il pu tromper Elisa aussi facilement ?

37

Elisa se réveilla et ouvrit les yeux dans la semi-obscurité de sa chambre. Elle avait laissé sa porte entrouverte pour pouvoir entendre Janie si nécessaire.

— Janie ?

Pas de réponse.

A la place, un claquement répété lui parvint, accompagné d'un bruissement étrange. La peur accéléra son rythme cardiaque. Elle sentit une présence dans la chambre.

Le bruit sourd continua. Il semblait venir du côté gauche de la pièce.

Elle décida de ne pas bouger. Elle avait besoin de réfléchir à diverses possibilités. Décamper en direction de la chambre de ses beaux-parents pour réveiller Paul ? Non, elle résolut de faire face seule. La pensée de Janie profondément endormie la conforta dans sa décision. Elle saisit l'interrupteur de sa lampe de chevet et alluma. Ses yeux s'habituèrent rapidement à la lumière, mais elle n'aperçut rien ni personne. Pourtant, le bruit persistait. Son attention se porta vers la fenêtre : une ombre se projetait contre le voile des rideaux.

Rassemblant son courage, elle se leva et s'en approcha. Elle retint son souffle et souleva brusquement le rideau. Un bref instant, elle douta de ses sens. Une créature affolée la fixait de ses grands yeux noirs. De petites oreilles en pointe et un museau semblable à celui d'un renard.

Elisa fit volte-face et courut hors de sa chambre, s'assurant de bien fermer la porte derrière elle.

Une chauve-souris.

Drôle d'accueil pour sa première nuit à HoHoKus.

38

Keith se réveilla tôt, soulagé d'avoir une excuse valable pour quitter le domicile conjugal un dimanche matin. Cindy l'avait une fois de plus accablé de sa mauvaise humeur lorsqu'il lui avait dit qu'il devait retourner aux studios d'enregistrement régler les derniers arrangements.

— Ecoute, chérie, ça ne va pas durer toute la journée, promit-il. Range n'a pas jugé le dernier reportage satisfaisant. Les critiques concernent seulement le texte. Je vais le retravailler pour qu'Elisa puisse le réenregistrer dès demain.

— Elisa, Elisa, Elisa ! Tu n'as que ce nom à la bouche, explosa Cindy. Et moi, alors ?

Tu me rends la vie impossible et il faut que je parte d'ici. Telle était la vraie raison du départ matinal de Keith, mais il eut la délicatesse de ne rien dire. Il s'approcha d'elle, embrassa ses joues humides et lui proposa d'aller voir ce film dont elle lui avait parlé la veille. Cela l'apaisa momentanément. Du moins jusqu'à la prochaine crise.

Il pria pour que leurs relations s'améliorent avec l'arrivée du bébé. Et qu'il cesse de rêver à Elisa Blake. Son dernier rêve était tellement explicite qu'il s'était réveillé en nage. Les scènes érotiques qu'il vivait dans son sommeil avec la présentatrice dépassaient tout ce qu'il pouvait espérer faire, un jour, avec sa propre femme.

39

— Pourquoi tu dors sur le canapé, maman ?

Elisa ouvrit les yeux et vit le visage penché de sa fille la regarder fixement. Elle se leva en sursaut à l'idée de la chauve-souris, là-haut, dans sa chambre.

— Tu es allée dans la chambre de maman avant de venir ici, ma chérie? demanda-t-elle anxieusement.

— Oui, mais je ne t'ai pas trouvée.

— Reste là, Janie, enchaîna Elisa d'un ton ferme avant de bondir à l'étage refermer la porte que la petite avait laissée ouverte.

Au même moment, Katharine sortit de la chambre d'amis, en nouant sa robe de chambre autour de sa taille.

— Mais qu'est-ce qui se passe ici?

— Rien moins qu'une chauve-souris dans ma chambre hier soir.

— Quelle horreur! J'espère qu'elle ne s'est pas échappée dans une autre pièce.

— Moi aussi. J'ai appelé la police en pleine nuit et ils m'ont mise en relation avec une responsable du service de protection des animaux. Elle m'a dit qu'elle pouvait venir illico si j'y tenais, mais qu'elle préférait régler cette affaire dans la matinée. C'est pourquoi j'ai dormi sur le sofa. Elle ne devrait pas tarder maintenant.

— Maman! appela Janie du rez-de-chaussée. Y a une dame qui arrive.

— On est sauvée! murmura Elisa en se précipitant pour l'accueillir.

Une femme d'âge moyen, vêtue d'une salopette, se présenta avec des gants en cuir et un seau en plastique rempli de tout un tas d'accessoires.

— Faut pas vous inquiéter, madame, fit-elle d'une voix grave en suivant Elisa à l'étage. Les chauves-souris sont de précieuses alliées. Une seule d'entre d'elles peut ingurgiter des centaines de cafards chaque nuit, sans compter ces vermines de moustiques qui nous pourrissent la vie.

— Et la rage? répliqua Elisa, peu convaincue par l'argument.

— Balivernes. Vous avez plus de chances de vous faire mordre par un chien enragé que par une chauve-souris, non?

Munie de ses gants, la femme entra dans la chambre.

— Maintenant, vous m'attendez là pendant que je visite les lieux.

Elisa se posta dans le couloir, aux aguets. Elle perçut un bruit de store.

— Aucune trace, lança la femme à travers la porte.

Oh ! mon Dieu ! Le sang d'Elisa ne fit qu'un tour.

Quelques minutes plus tard cependant, la spécialiste réapparut à la porte avec un large sourire de satisfaction.

— Vous l'avez eue ?

— Oui, m'dame !

— Où se cachait-elle ?

— Au fin fond de la poubelle de la salle de bains. Dès qu'il fait jour, elles se réfugient dans les coins les plus sombres.

— Alors, elle est dans votre seau ? demanda Elisa incrédule.

— Exactement.

— Qu'est-ce que vous allez en faire ?

La femme jeta un œil par-dessus l'épaule d'Elisa en direction de Janie qui n'avait pas perdu une miette de la conversation.

— Je vais l'emmener faire un long voyage.

Elisa la raccompagna jusqu'à son camion.

— A votre avis, comment a-t-elle pu se faufiler à l'intérieur ? Je ne tiens pas à ce que cela se reproduise.

— Dans ce cas, je vous conseille de faire inspecter le grenier pour voir si vous n'abritez pas une petite colonie.

— Je viens juste d'acheter cette maison et elle a été inspectée de fond en comble il y a un peu moins d'une semaine.

Son interlocutrice haussa les épaules.

— Elle a pu profiter d'une porte entrouverte.

Quand je suis sortie chercher Zippy, pensa Elisa avec un frisson de dégoût.

40

Abigail s'était rendue suffisamment tôt à son club de gym pour pouvoir utiliser le matériel sans attendre. Satisfaite de sa séance, elle s'était déjà douchée et commençait à se rhabiller lorsque quelqu'un l'interpella.

— Abigail, c'est toi ?

Elle se retourna et vit une jeune femme d'une trentaine d'années venir à sa rencontre.

— C'est moi, Monica. Monica Anderson.

Abigail tenta de masquer sa confusion.

— Bien sûr, Monica ! Je suis tellement contente de te revoir. Qu'est-ce que tu deviens ?

— Eh bien, j'ai fini par emménager dans le centre-ville. Je voulais le faire depuis longtemps mais, avec ce qui est arrivé, j'ai dû rester chez mes parents un moment.

— Et comment vont-ils, maintenant ?

Le visage de la jeune femme s'assombrit.

— Mon père est mort au printemps. Il n'a plus jamais été le même après ce qui s'est passé. Selon les médecins, il est mort des suites d'une crise cardiaque, mais son cœur s'est réellement brisé il y a cinq ans.

— Mes condoléances, Monica. Si j'avais été informée, je serais venue à l'enterrement.

Un silence gêné s'installa entre elles et Abigail en profita pour faire disparaître ses affaires de gym au fond d'un sac en plastique. Elle se sentait obligée d'évoquer le souvenir de Linda.

— Tu sais, Monica, je suis désolée de ne pas avoir pris de vos nouvelles, mais après la disparition de Linda, je me suis sentie de trop. Je ne pouvais plus travailler pour GSN sans penser constamment à elle.

— Ne t'en fais pas pour ça, Abigail, je crois que tout le monde l'a compris. J'étais étudiante à l'époque et je me rappelle quand tu es venue à Pâques, la dernière année. Vous étiez toutes les deux enthousiastes d'avoir commencé à travailler pour GSN au même moment. Elle t'adorait, tu sais.

— Moi aussi, avoua Abigail. Pendant les deux

premières années, j'ai appelé le directeur régulièrement pour savoir où en était l'enquête. Puis j'ai laissé tomber.

— Il valait mieux, Abigail. A mon avis, ils n'élucideront jamais le mystère de sa disparition. J'en suis convaincue. Il faut juste l'accepter, c'est tout. Seule ma mère continue à appeler la police. Elle n'arrive pas à se faire une raison.

41

Aux alentours de 16 heures, Elisa prit Janie par la main et la conduisit chez les Feeney qui les avaient invitées à un barbecue. Fatigués par une dure journée de rangement, Katharine et Paul avaient renoncé à s'y rendre, préférant faire un petit somme et se relaxer.

Dès qu'elle les vit passer le portail, Susan vint à leur rencontre, ses deux fillettes sur les talons.

— Comme c'est gentil d'être venues ! Venez, je vais faire les présentations.

Elisa fit ainsi la connaissance d'une vingtaine de personnes dont elle essaya de garder les noms en mémoire, tandis que Janie rejoignait James qui gambadait avec son épagneul noir et blanc.

Poulet, côtelettes et pain à l'ail dégageaient une odeur alléchante. Un long buffet avait été dressé, orné d'un énorme bouquet de fleurs du jardin.

— Qu'est-ce que vous prendrez ? demanda son hôte.

— Vous avez du thé glacé ?

— Avec un peu de vodka ?

— Parfait, remercia Elisa.

Elle s'assit et observa l'assemblée, qui se composait d'un nombre égal d'hommes et de femmes. Elle devait être la seule femme non accompagnée.

— Madame Blake, si je puis me permettre, dit une femme dont elle ne se rappelait plus le nom, votre installation ici, à HoHoKus, a constitué un véritable petit événement.

— Vous m'en voyez flattée et, je vous en prie, appelez-moi Elisa. Ma fille et moi sommes très heureuses d'avoir quitté le centre-ville pour une agglomération plus tranquille.

— Oui, j'ai lu dans les journaux les épreuves que vous avez traversées. J'espère sincèrement que vous trouverez plus de sérénité ici.

— Je ne voudrais pas jouer les trouble-fêtes, intervint l'un des invités, mais la vie n'est pas de tout repos dans la banlieue non plus. On a signalé un autre cambriolage dans le coin. En revenant de vacances, les Palumbo ont trouvé leur villa sens dessus dessous.

— Combien de cambriolages cela fait-il, en tout? demanda une autre femme.

— Eh bien, six, à ma connaissance, depuis le début de l'été. Et pas la moindre trace d'effraction. Je ne vois que deux explications possibles : soit les gens, plus décontractés pendant la période estivale, oublient de fermer leur maison à clé, soit une personne de leur entourage s'est procuré un double...

— Et les systèmes de sécurité?

— Vous savez ce que c'est, par ici. Les gens sont venus dans la région il y a près de trente ans et, à cette époque, personne ne pensait à faire installer une alarme chez soi. Le coin était désert.

En effet, Elisa avait été surprise d'apprendre que les Richards n'en possédaient pas. Louise avait prévu de remédier à cette situation, mais les sociétés spécialisées dans l'installation de systèmes de sécurité, débordées, ne pourraient intervenir avant une quizaine de jours.

— A table, tout le monde! interrompit Susan en apportant un énorme saladier.

Tout était prêt, les grillades, la charcuterie, les petits-fours. Mais, tandis que les invités s'avançaient vers le buffet, le visage de Susan s'emplit d'une colère soudaine. Elle venait tout juste d'apercevoir Larson Richards qui passait le portail d'entrée. Elle alla à sa rencontre et le salua froidement.

— Larson. Quel bon vent vous amène?

— Ah ! Susan, je ne veux pas troubler votre petite réception mais je suis passé voir Elisa et on m'a dit qu'elle était ici.

Il ne manque pas d'air, fulmina celle-ci. Débarquer ainsi chez les gens sans même avoir été convié. Son intrusion ne fit qu'augmenter l'hostilité qu'elle lui vouait depuis leur entrevue dans les locaux de KEY.

42

Elisa paressa un moment dans son lit. Ce jour-là était férié et il n'y avait pas un bruit. Que n'aurait-elle pas donné pour ne pas avoir à aller travailler ce matin ! En échange, elle demanderait à Range de lui accorder un congé pour les fêtes de Noël. La chaleur et la douceur des draps ravivèrent le souvenir de Mack. Une petite escapade londonienne lui ferait le plus grand bien. Et ce Larson qui, la veille, ne l'avait pas quittée d'une semelle durant toute la soirée ! Elle en avait regretté l'absence de Mack d'autant plus amèrement.

Machinalement, elle interrogea l'horloge et calcula qu'il devait être midi en Angleterre. Elle faillit passer un coup de fil mais se retint de le faire. Mack ne serait pas à son aise au bureau pour lui parler. Elle attendrait d'être à KEY pour le surprendre un peu plus tard. Elle aurait alors une chance de le trouver à son hôtel.

Et puis, lui aussi pouvait bien appeler ! Au fond, c'était ce qu'elle attendait.

Son regard se posa sur la trace rectangulaire laissée au mur par l'armoire des Richards. Au-dessous, elle avait installé sa petite commode. Décidément, il fallait rendre ce lieu un peu plus habitable. Et cela allait prendre plus de temps que prévu.

Des bribes de conversation s'élevèrent de la cuisine, décidant Elisa à quitter son lit pour aller préparer le petit déjeuner. Mais l'arôme du café et des œufs au bacon l'informa que Katharine avait déjà la situation bien en main. Elle espérait secrètement que Carmen Garcia serait aussi efficace et attentionnée.

En enfilant sa robe, elle se rappela soudain qu'elle devait réenregistrer le texte du reportage sur les gardes d'enfants.

Il fallait qu'elle donne le meilleur d'elle-même. L'enjeu était énorme.

43

Larson écoutait le claquement régulier de ses chaussures de golf sur la langue de bitume qui le menait à son premier tee. Son costume impeccable lui donnait l'apparence d'un membre distingué du club de golf. Si les trois types qui se préparaient à partager son parcours avaient eu vent de sa déroute financière...

Rien de tel que jouer au golf pour conclure des affaires. Au fur et à mesure qu'ils avançaient, une franche camaraderie s'installa entre les quatre hommes. Larson avait prévu de perdre et d'aller jusqu'à payer un verre à ses partenaires.

Après le dix-huitième trou, lorsqu'ils se dirigeraient vers le bar réservé aux membres du club, il devrait se surpasser. Le cancérologue, l'obstétricien et l'avocat divorcé avaient des comptes en banque bien garnis et, à n'en pas douter, ils ne demandaient qu'à devenir plus riches encore. Il s'agissait de les amener, avec tout le tact possible, à investir dans sa société.

Sans préciser toutefois qu'elle allait à vau-l'eau.

Il installa la balle sur le tee en bois et se positionna pour son premier coup. Il sut tout de suite que le tir était bon. En effet, la balle atterrit à seulement quelques mètres du fairway. Il en conclut que les choses s'annonçaient plutôt bien.

Il patientait à présent à côté de ses adversaires et se laissait aller à rêver.

Elisa Blake. Quelle femme! Et quel compte en banque! Le *Journal de Wall Street* faisait mention du contrat signé avec la chaîne. Quelle somme!

Certes, elle ne lui avait pas témoigné l'intérêt qu'il escomptait lors du barbecue chez les Feeney. Mais Larson était confiant. Il avait plus d'un tour dans son sac et arrivait toujours à ses fins.

Il tendit son club au caddy et se hissa dans la voiturette.

Comment approcher Elisa?

La réponse lui vint tandis qu'il appuyait sur l'accélérateur.

La gamine.

44

Samuel Morton avait du mal à trouver ses mots. Assis face à sa feuille blanche bordée d'un fin liseré noir, il peinait. Une personne de cette envergure devait recevoir des remerciements à la hauteur de son dévouement.

Il prit un carnet et décida de rédiger d'abord un brouillon.

Chère Madame Blake,

Je tenais en premier lieu à vous remercier du fond du cœur pour votre gentillesse. A chaque fois que ma petite Sarah recevait une lettre de vous, son visage s'éclairait. Rien, durant ces durs jours de traitement, ne la consolait plus que la lecture de vos lettres. Et le souvenir de sa joie intense m'emplit de reconnaissance à votre égard.

Vous avez été une source de bonheur et de soulagement pour elle. Vous l'avez aidée à traverser les moments les plus difficiles.

L'idée que Sarah repose en paix à présent, et qu'elle

ne souffre plus, m'offre une bien maigre consolation. Mon égoïsme est tel que j'aimerais l'avoir encore à mes côtés, malade ou bien portante. Je ne parviens toujours pas à imaginer ma vie sans elle ici-bas. C'est impensable.
Les fleurs que vous avez envoyées sont magnifiques. Je les garde soigneusement avec vos lettres. Je crains de vous paraître un peu ridicule. Mais c'est tout ce qui me reste.

Il relut ce qu'il venait d'écrire et estima que cela suffisait. Elisa allait finir par le prendre pour un fou s'il continuait à lui détailler ses états d'âme.

Samuel recopia donc avec application les phrases qu'il venait de rédiger.

45

A peine eut-elle dépassé le pont George Washington que la petite lumière orangée de la jauge d'essence se mit à clignoter. A son arrivée dans le parking Henry Hudson, dans la 72e rue, un bruit sourd se fit entendre sous le capot.

Oh ! oh ! Il va falloir que je fasse réparer ça. Mais faites qu'elle tienne jusqu'à ce soir ! pria Elisa.

Les couloirs des studios d'enregistrement étaient déserts, comme toujours pendant les jours fériés. Seuls quelques irréductibles n'avaient pas quitté le navire et s'affairaient dans les bureaux. Elisa se dirigea vers le bocal pour saluer quelques collègues avant de monter dans son bureau. Elle tomba sur David Carter, l'un des producteurs, qui remplaçait Range pour la journée.

— Rien à signaler pour le moment. L'ouragan a été clément, il nous a épargnés.

— Qu'est-ce qu'on a au menu aujourd'hui ? demanda Elisa, égrenant à voix haute les titres affichés à l'écran de l'ordinateur.

— Embouteillages habituels et retards dans les aéroports, résuma-t-il.

— Tu vois un peu à quoi on a échappé. Allez, je me sauve, je serai à l'étage si tu as besoin de moi.

La sonnerie du téléphone lui fit accélérer le pas, mais elle arriva trop tard et eut tout juste le temps d'entendre l'interlocuteur raccrocher. Mack, pensa-t-elle sans hésiter.

Il devait être de retour à son hôtel à cette heure. Elle composa aussitôt son numéro et demanda à lui parler. Une douzaine de sonneries plus tard, la petite voix désolée de la réceptionniste l'informa que sa requête était vaine pour le moment. Souhaitait-elle laisser un message ? Non.

Elle appela ensuite son beau-père.

— Allô, Paul ? Tout se passe bien, là-bas ?

— Très bien, Elisa. Janie est actuellement dans la piscine avec son nouveau petit copain.

— Qui ça ? James ?

— Oui, le petit voisin. Tu sais, ils s'entendent à merveille. Il a l'air vraiment gentil, ce gamin.

— Bon, très bien. Mais si vous vous sentez fatigués, dites à Janie que c'est fini pour aujourd'hui...

— Ne t'inquiète pas, Elisa, Mme Feeney n'a laissé son garçon que pour une heure. D'ailleurs, elle ne va pas tarder à revenir.

— Bon, à plus tard alors. Elisa se rappela alors la petite lampe orangée dans sa voiture et le bruit sourd sous le capot. Ah ! Paul, j'allais oublier. Quand vous la verrez, demandez à Mme Feeney de me laisser les coordonnées de son garagiste.

— Pourquoi, tu as un ennui avec la voiture ? s'inquiéta Paul.

— Non, mentit-elle. Elle ne voulait pas le tourmenter inutilement. Je veux juste commencer à me renseigner sur les modèles qui m'intéressent.

Elle leva les yeux et aperçut Keith Chapel dans l'embrasure de la porte.

— Bon, je dois y aller, Paul. Je rentrerai juste après le journal.

46

Des chauves-souris.

Elle voulait maintenant qu'il se penche sur les chauves-souris.

Keith soupira profondément. Il avait rejoint Joe Leiding derrière la table de montage.

— Quel est le problème ? Le montage ? demanda Joe. Je peux le changer.

— Non, non, Joe, il n'y a aucun problème, répondit Keith, le regard braqué sur le moniteur. Excuse-moi, je pensais à autre chose.

Leiding lui lança un regard soupçonneux. Maintenant qu'ils faisaient équipe pour la nouvelle série de reportages, ils allaient devoir discuter et travailler ensemble durant de longs mois sur le montage des émissions. Alors pas question de se laisser envahir par les problèmes personnels du coéquipier.

Bien entendu, Leiding n'ignorait pas que Keith traversait une période délicate avec l'arrivée du bébé. Mais il avait intérêt à rester concentré sur son travail.

Joe inséra les répliques qu'Elisa venait juste de réenregistrer. Le résultat était plutôt heureux et il en éprouva une certaine satisfaction. Si seulement Keith montrait un peu plus d'entrain !

Au lieu de ça, il était occupé à griffonner.

— Prochain sujet : les chauves-souris, laissa tomber Keith sans relever la tête.

Joe haussa les épaules. Depuis vingt ans qu'il faisait ce boulot, il ne s'étonnait plus de rien. Quant au choix des sujets traités, mystère. Il n'était sûr que d'une chose : une fois un thème fixé par le présentateur de l'émission, rien ne pouvait entraver sa réalisation.

— Elle est tombée nez à nez avec une chauve-souris dans sa chambre à coucher l'autre nuit, poursuivit Keith.

— Joli cadeau de bienvenue.

— Tu l'as dit. Elle a fait venir une spécialiste qui lui a assuré que ces créatures étaient très utiles. Elisa a pensé que les téléspectateurs seraient étonnés d'apprendre que ces bestioles que tout le monde déteste sont, en réalité, des trésors inestimables pour l'environnement.

— Comment tu vas t'y prendre ?

— Pas la moindre idée. Je vais m'en remettre à l'expert du zoo du Bronx. Il doit en connaître un rayon là-dessus.

Keith s'étira sur sa chaise, bâilla un bon coup et ferma les yeux. Il essaya de s'imaginer Elisa, en déshabillé, découvrant avec horreur les yeux exorbités et aveugles d'une chauve-souris.

47

Le message téléphonique du vendredi soir l'avait rongée tout le week-end. Elle appela la sécurité dès le mardi matin.

— Basculez le message sur mon poste, Paige, précisa Connelly. Je vais l'étudier.

— Je suis désolée d'avoir effacé les précédents messages, monsieur Connelly, s'excusa Paige. Mais je ne les jugeais pas vraiment menaçants.

— Rassurez-vous, si ce type est vraiment dangereux, il rappellera. Cette fois-ci, vous n'aurez qu'à suivre les mêmes consignes : transférez les messages et notez avec précision l'heure de l'appel. C'est l'indice le plus important pour mener l'enquête de façon efficace.

Au fil des années, Connelly avait archivé des centaines d'appels, mais les recherches à entreprendre pour découvrir l'auteur du dernier message ne le réjouissaient guère. Réussir une traque téléphonique n'était pas aussi simple que les feuilletons télévisés le laissaient croire.

Mener à bien l'opération relevait d'un véritable tour de force, tant les moyens étaient nombreux de déjouer les mises sur écoute.

Le chef de la sécurité attendit que l'assistante d'Elisa lui transmette l'appel douteux et, dès sa réception, l'écouta attentivement.

— Elisa, je vous aime. Je ne peux plus me passer de vous.

S'il s'était agi d'un premier appel, Connelly aurait certainement temporisé pour voir quel tour prenait l'affaire. Mais Paige avait bien spécifié que l'homme appelait chaque soir, sans relâche, depuis deux semaines.

Tout comportement déviant ne fait qu'empirer, Connelly ne le savait que trop bien.

Il contacta la police et déposa une plainte au nom d'Elisa Blake.

La machine était lancée. Le bureau des appels anonymes de Boston attribua un numéro de dossier à Elisa et un inspecteur fut désigné pour s'occuper de l'affaire.

Sa ligne serait mise sur écoute. Cela supposait un appareillage sophistiqué, régi par un programme informatique chargé d'intercepter et de retranscrire toutes les données concernant ladite ligne. Chez un particulier, l'installation aurait été relativement simple mais, à KEY, le dispositif prenait des airs de film de science-fiction. En effet, chaque appel se trouvait en quelque sorte suspendu un instant avant d'être transféré vers son destinataire. Les standardistes, six au total, s'occupaient chacune d'un réseau de trente-six extensions. Une fois l'appel transmis, retrouver sa trace relevait de l'exploit.

Connelly s'attela à la création d'un nouveau dossier. En entrant les maigres données que Paige avait conservées, il regretta sa négligence. En effet, les appels nocturnes n'étaient pas si fréquents, ce qui rendait leur localisation relativement aisée.

Si ce type commençait à appeler durant la journée, mettre la main dessus prendrait des mois.

48

Pas le temps de se maquiller ce matin.

Elisa serra Janie dans ses bras et rejoignit en toute hâte le taxi qui l'attendait depuis déjà vingt minutes.

Au moment de s'y engouffrer, elle fut abordée par un homme imposant, au teint rougeaud, qui se trouvait au volant une dépanneuse rouge.

— Madame Blake ? Augie Sinisi.

— Oh ! monsieur Sinisi, je ne vous attendais pas si tôt, j'ai laissé un message sur votre répondeur hier soir !

Elisa lui tendit la main, mais l'homme eut un geste de recul.

— Excusez-moi, madame, j'ai les mains pleines de cambouis et d'huile de vidange. Qu'est-ce qui vous tracasse avec la voiture ?

— Eh bien, pour tout vous dire, je ne suis pas sûre à cent pour cent, mais j'ai cru entendre un bruit sous le capot.

Augie examina la Mercedes bleue garée à quelques mètres du garage. Il était prêt à parier qu'elle ne datait pas d'hier. Huit ou neuf ans, peut-être. Mais, avec les Mercedes, il fallait vraiment se pencher sous le capot pour se prononcer.

— Pas de souci, madame Blake, on va la remorquer et la réviser. Avec un peu de chance, on vous la ramènera dès ce soir.

— Vraiment ? s'étonna Elisa, soulagée et surprise d'être dépannée aussi rapidement. Quelle chance ! Attendez-moi une minute, Augie, je cours chercher les clés.

Parce qu'elle était en retard et qu'elle n'avait pas envie de se lancer dans des explications avec ses beaux-parents, elle tendit au mécanicien la totalité du trousseau de clés.

49

Ça sentait le roussi.

Rendez-vous à 10h45 précises, spécifiait le message matinal de Yelena Gregory. Elisa, Range et Joe Connelly se retrouvèrent dans le bureau de la présidente de la chaîne. Ce fut Connelly qui, en bras de chemise, mit les choses à plat.

— En fait, nous sommes confrontés à deux problèmes.

Tous l'écoutèrent avec attention évoquer la série de lettres et d'appels anonymes.

— Est-ce qu'il peut s'agir de la même personne? demanda Range.

— C'est une possibilité que j'ai écartée. Les lettres sont vicieuses et les appels sont... Disons... Nous avons besoin d'un peu plus de temps pour déterminer la nature réelle des appels. Pour l'instant, je suis en possession de seulement l'un d'entre eux, mais si je m'en tiens à ce que l'assistante d'Elisa m'a rapporté, l'homme du téléphone s'est montré plutôt respectueux jusqu'à présent. Seul son dernier appel est devenu plus pressant. C'est pourquoi je pense que nous sommes en présence de deux individus distincts.

— Quelles mesures avez-vous prises? le coupa brutalement Yelena.

— Une écoute téléphonique est en voie d'installation.

— Combien de temps pour localiser l'appel?

— Difficile à dire. Plus l'individu se manifestera, plus nos chances de l'isoler seront élevées.

Connelly observa une pause et regarda Elisa.

— Evidemment, nous préférerions qu'il ne vous harcèle plus.

— Et les lettres? reprit Yelena.

— Je les ai transmises au FBI, au département de Quantico. Mais cela prendra du temps. Il y a déjà six semaines que je leur ai envoyé des documents pour une autre affaire, et toujours rien.

— Ils cherchent des empreintes digitales, je présume ? s'informa Range.

Connelly acquiesça.

— Il ne faut pas s'attendre à grand-chose de ce côté-là. L'individu a pu mettre des gants pour écrire. Quant aux enveloppes, elles passent entre les mains d'une foule de personnes avant d'atteindre leur destinataire.

La réplique de Connelly jeta un froid dans l'assemblée. Le journalisme était une profession qui rassemblait des gens actifs, habitués à couvrir les faits marquants de l'actualité, et régulièrement en contact avec la Maison-Blanche. Se retrouver dans une situation d'impuissance, où ils devaient s'en remettre à d'autres qu'eux-mêmes, ne leur plaisait guère.

— Et que suis-je censée faire ? demanda posément Elisa, en s'efforçant de garder son sang-froid.

Elle ne céderait ni aux pleurs ni aux cris. Les présentateurs n'avaient pas le droit de se montrer vulnérables. Respire profondément et ne panique pas, se dit-elle. Elle pouvait compter sur Connelly et son efficacité.

Elisa avait déjà traité de sujets qui s'apparentaient à ce qu'elle était en train de vivre. Des fans, hommes ou femmes, devenaient parfois obsédés par certaines célébrités. Ses observations avaient montré que mener une vie publique équivalait à s'exposer aux regards prédateurs des spectateurs. Invariablement, les fans croyaient que l'amour qu'ils portaient à telle ou telle personne était réciproque. Les cas les plus extrêmes pouvaient se solder par une arrestation, une condamnation et une incarcération. Certains admirateurs finissaient même à l'hôpital psychiatrique. Mais Elisa résolut de chasser définitivement de son esprit les issues les plus tragiques.

— Elisa, l'important est de garder la tête froide, lui conseilla Joe. Les cas qui nous intéressent présentent un trait commun : le manque d'estime de soi. Ces hommes ne parviennent pas à contrôler leur vie, alors ils essaient de vous contrôler, vous. Ils cherchent à vous déboussoler.

— Et ils sont plutôt bons à ce petit jeu, lâcha Elisa avec un sourire figé.

— Ecoutez, je ne veux pas vous affoler, mais je ne veux pas non plus minimiser l'importance de ces appels et de ces lettres, déclara Connelly. Fiez-vous à votre instinct. Si vous sentez que quelque chose ne tourne pas rond, c'est que, en effet, quelque chose ne tourne pas rond. Soyez attentive à tout ce qui se passe autour de vous.

50

Abigail venait de visionner la version définitive du reportage sur les gardes d'enfants que Keith lui avait transmise. Assise à son bureau, elle entreprit de trouver une formule suffisamment accrocheuse qui inciterait les spectateurs à être au rendez-vous le lendemain, à la même heure.

Vous êtes des millions d'Américains à faire appel à des nourrices pour garder vos enfants. Mais sur quels critères choisissez-vous les personnes à qui vous confiez les êtres auxquels vous tenez le plus ? Etes-vous sûrs que votre enfant est entre de bonnes mains ? Dans le cadre de notre nouvelle série d'enquêtes intitulée « Un nouveau regard », Elisa Blake vous proposera de partager son expérience sur le sujet, demain soir, à la fin du journal télévisé.

Abigail relut ses notes. Tout le monde savait ce qu'Elisa avait enduré l'été passé, la presse ayant amplement relaté le sujet. La curiosité des téléspectateurs serait forcément éveillée. Mais Abigail se demanda si Elisa apprécierait que l'on se serve ainsi de sa vie privée pour faire grimper l'Audimat.

51

— Oh! oh! ça ne tourne pas rond!

Doris s'adossa au mur tandis qu'Elisa prenait place dans son fauteuil.

Elle la regarda déchirer l'emballage d'une énorme barre chocolatée.

— Ça ne tourne pas du tout, tu veux dire. Deux obsédés me harcèlent et la seule personne que j'aimerais bien obséder est à l'autre bout du monde et ne donne aucun signe de vie. Je suis la femme la plus comblée qui soit! grommela-t-elle. Et, pour couronner le tout, je me gave de chocolat.

— Eh bien, ma fille! Allez, détends-toi un instant. C'est quoi cette histoire d'obsédés?

Elisa lui résuma l'entretien qui avait eu lieu dans le bureau de Yelena. Doris alluma nerveusement une Marlboro Ultra Light.

— Tu n'es pas censée fumer ici, lui rappela Elisa, bien que cela lui fût égal.

Le fait est qu'elle-même aurait bien fumé aussi.

Doris ignora sa remarque.

— Et qu'est-ce que tu vas faire?

— Attention.

— Et c'est tout?

— Mm-hmm. Faire attention et me fier à mes instincts. Si je sens que quelque chose ne tourne pas rond, c'est à prendre au sérieux.

— Oh! ma pauvre! Doris entoura son amie de ses bras. Et toujours sans nouvelles de Mack. Je n'arrive pas à y croire. Il est peut-être parti en reportage.

— Non. J'ai vérifié. Il est censé être au bureau aujourd'hui.

Le salaud! Le mot s'imposa d'emblée à Doris, mais elle se retint de le prononcer. Elle résolut également de taire la visite d'Abigail le matin même. Cette peste était à l'affût de ragots concernant la vie privée d'Elisa. Tout y était passé : sa nouvelle adresse, où en était sa liaison avec McBride, et, au grand étonnement de Doris, la marque de l'eyeliner dont elle se servait pour mettre en valeur le regard d'Elisa. Cette dernière question l'avait surprise car Abigail ne portait jamais de maquillage.

Elle connaissait toutefois l'homosexualité de la jeune femme. Et son instinct lui soufflait qu'Abigail en pinçait pour la présentatrice du JT.

Mais c'était bien la dernière chose à dire à Elisa.

52

Il faisait trop chaud. Dans l'obscurité, Mack rejeta les couvertures et resta étendu sur le lit, les yeux grands ouverts.

A minuit passé, il se préparait à traverser une nouvelle nuit sans sommeil. Depuis sa mémorable nuit d'ivresse, sa conscience le torturait.

La diffusion du *Evening Headlines* venait d'avoir lieu à New York, mais il ne pouvait se résoudre à appeler Elisa. Il savait pourtant que son silence devait lui peser terriblement et il en éprouvait un sentiment de culpabilité accru. Elle ne méritait pas ça.

Mack se tourna sur le côté et enfouit sa tête dans l'oreiller. Il ne se pensait pas capable d'un tel acte. Comment avait-il pu tromper aussi vite cette femme qu'il disait aimer éperdument?

Il l'aimait, pourtant, et la perspective de leur vie commune l'emplissait d'espoir. La situation actuelle ne s'éterniserait pas et d'ailleurs, de nombreux couples avant eux avaient vécu une pareille séparation.

A condition que chacun reste fidèle à l'autre.

Il fallait à présent qu'il se décide : allait-il oui ou non lui parler de son incartade?

Il se rejeta contre l'oreiller dans un grognement de rage. Puis il bondit hors de son lit et tira violemment les rideaux. Hyde Park se déroulait à ses pieds, baigné d'une douce lumière. Les amoureux y musardaient à leur guise l'après-midi. Elisa aurait adoré cet endroit.

Quel imbécile !

Maintenant que le mal était fait, il devait trouver le remède adéquat.

Et si je lui avouais tout ? pensa-t-il en retournant se coucher. Son honnêteté, aussi louable fût-elle, lui ravirait toutefois l'amour d'Elisa. Et puis, de toute façon, lui seul serait soulagé par cet aveu. Elisa, elle, en sortirait anéantie.

Bien sûr, il était fort probable qu'elle l'apprenne indirectement. Dans ce milieu, tout se savait tôt ou tard. Cette idée l'insupportait davantage encore. Mais pas assez pour lui donner le courage de l'appeler. Il pourrait lui dire qu'il avait bu, que la perspective de vivre sans elle pendant deux ou trois ans allait entamer durement leur relation. Mais il voulait le lui dire de vive voix.

La sonnerie stridente du téléphone interrompit le cours de ses pensées.

Pour la première fois de sa carrière, il souhaita qu'on l'appelle pour une mission à l'autre bout du monde. Il ne réfléchirait pas, sauterait dans un taxi, foncerait à l'aéroport et partirait pour l'inconnu. Se lancer corps et âme dans un reportage constituerait un bon remède à ses tourments.

— Allô ?

— Salut.

— Elisa ! Comment ça va, mon amour ? Justement, je pensais à toi.

— Quelle coïncidence !

La voix au bout du fil était amère.

— Et Janie ?

— Ça va, elle rentre à l'école demain et s'est déjà fait un petit camarade qui habite de l'autre côté de la rue.

— Elle me manque tellement... Et sa maman aussi.

— Ah oui ? Il ne me semble pas avoir entendu sonner le téléphone depuis ton départ. Je me trompe ?

— Allons, Elisa. Tu sais comment les choses se passent. Je n'ai pas eu une minute, entre mon boulot et le reste...

— Oui, je sais tout ça, Mack. Et, bêtement, je pensais que cela te donnerait envie d'entendre tes proches, histoire de te remonter le moral. Du moins c'est ce que moi j'aurais fait.

Mack résista à l'envie de lui dire qu'il s'était retenu de l'appeler une centaine de fois. Mais il ne voulait pas faire comme si de rien n'était.

— Je suis désolé, Elisa.

Silence au bout de la ligne.

— Elisa ? Allô, Elisa ? Ça va, mon amour ?

— Non, ça ne va pas. Sa voix se fissura. Je ne comprends pas ce qui nous arrive et en plus, la sécurité recherche deux malades qui s'amusent à me terroriser. Tu comprends, depuis l'épisode de Mme Towmey, j'ai peur que quelqu'un s'en prenne à Janie.

— Qu'est-ce que tu entends par « deux malades » ?

Pour la seconde fois, elle narra l'épisode de la matinée dans le bureau de la présidente de la chaîne.

Mack fit preuve de sang-froid.

— Ne t'en fais pas trop, chérie. Connelly a une solide réputation. Il est habitué à traiter ce genre d'affaire.

Elisa avait espéré une réaction différente. Par exemple, que cet homme qu'elle aimait tant lui assure qu'il allait prendre le premier vol pour New York. Elle aurait refusé, bien sûr – après tout, il ne lui était rien arrivé de grave. Simplement, elle aurait aimé entendre Mack lui proposer de la rejoindre sur-le-champ.

Il fallait bien se rendre à l'évidence : il n'avait rien d'un preux chevalier.

53

Comme d'habitude, après avoir appuyé sur la touche arrêt de la télécommande, il saisit le téléphone sur sa table de nuit pour composer le numéro qu'il connaissait maintenant par cœur.

— Studios de KEY, bonsoir.
— Le bureau d'Elisa Blake, s'il vous plaît.
— Il n'y a plus personne, monsieur. Souhaitez-vous laisser un message ?
— Oui, merci.
Ce soir, il avait passé la séance de massage à anticiper cet appel. A cette heure tardive, il savait qu'Elisa aurait quitté les studios. En réalité, il préférait ne pas lui parler directement. Cette simple idée le rendait nerveux. Quelle idée saugrenue de l'avoir appelée si tôt vendredi soir ! A quoi s'attendait-il au juste ?
Le message d'Elisa défila tandis qu'il caressait Drake, son berger allemand qui, docilement, posa la tête sur le lit de son maître. Les oreilles de la bête se dressèrent au son de la voix de Jerry.
— Je vais venir à New York dès que possible, Elisa, annonça-t-il de sa voix la plus rauque. Je t'aime, et je sais que toi aussi tu m'aimeras. Le rêve a assez duré, il est temps maintenant qu'il se concrétise. Je te promets, mon amour, que bientôt nous ne nous quitterons plus. Je ne laisserai personne d'autre que moi partager ta vie.
Dès que Jerry raccrocha, Drake aboya et se lécha les babines.

54

Le premier jour d'école de Janie s'annonçait clair et ensoleillé. Dans la maison en bordure de Saddle Bridge Road, les adultes s'étaient levés plus tôt que la future petite écolière. KayKay s'agitait dans la cuisine, préparant le panier-repas de la mi-journée. Elisa venait de passer sous la douche et s'habillait rapidement. Pour marquer l'événement, elle projetait de filmer la rentrée des classes avec son caméscope. Poppie, parti chercher des beignets, revint triomphant et déclara que la voiture n'avait jamais été aussi rutilante.

Elisa alla réveiller Janie en lui baisant le front. La fillette ouvrit progressivement ses grands yeux bleus et regarda sa mère penchée au-dessus d'elle.

— C'est l'heure, ma chérie. Il faut se préparer pour l'école.

Janie resta muette, mais se leva d'un bond et serra sa maman très fort.

— Qu'est-ce qui se passe, mon ange?

— J'ai peur.

— C'est normal d'avoir un peu peur, Janie, dit doucement Elisa, en caressant les cheveux de sa fille. Commencer quelque chose de nouveau est à la fois excitant et un peu effrayant, mais je suis sûre que tu vas adorer l'école. Tu verras, la maîtresse sera gentille et, en plus, tu as déjà un petit camarade.

— Comment tu peux savoir qu'elle sera gentille?

— Parce que toutes les institutrices sont gentilles. C'est leur métier. Et si elles font mal leur travail, elles sont remerciées.

— Pourquoi on leur dit merci si elles n'ont pas été gentilles?

— C'est une expression, ma chérie. Ça veut dire qu'elles n'ont plus le droit de travailler au même endroit. Allez, debout, KayKay a préparé un super petit déjeuner.

L'appétit n'était toutefois pas au rendez-vous. Janie ne toucha pratiquement pas aux œufs brouillés et n'avala qu'une petite bouchée de beignet. KayKay lui en ajouta un dans son panier-repas tandis qu'Elisa habillait Janie à l'étage.

Un quart d'heure plus tard, la fillette était prête. Lavée, coiffée, ses nouvelles chaussures aux pieds, elle prit patiemment la pose tandis que, à tour de rôle, sa mère et ses grands-parents la prenaient en photo.

Avec un pincement au cœur, Elisa pensa furtivement à John. Elle l'imagina un bras passé autour de sa fille, posant à son tour pour le grand jour. Comme il aurait été fier de sa fille! Et Janie, qui avait le même sourire que son père, ne connaîtrait jamais l'amour de ce dernier.

Cinq ans déjà. Elisa se félicitait d'avoir survécu à ce deuil et d'avoir réussi à élever leur enfant sans lui. L'angoisse qui l'avait tenaillée au début s'était peu à peu apaisée, même s'il suffisait parfois d'un événement anodin comme cette rentrée des classes pour qu'elle resurgisse.

Petit à petit, Elisa s'était autorisée à croire de nouveau en l'amour, grâce à sa rencontre avec Mack. Mais leurs derniers échanges lui avaient laissé un goût amer. Sans aller jusqu'à parler de gâchis, un changement radical s'amorçait.

— Maman?

Le petit visage inquiet de Janie imitait en tous points celui de sa mère.

Du nerf!

— Allez, mon petit diable, en route! claironna Elisa. Janie va à l'école et maman va au travail!

En route vers le centre-ville, Elisa passa un coup de fil à Rhode Island.

— Allô, maman? C'est moi.

— Bonjour, ma chérie, comment ça va?

— Ça y est, Janie vient d'entrer à l'école.

— Comment était-elle?

— Terrorisée, mais courageuse.

— Je n'en reviens pas qu'elle aille déjà à l'école. Je me rappelle sa naissance comme si c'était hier.

— Moi aussi.

— Et la maison?

— On s'installe petit à petit. Ça va prendre un peu de temps.

— Et le travail?

— Ça roule.

Elle hésita à mentionner les récents événements. Finalement, elle décida de n'en rien dire. Quitte ce boulot, lui conseillerait sa mère, et Elisa refusait d'entendre ce genre de commentaires. Elle énumérerait les horaires impossibles, les reportages risqués et lui ferait la leçon, même si, en parallèle, elle se flattait d'avoir une fille présentatrice à la télévision. Si jamais elle apprenait qu'Elisa faisait l'objet de menaces directes, elle frôlerait la crise d'apoplexie.

— Et Mack, tu as des nouvelles?

— Tout se passe bien pour lui, maman.

— J'ai beaucoup apprécié que vous passiez ici ensemble, l'été dernier. Quel gentil garçon!

— Maman, ce n'est plus un garçon, insista Elisa

Elle en avait assez entendu pour aujourd'hui.

— Ecoute, maman, je t'enverrai les photos de Janie dès qu'elles seront développées.

— Oh! merci, ma chérie!

— Papa est là?

— Non, il est parti au golf. Il a adoré les clubs que tu lui as envoyés.

— Tant mieux. Embrasse-le pour moi.

— Promis, je le ferai.

— A bientôt, maman.

Après avoir raccroché, Elisa se rendit compte qu'elle avait sollicité une nouvelle fois en vain un peu de réconfort maternel. Depuis le temps, elle aurait dû savoir qu'elle ne pouvait compter que sur elle-même.

Ses relations avec ses parents n'étaient pas simples et Elisa avait passé de nombreuses heures à essayer d'en dénouer les fils avec son psychanalyste. Elle était parvenue à la conclusion que ses parents avaient fait de leur mieux tout en se débattant avec leurs propres problèmes. La distance lui avait permis de constater que le chaos de son enfance l'avait poussée à se surpasser. Les crises d'hystérie de sa mère et la rage de son père, incapable d'y faire face, l'avaient conduite à se concentrer sur ses études. Elle avait mis un point d'honneur à ne pas être un fardeau pour ses parents et n'avait jamais dérogé à cette règle.

Elle avait réussi. Elle était devenue la présentatrice attitrée du journal télévisé. Un journal regardé par des millions de personnes.

55

Dans les studios londoniens de Knightsbridge, la matinée s'écoulait lentement. Mack attendait avec impatience le début de l'après-midi pour appeler Joe Connelly à New York. Il voulait connaître les mesures de protection prises en faveur d'Elisa.

Enfin midi. Il s'apprêtait à aller déjeuner lorsque Marcy McGinnis le convoqua dans son bureau.

— Mack, la situation se complique au Moyen-Orient. Il faut que tu partes à Tel-Aviv.

— Quand?

— Tout de suite. Juste le temps de rassembler tes affaires.

Impossible bien sûr de prévoir combien de temps il resterait là-bas. Peut-être deux, trois jours, si le calme revenait et que les journalistes en poste dans le secteur parvenaient à couvrir les événements. Mais si la situation s'aggravait, il pouvait aussi bien se retrouver bloqué sur place durant des semaines, voire des mois.

En quittant le bureau de McGinnis, Mack se demanda ce qu'elle pensait de sa brève aventure avec son assistante. Elle n'avait certainement pas apprécié mais, depuis le temps qu'elle travaillait pour KEY, elle avait dû en voir d'autres. De toute façon, l'actualité lui donnait des sujets de préoccupations bien plus importants. McGinnis mettait toute son énergie à battre le rappel de ses troupes pour les envoyer dans l'un des coins les plus cauchemardesques de la planète. Mack songea un court instant qu'il risquait de se trouver pris dans des échauffourées entre Palestiniens et Israéliens. Vu l'état actuel de ses nerfs, il ne pouvait souhaiter mieux.

Il regagna sa chambre du Mandarin Oriental, refit sa valise sans oublier d'y glisser le gilet pare-balles qu'il avait récupéré au bureau. Enfin, il prit son téléphone et passa un dernier coup de fil avant de partir pour l'aéroport.

56

Un autre appel, la nuit passée.

Connelly écouta une fois de plus le dernier message que Paige lui avait transmis.

— Je te promets, mon amour, que bientôt nous ne nous quitterons plus.

Une fois l'appel archivé, il consigna les faits dans son fichier informatique.

Qui était ce type et où se trouvait-il ? Telles avaient été les questions de McBride. Les mêmes qui hantaient Connelly.

Le chef de la sécurité essaya d'imaginer ce que l'inconnu allait faire par la suite, espérant secrètement qu'il se contenterait de rappeler. La pensée qu'il puisse débarquer dans les studios sans crier gare lui donna des frissons dans le dos.

Les cartes d'identité électroniques nécessaires pour avoir accès aux studios et les vigiles postés à l'entrée n'assuraient qu'une sécurité relative. Un individu suffisamment déterminé pouvait aisément se frayer un passage par un simple subterfuge. Les livreurs de pizzas et les ouvriers se voyaient en effet délivrer des badges temporaires et il était aussi possible de passer inaperçu en se mêlant à un groupe de visiteurs.

L'évocation de ces possibilités avait le don de mettre Connelly hors de lui. Car, une fois à l'intérieur du navire, n'importe quel détraqué porteur d'arme à feu pouvait agir à sa guise.

57

Elle ne voulait pas en informer Elisa avant la diffusion du journal. En fait, elle ne voulait pas l'en informer du tout.

Tout en appliquant l'eyeliner et le mascara sur les yeux d'Elisa, Doris écoutait celle-ci lui raconter la rentrée de Janie. Doris adorait la fillette et n'avait aucune difficulté à s'imaginer la scène.

— Tu l'as appelée, après l'école ?

Fermant les yeux, Elisa poursuivit, souriante :

— Mmm. On n'aurait jamais dit qu'il s'agissait de la même fillette qui refusait de me laisser partir quelques heures plus tôt. Elle était tout excitée et disait que Mme Prescott était très gentille.

— Ouf !

— Tu l'as dit. Ça m'a tellement soulagée ! Un poids en moins sur les épaules.

Un en moins et un autre à venir, pensa Doris. Elle ne trouvait pas le courage de lui répéter ce qu'un correspondant de passage à KEY avait rapporté. Les commérages se répandaient insidieusement, comme un virus.

Elisa était radieuse ce soir. Elles se dirigèrent toutes deux vers le studio. Doris se mit à sa place habituelle, prête à bondir si nécessaire pendant la diffusion des spots publicitaires pour effacer toute trace de brillance sur le visage de la présentatrice.

Tout se passa au mieux. Elisa commenta les tensions au Moyen-Orient, avant d'enchaîner sur les présidentielles. Enfin, pour clôturer le journal, elle présenta le reportage sur les gardes d'enfants. En l'écoutant, Doris se félicita de ne pas être mère de famille. L'anxiété maladive dont elle ferait preuve serait invivable.

A la fin du journal, Doris attendit à l'extérieur du bocal. Au vu des visages souriants, il paraissait évident que toute l'équipe était satisfaite du travail de ce soir. Ce qu'elle allait annoncer à Elisa allait lui faire l'effet d'une douche froide. Mais, tout bien considéré, elle préférait qu'Elisa apprenne la nouvelle concernant Mack de la bouche d'une amie plutôt que d'une connaissance quelconque qui se ferait un plaisir de lui asséner un coup bas.

Dix minutes plus tard, dans l'intimité du bureau de la présentatrice, Doris en vint au fait et démaquilla doucement une Elisa terrassée de douleur.

58

Après une dure journée de travail, Abigail fit un saut dans une boutique de lingerie et s'engouffra directement dans le fond du magasin. Elle savait ce qu'elle voulait et trouva tout de suite les culottes noires qu'elle achetait toujours là.

Elle s'accorda ensuite quelques instants pour rêver. Elle musarda un moment, caressant le décolleté suggestif d'une nuisette en dentelle violette, puis effleurant avec délice le satin d'un pyjama à rayures. Elle s'attarda devant une combinaison très sexy, savamment découpée, qui ne présentait dans le dos que quelques fines bretelles entrecroisées. Elle imagina Elisa dans cette tenue.

Après tout, elle avait bien le droit de fantasmer.

Mais passer du rêve à la réalité...

Sur un coup de tête, Abigail acheta la combinaison en satin. La vendeuse mit les culottes dans un sac rose et s'apprêtait à y glisser aussi le dernier article lorsque Abigail l'interrompit :

— Pouvez-vous l'emballer, s'il vous plaît ? C'est pour offrir.

Une fois chez elle, elle sortit la combinaison de sa boîte et l'étendit sur son lit. Elisa portait de la lingerie fine, Abigail en était à présent persuadée. Elle se rappela ses descentes dans les magasins avec Linda Anderson. Celle-ci adorait les dessous très féminins alors qu'elle-même préférait des sous-vêtements plus simples et les pyjamas en coton.

Elisa lui rappelait tellement Linda Anderson.

59

La lettre de Samuel Morton émut profondément Paige. Elle hésita cependant à la transmettre à sa supérieure. Elisa était arrivée ce matin les yeux rougis et s'était enfermée dans son bureau sans rien dire.

Sans doute de mauvaises nouvelles, pensa Paige.

Elle frappa doucement à la porte.

— Entre, Paige.

Assise à son bureau, Elisa observait d'un œil morne les allées et venues sur le plateau d'enregistrement.

— J'ai pensé que vous aimeriez lire la lettre du père de Sarah, hasarda Paige en lui tendant l'enveloppe.

— Sarah? s'étonna Elisa en faisant pivoter son fauteuil.

— Sarah Morton.

— Ah oui! bien sûr. J'ai la tête ailleurs, aujourd'hui.

Elle parcourut la lettre avec attention tandis que Paige regagnait son bureau. Elle venait de tomber sur un homme aussi déprimé qu'elle. Et même davantage.

Samuel Morton avait perdu son enfant.

Comment allait-il survivre à cette perte?

Sa situation à elle n'était pas très satisfaisante, mais du moins avait-elle Janie. Elle seule lui permettait d'aller de l'avant.

60

— Madame Blake, je vous assure que nous faisons tout notre possible. Mais nous ne pourrons pas venir avant dix jours.

Impatiente de faire installer un système de sécurité chez elle, Elisa essayait par tous les moyens d'avancer le rendez-vous. En vain. Les demandes affluaient et elle devait attendre son tour.

Lorsqu'elle avait acheté la maison, elle ne s'était pas inquiétée outre mesure de l'absence de système d'alarme. Cela faisait partie des nombreux détails qu'elle envisageait de régler plus tard. Comme de faire changer les serrures des portes.

Cependant, les menaces de ses admirateurs anonymes et la trahison de Mack avaient miné sa confiance. Et la douleur de Samuel Morton lui avait rappelé qu'elle ne supporterait pas de perdre sa fille. Elle ne pouvait risquer de mettre la vie de Janie en danger.

— Très bien. Dans dix jours, alors, accepta-t-elle à contrecœur, en notant le jour et l'heure dans son agenda.

61

Elisa fut soulagée de voir arriver le week-end. Le samedi matin, elle s'offrit une grasse matinée jusqu'à ce que Janie la réveille d'un tendre baiser sur la joue.

— Bonjour, mon ange, dit-elle en ouvrant les couvertures pour inviter sa fille à la rejoindre sous les draps.

Janie ne se fit pas prier.

— Qu'est-ce qu'on va faire aujourd'hui, maman ?

— Eh bien, j'ai pensé qu'on pourrait aller acheter une nouvelle voiture. KayKay et Poppie vont rentrer chez eux et il va nous en falloir une. Mme Garcia aussi s'en servira.

Janie joua avec une mèche de cheveux de sa mère, la faisant glisser entre ses doigts.

— Je veux pas de Mme Garcia, je veux KayKay et Poppie.

— Tu continueras à voir KayKay et Poppie, mais pas tous les jours. Mme Garcia va s'occuper de toi. Elle est très gentille et je suis sûre que tu l'aimeras beaucoup.

— Mme Towmey, je l'aimais beaucoup.

Elisa redoubla d'efforts pour ne rien laisser paraître de son émotion.

— Moi aussi, Janie, j'aimais beaucoup Mme Towmey. Mais maintenant elle est malade et elle ne peut plus s'occuper de toi.

— Mme Towmey m'aimait très fort ?

— Oui, ma chérie.

— Alors pourquoi elle ne m'écrit et elle ne m'appelle jamais ?

Le désarroi se lisait sur le visage de la fillette.

Elisa lui caressa le front.

— Elle ne peut pas, Janie. Mme Towmey a de gros problèmes et elle passe toute son énergie à les régler.

— Est-ce que je pourrai la revoir un jour ?

— Je ne sais pas, Janie.

Elisa pria pour que les retrouvailles n'aient jamais lieu.

— Allons, debout ! On s'habille et on va prendre le petit déjeuner dehors !

— Il y aura des crèpes ? interrogea la fillette, les yeux brillants de gourmandise.

— Très bonne idée ! Va voir si KayKay et Poppie veulent venir avec nous.

Janie sauta hors du lit et se précipita dans l'escalier. Elisa en profita pour bondir sous la douche. Vingt minutes plus tard, habillée d'un jean et d'un T-shirt rouge, elle était fin prête. La sonnette retentit.

Larson Richards se tenait sur le pas de la porte, un chiot roux blotti dans les bras. Dès qu'elle le vit, Elisa sentit une bouffée de colère l'envahir. Comment osait-il !

Et comment dire non à Janie qui poussait déjà des cris de joie devant la petite boule de poils ?

62

Le lendemain matin, une Volvo blanche flambant neuve s'avança dans l'entrée et Janie sortit en trombe de la maison, suivie de sa nouvelle compagne, prénommée Daisy. Elisa s'était levée à trois reprises au cours de la nuit pour rassurer l'animal. Janie, réveillée dès 6 heures, avait rejoint sa chienne et commencé à jouer avec elle. Elle avait ensuite voulu traverser la route pour aller la montrer à James. Elisa avait dû la retenir et lui expliquer qu'il était encore trop tôt.

Aux alentours de 10 heures, James apparut avec sa mère.

— Entrez ! Je vous attendais avec impatience. Janie ne m'a pas laissé une minute de repos.

— Vous en avez du courage ! remarqua Susan à voix basse en montrant la nouvelle venue.

— Je maudis Larson Richards, vous savez, soupira Elisa. Figurez-vous qu'il est venu en personne hier matin avec ce cadeau dans les bras pour Janie.

— Vous voulez rire ?

— Malheureusement non. Et la nouvelle nourrice de Janie commence demain. Je suis sûre qu'elle va trouver l'idée très excitante ! Maintenant, elle pourra ajouter le dressage d'une jeune chienne à la liste de ses compétences ménagères.

Susan n'en croyait pas ses oreilles.

— Ce type est culotté ! Offrir un chiot à Janie sans prendre la peine de vous consulter.

Ne connaissant pas les sentiments de Susan à l'égard de Larson, Elisa hésita à lui avouer ses impressions sur le personnage.

— Je crois qu'il voulait juste se montrer attentionné.

Susan secoua la tête.

— Larson fait rarement quelque chose par gentillesse. Et quand il le fait, c'est qu'il a une idée derrière la tête. Je parie qu'il veut vous compter parmi ses proches.

— Eh bien c'est raté.

— Maman, on va faire visiter la cabane à Daisy ! cria à cet instant Janie, qui se dirigeait vers le jardin derrière la maison, la chienne dans les bras.

— D'accord, mais fais bien attention. Ne la laisse pas tomber de l'arbre, compris ?

Elisa revint à sa conversation avec Susan.

— A votre avis, qu'est-ce qui pourrait motiver Larson ?

La question mit Susan mal à l'aise, mais elle en avait déjà trop dit pour se taire.

— Je dois vous avouer quelque chose, Elisa. Lorsque nous avons emménagé, nous nous entendions tellement bien avec les parents de Larson qu'il a essayé un jour de convaincre mon mari d'investir dans l'un de ses projets. Il s'agissait d'une opportunité exceptionnelle, selon lui. A l'époque, il voulait réunir sous une même bannière plusieurs sociétés indépendantes de ramassage d'ordures ménagères et vendre leurs services à une compagnie nationale. Il nous a promis monts et merveilles, prétendant que les investisseurs doubleraient leur mise dès la première année. Au début, il nous a bien eus, mais nous avons rapidement décidé que l'amitié que nous portions aux Richards ne s'étendait pas à leur fils.

— Je me demande s'il aura l'audace de me demander de l'argent, enchaîna Elisa.

— Il essaiera certainement... Mais, surtout, Elisa, ne l'écoutez pas. A la fin, même ses propres parents ne lui donnaient plus rien.

63

Elisa s'était installée à la table du salon pour mettre sous cadre des photos de famille. Le téléphone la fit sursauter. C'était Mack.

— Comment ça va? demanda-t-elle, glaciale.

— C'est le calme plat. Mais j'ai la sensation que tout peut exploser d'une minute à l'autre.

— Fais attention à toi.

Mack sentit le désintérêt dans la voix d'Elisa. Elle se contenait. Elle devait savoir...

— Du nouveau, côté Connelly?

— Il a la situation bien en main.

— Je ne voudrais pas qu'il t'arrive quelque chose, Elisa. Tu comptes beaucoup pour moi.

— Bien sûr, Mack, je compte beaucoup pour toi. Epargne-moi la chanson, s'il te plaît. Je suis au courant de ta petite escapade amoureuse.

Que pouvait-il dire, maintenant ? Il avait redouté cette conversation. Il rassembla ses forces et se jeta à l'eau.

— Je voulais t'en parler, Elisa. Je voulais que tu l'apprennes par moi et personne d'autre.

— C'est pourtant ce qui est arrivé et je dois dire que j'ai beaucoup ri. J'ai particulièrement apprécié le fait que tant de personnes soient au courant. Merci beaucoup, Mack.

— Je suis désolé, Elisa. Je ne voulais pas te blesser.

— C'est gentil, je me sens déjà mieux.

Un long silence s'installa.

— Dire que cette fille ne comptait pas pour moi peut te paraître minable de ma part, mais j'étais soûl et déprimé.

— Epargne-moi les détails sordides, Mack.

— Ecoute, chérie, on ne va pas régler ça au téléphone. Je veux te voir pour en parler. Et puis on ne va pas tout remettre en question à cause d'une passade.

— Primo, ne m'appelle plus « chérie ». Deuzio, ce qui s'est passé était un peu plus qu'une simple « passade ». Tertio, je n'ai pas l'intention de parler de cette affaire en tête à tête et, pour tout te dire, je m'en porte plutôt bien.

Elle raccrocha brutalement et se retint d'éclater en sanglots.

64

Augie arriva à la station à 6 heures du matin. Il s'était levé à l'aube, bien avant Hélène, ce qui n'avait en soi rien d'exceptionnel. Sa femme dormait toujours jusqu'à une heure avancée de la matinée, puis se rendait à son club de gym, déjeunait avec ses copines, faisait les magasins et passait chez la manucure. Quand il rentrerait du boulot, ce soir, elle se plaindrait de sa fatigue, prétexte habituel pour éviter de cuisiner.

Pourquoi s'était-il entiché de cette femme? La réponse tenait probablement à son abondante chevelure blonde, à ses vêtements moulants, ses décolletés ravageurs et ses jeans qui épousaient parfaitement la forme de ses fesses. Il s'était marié avec elle pour le sexe, purement et simplement.

Un coup de Klaxon le rappela à la réalité. Une voiture patientait devant la pompe à essence. Augie remonta le col de sa salopette avant d'affronter la fraîcheur matinale de ce mois de septembre. En remplissant le réservoir de la voiture, il songea qu'Hélène aussi s'était mariée avec lui pour une raison bien précise.

L'argent.

Il n'était pas beau gosse, loin de là. Et bedonnant, pardessus le marché. Son travail n'avait rien de bien excitant et il ne brillait pas par ses qualités intellectuelles. De ce côté-là, toutefois, il ne faisait aucun complexe, Hélène n'ayant pas inventé le fil à couper le beurre.

Augie restitua la carte de crédit à son client.

Bon, après tout, ils avaient conclu un marché, comme beaucoup d'autres couples d'ailleurs. Il remplissait sa part du contrat : une maison remplie de babioles que sa femme entassait sans distinction un peu partout. Ses premiers cambriolages lui avaient ouvert les yeux sur la vanité des achats de sa femme. Bizarrement, ils l'avaient en quelque sorte éduqué. Il avait appris à distinguer et à apprécier les antiquités, le superbe mobilier et les peintures de valeur qui ornaient les salons des riches clients qu'il dévalisait.

Augie accepterait les frivolités de sa femme aussi longtemps qu'elle remplirait sa part du contrat. Pas question donc qu'elle se refuse à lui. Sauf que c'était le cas depuis plusieurs mois.

Elle trouvait toujours une excuse. Maux de tête ou fatigue. Il n'était jamais là, se plaignait-elle, et elle se sentait seule et abandonnée. Sa cupidité était sans fond.

De la simple paire de boucles d'oreilles à la nouvelle veste en cuir, en passant par les séjours dans des stations balnéaires avec ses copines, elle en demandait toujours plus. Lorsque Augie lui passait ses caprices, elle s'offrait sans hésiter.

Mais la situation était devenue plus précaire ces derniers temps. Impossible de céder à tous les caprices de sa femme. Impossible aussi de la gratifier des bijoux qu'il dérobait car n'importe qui pouvait les reconnaître. Et le butin de ses cambriolages finissait toujours dans les bennes à ordures de ce satané Larson Richards. Augie avait investi tellement d'argent dans sa société que, à chaque fois que Larson montait au créneau avec ses « bientôt » ou ses « encore un peu », Augie n'avait pas d'autre choix que de payer encore et encore. Car si l'entreprise coulait, il était fini.

Mais pourquoi s'était-il laissé berner par ce type ?

Encore une fois, Augie connaissait la réponse. Sa propre avidité l'avait perdu. Quand Larson avait débarqué à la station dans sa grosse Mercedes noire, avec son costume impeccable et ses chaussures italiennes, Augie s'était senti flatté qu'un homme de cette classe lui demande de s'associer à lui. D'ordinaire, personne ne s'intéressait à un mécanicien crasseux aux ongles noirs.

Larson l'avait traité d'égal à égal. Et Augie était tombé dans le panneau.

65

Si Mme Garcia fut désagréablement surprise par la présence d'une chienne et par le papier journal qui jonchait le sol de la cuisine lorsqu'elle se présenta pour son premier jour de travail, elle eut la délicatesse de n'en rien montrer. Elle s'accroupit pour caresser Daisy tandis que Janie, encore en pyjama, restait en retrait. KayKay et Paul étaient rentrés à Manhattan la veille au soir et leur départ avait été déchirant.

— Je suis désolée, madame Garcia, mais Daisy n'était pas prévue au programme, s'excusa Elisa.

— Oh ! ne vous inquiétez pas, señora ! J'aime bien les animaux et celui-là est adorable.

Elle présenta sa main à la chienne qui s'empressa de la lécher de sa petite langue rose.

— Merci de le prendre aussi bien. J'espère qu'elle sera vite dressée.

— Oui, je pense que la petite Daisy comprendra très vite. Qu'est-ce que tu en dis, toi, Janie *preciosa* ?

En guise de réponse, l'enfant serra son singe un peu plus fort contre sa poitrine.

Les deux adultes ne s'en formalisèrent pas. Elisa montra à Mme Garcia les clés de la voiture suspendues à un crochet dans la cuisine, au-dessus d'une petite étagère.

— Un chauffeur m'emmène et me ramène matin et soir. Vous pouvez utiliser la voiture pour aller chercher Janie ou aller faire des courses.

Elle ouvrit la porte du garage pour que Mme Garcia puisse voir la voiture.

— Elle a l'air neuve.

— Oui, je l'ai achetée ce week-end.

Devant le visage étonné de l'employée de maison, Elisa se montra rassurante.

— Ne vous en faites pas. Je vous fais entièrement confiance. La seule chose qui m'importe est votre sécurité et celle de ma fille.

— Bien sûr, señora, poursuivit Mme Garcia, encore un peu surprise.

Elisa se retourna vers Janie qui avait suivi silencieusement les deux femmes.

— Que dirais-tu de montrer ta chambre à Mme Garcia ? suggéra-t-elle, pleine d'entrain.

L'enthousiasme de Janie n'était pas à son comble, mais elle hocha la tête et se dirigea vers l'escalier. Elisa laissa passer Mme Garcia et résolut de ne pas les suivre. Il fallait bien qu'elles s'apprivoisent.

Au cours d'une réunion avec Keith sur les divers sujets envisageables pour la série « Un nouveau regard », Elisa avait exprimé sa volonté de traiter des conjoints vivant éloignés l'un de l'autre. Les statistiques dénombraient chaque année un nombre croissant de couples qui acceptaient de vivre séparés quand leur carrière l'exigeait.

Elle avait donc suggéré à Keith d'entrer en contact avec un couple pris entre les Etats-Unis et la Grande-Bretagne. Elle espérait être ainsi amenée à se déplacer à Londres et voir Mack, sans imaginer que son amour pour celui-ci déclinerait aussi rapidement. Entre-temps, malheureusement, Keith avait suivi son idée.

Enthousiaste, il présenta à Elisa les notes et les éléments biographiques qu'il avait rassemblés sur la question. Son dossier était solide et le travail d'enquête irréprochable.

— Elle venait tout juste d'obtenir un poste important dans une boîte de pub new-yorkaise quand son mari, qui travaillait dans une banque, s'est vu offrir un poste de directeur à Londres. Ils font donc régulièrement l'aller et retour entre les deux continents. Ils sont d'accord pour une interview. Nous pouvons même filmer la femme dans l'avion pour Londres.

Keith s'attendait à ce qu'Elisa le félicite chaudement. Il avait trouvé le couple parfait pour l'émission.

L'expression du visage de la présentatrice l'inquiéta.

— Qu'est-ce qui cloche ?

Elisa se sentit mal à l'aise.

— Ecoute Keith, je ne veux plus traiter ce sujet. En tout cas pas une histoire entre Londres et New York.

Il aurait aimé des explications, mais n'osa pas lui en demander. Les décisions de la présentatrice du *Evening Headlines* ne pouvaient être contestées. C'était la règle.

— Je vois, dit-il. Alors je cherche un autre couple ?

Elisa haussa les épaules.

— Oui, je suppose. Cette fois-ci, un couple qui fait des aller et retour entre deux Etats. Je ne peux pas m'éloigner de New York en ce moment. Vois si tu peux trouver quelque chose dans les parages.

Keith prit des notes en hochant la tête.

— Tout est prêt pour le prochain sujet? demanda Elisa.

Il lui tendit un papier.

— Voici le texte. Range l'a déjà parcouru et ça lui plaît. Dis-moi s'il te convient. Dans ce cas, nous pourrons passer tout de suite à l'enregistrement et faire le montage juste après.

Keith se leva et avança vers la porte. Elisa l'interpella.

— Merci, Keith. Tu as fait du bon boulot et je suis désolée de t'avoir fait perdre ton temps.

— Ne t'en fais pas, Elisa. Ce n'est rien

Ce n'est qu'un peu plus tard, alors qu'il déjeunait avec deux autres producteurs, qu'il comprit les raisons de son refus. Les commérages allaient bon train.

Mack McBride ne devait pas avoir toute sa tête.

Le reportage de la semaine avait pour thème un sujet très approprié, la dépression. Elisa lut très attentivement le texte que Keith venait de lui transmettre. Le travail était précis et ne nécessitait aucune réécriture. Elisa ajouta seulement çà et là quelques mots qui reflétaient davantage son style oral.

Elle s'abandonna sur son fauteuil et joua avec son bracelet en or. Elle pensa se mettre en quête d'un autre psychanalyste. Le Dr Karas, à présent décédé, lui manquait beaucoup. Elle l'avait rencontré suite à la dépression qui l'avait terrassée après la mort de John. Karas l'avait accompagnée et soutenue tout au long de cette épreuve. Son état dépressif lui avait beaucoup appris sur elle-même et elle savait que, si elle éprouvait de nouveau un besoin d'aide, elle se tournerait à nouveau vers un spécialiste. Cependant, chercher une personne en qui elle aurait confiance et qui saurait la mettre à l'aise nécessitait un réel investissement.

Quoi de plus normal que de souffrir de la fin d'une relation amoureuse? Elle devait d'abord essayer de surmonter seule sa douleur. Elle ne se laisserait pas aller au désespoir. Son travail et Janie l'aideraient à se sortir de cette passe délicate.

L'Interphone émit un son strident.

— Oui, Paige ?

— Joe Connelly sur la deux.

— Très bien, je le prends, merci.

Elle inspira profondément.

— Salut, Joe. Quelque chose me dit que vous ne m'apportez pas de bonnes nouvelles.

— J'aurais préféré, Elisa.

— De quoi s'agit-il, cette fois ?

— Une autre lettre.

Elisa eut un haut-le-corps.

— Du même type ?

— Oui, de notre cher Bidoche.

— Super. Et qu'est-ce qu'il y a au menu du jour ?

— Vous tenez à ce que je vous la lise ?

Protège-toi, lui souffla une petite voix.

— Non, merci, Joe. Faites-moi un résumé.

— Il veut se faire embaucher par la chaîne pour vous donner quelques petits conseils vestimentaires et comportementaux.

Elisa laissa échapper un petit rire.

— Il a joint son curriculum vitae ?

Connelly ne répondit pas.

— Joe, je sais que je ne devrais pas rire. L'heure est grave et j'en suis consciente, se reprit-elle.

— Elisa, ce qui m'inquiète le plus, c'est qu'il ait mentionné sa venue à KEY. Je n'aime pas ça du tout.

Lorsque le chauffeur la déposa chez elle, ce soir-là, Elisa prit son courage à deux mains pour affronter la réaction de sa fille. Elle s'attendait à ce que Janie se jette à son cou en criant qu'elle n'aimait pas Mme Garcia.

Elisa ouvrit la porte aussi discrètement que possible. Une odeur alléchante de poulet rôti lui donna l'eau à la bouche. A l'étage, des voix joyeuses se firent entendre.

Quel soulagement !

Elle déposa son sac à main sur la table du salon, ôta ses chaussures et grimpa les marches de l'escalier sur la pointe des pieds. Elle entendit la baignoire se vider et le refrain d'une chanson espagnole s'élever de la chambre de Janie.

— Maman ! s'écria l'enfant joyeusement en l'apercevant.

Vêtue de sa chemise de nuit rose, Janie se jeta dans ses bras et la serra très fort. Elle sentait bon le savon.

— Alors, ma barbe à papa toute rose, on dirait que tu as passé une sacrée bonne journée !

Janie hocha la tête avec énergie.

— Oh ! oui alors ! Mme Garcia m'apprend à parler espagnol.

— Oui, je t'ai entendue.

— Et on a promené Daisy autour du lac et on a fait des cookies au chocolat ensemble.

— J'espère que tu m'en as gardé quelques-uns.

— Oui, il y en a plein, plein.

— Et l'école ?

— Bien. James est venu jouer ici après.

Elisa regarda par-dessus l'épaule de sa fille. Mme Garcia rassemblait les affaires de Janie pour les mettre à laver.

— Janie, prends tes vêtements et va les mettre dans la corbeille de la salle de bains.

Janie obéit et Elisa vint s'asseoir un instant sur le bord du lit de sa fille. Manifestement, la journée s'était bien déroulée.

— J'ai l'impression que tout s'est très bien passé, dit-elle, souriante.

— Janie est adorable. Nous nous entendrons bien.

— J'en suis ravie, madame Garcia.

L'employée de maison s'apprêta à quitter la pièce pour aller préparer le dîner avant de partir.

— Il y a une seule chose qui ne m'a pas plu, señora Blake.

— Quoi donc ? s'inquiéta aussitôt Elisa.

— Un homme est venu ici aujourd'hui en disant que c'était lui qui avait donné le chiot à Janie et qu'il venait voir si elle aimait bien son nouveau petit compagnon. Il ne m'a pas inspiré confiance. Je lui ai dit de ne pas venir en votre absence et j'espère qu'il m'écoutera.

— Vous avez bien fait, madame Garcia. Moi non plus, je ne l'apprécie pas.

66

Larson ne s'était pas manifesté et Augie n'aimait pas cela. Il en avait assez des promesses de remboursement sans cesse différées. Il perdait patience et voulait son argent maintenant.

La fin de la période estivale avait sonné le glas des vacances. Cela signifiait moins d'opportunités de cambriolages pour Augie. L'argent liquide qu'il avait amassé depuis trois mois fondait comme neige au soleil et il devrait attendre les fêtes de fin d'année pour renflouer ses caisses.

Il avait des frais considérables que les seuls revenus du garage ne suffisaient pas à couvrir.

Il composa le numéro de Richards.

— M. Richards est en réunion actuellement, monsieur Sinisi. Je lui dirai que vous avez appelé.

— Il est toujours en réunion et ne me rappelle jamais, rétorqua Augie, à bout de nerfs.

— Je suis désolée, monsieur Sinisi. Je lui dirai que vous avez de nouveau tenté de le contacter, répéta la secrétaire.

— Dites à votre employeur que s'il ne me répond pas rapidement, je viendrai le trouver en personne.

Larson avait demandé à son assistante de filtrer les appels. A vrai dire, il ne parlait pratiquement à plus personne ces temps-ci. La quasi-totalité de ses investisseurs le harcelaient et l'accablaient de reproches et de menaces. Mais lorsque la secrétaire lui annonça qu'Elisa Blake était en ligne, il s'empressa de prendre l'appel.

— Elisa ! Quelle joie de vous entendre ! Est-ce que Janie aime son chien ?

— Elle l'adore, Larson.

— Fantastique, j'étais sûr que ça l'emballerait.

— J'aurais cependant préféré que vous m'en parliez avant.

— Oh! bien sûr, c'est ce que j'aurais dû faire! Mais je pensais vraiment que vous l'aimeriez.

— Larson, vous me connaissez à peine. Vous supposez des choses que vous ignorez totalement.

Salope! pensa Larson. Deux cents dollars pour ce foutu chien. Mais tout doux, mon ami... N'oublie pas, tu ne peux pas te permettre de te brouiller avec Elisa Blake.

— Je suis désolé, Elisa. J'ai cru bien faire. Pardonnez-moi.

Elle ne prêta aucune attention à ses excuses.

— En fait, Larson, je vous appelle car Mme Garcia m'a rapporté votre visite impromptue d'hier.

— Oui, je passais juste prendre des nouvelles. Ça pose problème?

— Pour vous dire la vérité, Larson, je préférerais que cela ne se reproduise pas. Mme Garcia vient juste d'arriver et je veux que les choses se passent au mieux.

— Elisa, il n'y a vraiment pas de quoi en faire un drame, protesta-t-il. Et si vous voulez mon avis, je trouve plutôt rassurant de savoir que quelqu'un passe de temps en temps pour vérifier que tout va bien pendant que vous travaillez. La communauté guatémaltèque est très présente par ici et je ne suis pas le seul à la trouver louche. On les voit toujours attendre au coin des rues et beaucoup traînent dans des endroits crasseux. Vous appréciez peut-être Mme Garcia, mais vous ne savez pas qui elle fréquente. Est-ce que ça vous plairait que l'un de ses amis passe faire un petit coucou en votre absence?

Du mépris. Voilà tout ce qu'Elisa ressentait pour cet homme à l'autre bout du fil.

— Larson, j'apprécie la communauté guatémaltèque. Leur culture, certainement parce qu'elle est confrontée à la précarité, valorise la propreté, la dignité et la politesse. Nous avons tous beaucoup à apprendre de ces gens.

— Vous insinuez que j'ai des leçons à recevoir de ces gens ?

— Exactement. Et à l'avenir, ne vous arrêtez pas chez moi sans y être invité.

Révulsée, elle raccrocha, en se rappelant trop tard l'existence du coffre. Larson ne lui en avait toujours pas donné la combinaison.

Qu'il aille au diable ! Elle ne rappellerait pas ce type de sitôt.

67

Le regard de Cornelius glissa sur les carreaux noirs de suie qui tapissaient l'intérieur du tunnel Lincoln. L'autobus qu'il avait pris le conduirait jusqu'à Port Authority. De là, il emprunterait le métro qui le laisserait devant l'entrée des studios d'enregistrement de KEY. Il avait tout le temps de mener son plan à bien et serait de retour à l'heure pour travailler au bar.

Il ne supportait plus de la voir au journal télévisé. Cela ne lui suffisait plus, il voulait la voir en chair et en os. Il était prêt à venir aux studios tous les jours s'il le fallait.

Il devait d'abord se faire une idée de son emploi du temps. L'heure de son arrivée le matin et celle de sa pause de midi. L'intercepter après la diffusion du journal restait la meilleure solution envisageable. Mais, à cette heure-là, Cornelius était attendu au bar et pas question pour lui de perdre sa place. Du moins pas pour le moment.

Habillé d'un simple jean et d'un immense T-shirt à l'effigie des Giants, l'équipe de basket de New York, il attendit le métro en jetant des regards dédaigneux aux autres passagers. Les femmes en jupes courtes le dégoûtaient particulièrement.

Il les considérait comme des traînées.

Le train stoppa à la station Columbus Circle et il put

enfin gagner la sortie. La journée était ensoleillée. Il acheta un beignet tout chaud et une cannette de Coca-Cola à un vendeur ambulant, et engloutit le tout en se dirigeant vers le point de chute qu'il s'était fixé. Onze heures passées, l'informa sa montre. Un peu plus tard que prévu. Elisa devait déjà être arrivée aux studios.

Il ne désespérait toutefois pas de la voir surgir à l'heure du déjeuner. Il traversa la rue et vint se poster en face du bâtiment. En l'espace d'une demi-heure, une dizaine de personnes entrèrent et sortirent par la porte à tambour. La faim le fit quitter provisoirement son poste d'observation. Il s'accorda une courte pause pour aller acheter une pizza aux poivrons et, une fois servi, retourna aussitôt surveiller l'entrée des studios qu'il percevait obliquement depuis son poste.

Les employés commençaient à quitter les locaux.

— Quelle efficacité ! Je n'en crois pas mes yeux ! Tu as organisé tout ça en un temps record.

Keith était flatté et avait du mal à cacher sa satisfaction.

— A vrai dire, tout le mérite ne me revient pas. J'ai parlé du sujet à ma femme et il se trouve qu'elle connaît un couple dans cette situation. La femme est agent littéraire et veut rester à New York, et son mari vient de décrocher un poste important à Dallas. Il est parti là-bas il y a six mois. Cela a chamboulé leur vie, mais ils sont déterminés à sauver leur couple.

— Tu leur as parlé ?

— Oui, ils veulent bien que nous parlions de leur histoire. En fait, la fille s'envole pour Dallas ce week-end. J'ai pensé que tu pourrais l'interviewer à bord de l'avion, vendredi soir, pour recueillir ses impressions avant les retrouvailles, puis reprendre l'avion du retour avec elle à la fin du week-end.

Elisa savait que Keith avait raison. Quelle meilleure façon de traiter le sujet auraient-ils pu trouver ? Certes, s'absenter tout un week-end la chagrinait, mais elle n'allait tout de même pas refuser encore une fois. Il risquait de lui en vouloir, et à juste titre.

Elle jeta un coup d'œil à sa montre.

— Que dirais-tu d'aller en parler devant un bon repas ?

L'attente ne lui faisait pas peur.

Il avait toujours été recompensé de sa patience. Avant, il guettait l'envol de ses chauves-souris. Aujourd'hui, il attendait Elisa.

Et la voilà qui apparaissait !

Un homme la suivait. Ensemble, ils s'avancèrent sur le trottoir. Il leur fallut un moment avant de trouver un taxi libre.

Cornelius fulminait. Une fois de plus, elle ne l'avait pas écouté.

Ses cheveux bruns brillaient dans la lumière de cette mi-journée. Son tailleur bleu marine découvrait un peu trop ses cuisses.

Le type qui accompagnait Elisa lui glissa quelques mots à l'oreille et il la vit rire.

— Pute ! siffla-t-il entre ses dents.

68

A son retour à la maison ce soir-là, Elisa annonça qu'elle devait s'absenter pour le week-end. Janie accepta très bien la nouvelle, surtout lorsqu'elle apprit qu'elle passerait ces deux jours en compagnie de Kay-Kay et Poppie.

Cela signifiait une visite au zoo de Central Park. Là-bas, ils verraient les singes, peut-être même auraient-ils le temps d'aller au cinéma et aussi, si elle était sage, chez Schwarz, le célèbre magasin de jouets.

— Vous pensez pouvoir conduire Janie chez ses grands-parents à New York, vendredi soir? demanda Elisa à Mme Garcia. Ils habitent tout près de la sortie Harlem River.

— Si cela peut vous rendre service, señora. Je connais la route pour aller là-bas. J'ai de la famille près de Washington et quand je vais leur rendre visite, je passe toujours devant les panneaux qui signalent Harlem River. Je trouverai sans problème.

— Alors parfait, on s'arrange comme ça. Vendredi, après le journal, je m'envole pour le Texas. Je serai de retour dimanche soir. Les grands-parents de Janie la déposeront ici à la fin du week-end.

Confier sa fille à ses beaux-parents sécurisait Elisa. Pas une minute elle n'aurait songé laisser Janie à Mme Garcia. Elles s'entendaient à merveille mais Elisa ne voulait pas abuser. Et puis, avec les menaces qui continuaient de lui parvenir à KEY, l'idée de laisser sa fille et sa nourrice seules à HoHoKus durant un week-end entier ne lui plaisait guère.

69

Carmen Garcia récupéra Janie à la sortie de l'école, l'emmena manger au McDonald's et prit la direction du pont George Washington. Elle suivit les panneaux de signalisation annonçant Harlem River. A 13 h 30 précises, elle déposa Janie chez ses grands-parents et calcula que, si tout se passait bien, elle serait de retour à HoHoKus une heure plus tard.

Elle contrôla la jauge du réservoir. Elle aurait pu s'abstenir de passer à la pompe et, une fois la voiture dans le garage, appeler sa fille pour qu'elle vienne la chercher. Mais sa droiture lui dicta de ne pas partir sans avoir terminé sa journée de travail. Une fois chez Mme Blake, elle changerait les draps et ferait un peu de repassage.

Elle fit une halte à la station-service. L'homme qui vint à sa rencontre la dévisagea d'un air sceptique. Il ne peut pas croire qu'une femme comme moi possède un véhicule neuf, comprit Carmen.

— Le plein, s'il vous plaît.

— Qu'est-ce qu'on met? demanda l'homme d'un ton bourru.

Carmen le regarda d'un air stupéfait.

— Essence normale ou sans plomb?

Elle fut prise au dépourvu. Il lui était arrivé d'emprunter la voiture de sa fille, mais jamais on ne lui avait posé cette question.

— Sans plomb, bredouilla-t-elle, hésitante.

La tête droite et le regard fixé au loin, elle attendit que le plein soit fait.

— Douze dollars.

Carmen tendit la carte de crédit au nom d'Elisa. L'homme demeurait soupçonneux.

— Vous n'êtes pas Elisa Blake.

— Exact, monsieur. Je travaille pour cette dame et elle m'a confié sa carte.

— Comment je peux être sûr que vous me dites la vérité? Vous l'avez peut-être volée, cette carte! Et cette voiture aussi!

Carmen resta interdite, incapable d'articuler un mot.

— Je connais bien Mme Blake, continua l'employé. Je vais l'appeler pour voir si les informations concordent.

— Vous ne pourrez pas la contacter, elle est au bureau, s'affola Carmen.

— Bon, ça va pour cette fois. Mais je vous promets que je l'appellerai dès ce soir.

— Vous ne pourrez pas la contacter ce soir non plus. Elle est en déplacement pour le week-end.

Bingo! songea l'homme à la salopette.

70

Elisa, Keith et B. J. D'Elia, le cameraman, progressaient lentement dans le couloir d'embarquement. Les réservations étaient complètes et les passagers nombreux.

Les deux hommes prirent place l'un à côté de l'autre. Derrière eux se tenaient Elisa et Lauren Houghton, prêtes pour l'interview. La compagnie aérienne n'avait soulevé aucune objection du moment que le sujet ne portait pas sur les conditions de sécurité à bord. Keith savait que les transporteurs aériens tenaient à soigner leur image de marque. Une interview qui mettait en exergue leur capacité à jouer un rôle positif dans une relation amoureuse était tout à leur avantage. C'est pourquoi ils avaient obtenu un accueil à bord irréprochable.

Keith se félicitait de pouvoir mener à bien ce reportage aussi rapidement. La grossesse de Cindy arrivait à son terme et il lui serait bientôt impossible de prolonger ou de multiplier ses absences. Il appréciait cependant de passer le week-end loin de toute tension conjugale.

Le matin même, il avait fait la sourde oreille aux reproches d'une Cindy excédée de devoir rester seule une fois de plus. Keith avait développé une technique imparable dans ces cas-là. Il s'efforçait de se montrer compatissant, sans se laisser affecter par les crises d'hystérie de sa femme. Il était las de ses plaintes incessantes. Si leurs rapports ne s'amélioraient pas à la naissance du bébé, il n'était pas sûr de tenir longtemps encore.

En comparaison, ce week-end constituait une sorte de trêve. Au travail, au moins, les choses était plus simples : il savait exactement comment accomplir sa tâche. Personne ne mettait en question ses motivations et ses compétences. Il n'avait à faire le bonheur de personne.

Bien sûr, il devait obéir à Elisa Blake. Mais elle se montrait respectueuse d'autrui, contrairement à beaucoup de vedettes du milieu. Elle agissait en professionnelle, laissant au chef opérateur le soin de coordonner le reportage. Elle ne comptait pas sur Keith pour lui dénicher les meilleurs restaurants du coin ou lui prendre un rendez-vous chez une esthéticienne. Avant tout, Elisa voulait que le travail soit fait et bien fait. A la fin de la journée, elle prenait son repas à l'hôtel, avec les techniciens. Sa vie privée, elle en assumait l'entière responsabilité.

Keith boucla sa ceinture et ferma les yeux le temps du décollage. Il pensa que, au vu de la situation – la trahison de McBride aidant –, Elisa devait être particulièrement vulnérable. L'occasion idéale pour tenter sa chance auprès d'elle.

Elisa connaissait sa situation maritale et savait que Cindy attendait un bébé. Elle n'était pas de ces femmes à entamer une relation amoureuse avec un homme marié. De plus, elle n'avait jamais trahi une quelconque attirance pour lui. Pourtant, Keith nourrissait un espoir secret. Les déplacements favorisent les rapprochements, pensait-il. Loin du ronron habituel, les inhibitions disparaissent naturellement et beaucoup de liaisons extra-conjugales ont lieu dans ce contexte.

71

Un éclairage diffus auréolait de teintes rose pastel les façades des résidences qui entouraient la baie de Sarasota. A cette heure du jour, et alors qu'il regagnait le boulevard Ringling, Samuel Morton était particulièrement sensible à ce jeu de lumière. La côte sud-ouest de la Floride semblait de fait bénie des dieux. Elle jouissait de plages de sable blanc paradisiaques et de couchers de soleil grandioses. Pas une minute Samuel n'avait regretté d'avoir quitté le nord de l'Etat. Sur le plan culturel, Sarasota était une ville très active. Les théâtres proposaient des pièces très appréciées et l'opéra invitait régulièrement de grands interprètes.

La ville abritait des artistes, des acteurs, des danseurs, des musiciens, des écrivains et des gens comme Samuel qui fuyaient les hivers nordiques. Conquis par la douceur du climat, la splendeur des plages, les bains de mer revigorants et les bons restaurants, il avait opté pour un long séjour à Sarasota. Là, les étés semblaient s'étirer indéfiniment, ponctués de temps à autre par de courts orages. Tout bien pesé, Samuel préférait l'excès de chaleur au froid glacial des hivers qu'il avait affrontés dans le nord.

Du moins jusqu'à présent.

La pleine saison débuterait pour lui dans un mois, au retour des vacanciers. Il croulerait de nouveau sous les invitations. Les occasions de sortir ne manqueraient pas. Mais, cette année, il n'avait pas le cœur aux réjouissances.

Il atteignit le pont mobile qui barrait la route de Siesta Key. Il s'immobilisa et patienta dans la file d'automobilistes qui s'apprêtaient, comme lui, à rejoindre l'autre rive. Une goélette était engagée dans le passage, fendant tranquillement les eaux. Un couple se trouvait à bord. Une brise légère faisait onduler la chevelure de la femme tandis que l'homme tenait un verre à la main. Un sentiment de bien-être émanait de la scène.

Mais Samuel ne se laissait pas duper par les apparences. Il s'attarda un instant sur l'image de ce couple séduisant. La sérénité affichée par cet homme et cette femme pouvait n'être qu'un simulacre. Il songea à la manière que lui-même avait choisie pour masquer sa détresse. A le voir toujours sur son trente et un, le teint hâlé, au volant d'une superbe décapotable, les gens pensaient que la vie lui souriait. Alors qu'il était un homme brisé.

Le temps pressait. Il devait prendre le large.

Ses parents avaient gardé un pied-à-terre à New York. Il pouvait toujours s'exiler là-bas, lui qui aimait tant cette ville. Le cabinet juridique pouvait très bien se passer de lui. Depuis quelque temps déjà, le travail lui pesait et il laissait Léo, son frère et associé, assurer la plus grosse partie du travail. Léo s'inquiétait de son état dépressif. Il accueillerait certainement avec indulgence sa volonté de prendre du recul. Cela leur ferait du bien à tous les deux.

Le pont s'abaissa et la file des voitures s'ébranla. La vision de l'étendue maritime l'apaisa considérablement. Sa décision était prise.

72

Les Houghton avaient accepté la proposition de KEY News : l'équipe passerait une journée avec eux et filmerait quelques instants la vie ordinaire d'un couple qui se retrouve le week-end. L'équipe de KEY viendrait à l'appartement le samedi matin vers 11 heures, ce qui permettrait tout de même aux jeunes époux de faire la grasse matinée.

Keith avait dormi comme un loir sans sa femme à ses côtés. Cindy se levait plusieurs fois dans la nuit et ne retrouvait le sommeil qu'après d'incessants déplacements. Elle soupirait, se retournait, se relevait, et cela jusqu'à ce qu'elle tombe d'épuisement. Keith, pendant ce temps, faisait en général semblant de dormir pour ne pas avoir à engager une conversation qui ne les mènerait nulle part.

Ce matin-là, il profita de son lit moelleux, s'étira longuement et, regardant l'heure, décida qu'il était temps de descendre à la salle de gym de l'hôtel avant le petit déjeuner. Quelle joie de reprendre une activité physique ! Depuis quelques mois, il avait arrêté de pratiquer le moindre sport pour ne plus s'attirer les regards désapprobateurs de sa femme dès qu'il s'absentait. Un bon jogging sur le tapis roulant lui ferait le plus grand bien et l'aiderait peut-être même à s'affranchir des pensées obsédantes qu'il nourrissait à l'égard d'Elisa.

Son regard s'arrêta sur elle lorsqu'il entra dans la salle de gym. Elle courait déjà, habillée d'un cycliste noir et d'un justaucorps. Trop tard pour rebrousser chemin ; elle l'avait vu et lui faisait signe de la main.

Même sans maquillage, elle était délicieuse.

Il prit place sur un second tapis roulant et ils coururent un moment au même rythme.

— Je crois que la prise d'hier pendant le vol était plutôt bonne. Qu'est-ce que tu en dis ? s'aventura Elisa.

— Entièrement d'accord. Je pense qu'on va poursuivre sur cette lancée aujourd'hui.

— Qu'as-tu prévu?

— Tourner quelques séquences dans la maison et les suivre au supermarché. Je leur ai bien spécifié de rester naturels et de ne rien changer à leurs habitudes. Ils m'ont dit qu'ils se feraient un petit resto ce soir et un cinéma.

— Quelle chance!

— Comment?

— Non, je disais qu'ils avaient de la chance de partager ces moments... Une belle journée en perspective...

Keith était confus, il ne savait pas vraiment comment interpréter cette dernière remarque. Fallait-il y voir un sous-entendu? Essayait-elle de lui faire comprendre, à mots couverts, qu'elle désirait mener une vie plus ordinaire avec un homme simple? Cet homme pouvait-il être lui?

Sans réfléchir, il tourna l'interrupteur et le tapis s'immobilisa. Il fondit sur Elisa, l'étreignit brusquement et lui arracha un baiser. Elle le repoussa violemment. Keith avait la réponse à ses questions.

73

Après une violente dispute avec sa femme, Augie sortit de chez lui dans un état d'énervement rare. Une fois de plus, Hélène lui avait fait le coup de la migraine.

Il monta dans son van et déambula dans les rues de HoHoKus. Vers minuit, il arriva aux abords de la maison d'Elisa Blake et attendit la disparition progressive des lumières dans les résidences alentour. Plusieurs pièces étaient allumées chez la présentatrice, mais aucun va-et-vient n'était visible. Il resta là jusqu'à ce qu'elles s'éteignent automatiquement et que ne demeure, dans l'entrée, que le pâle reflet d'une veilleuse. De toute évidence, la maison était vide.

Il tenta le tout pour le tout et entra dans la propriété,

feux éteints. Il se gara à l'abri des regards et laissa le moteur en marche. Si la maison était dotée d'un système d'alarme, il lui faudrait filer comme l'éclair avant que la police, alertée, ne débarque.

Les gants en latex ne glissèrent pas aisément sur ses paumes moites. Il se saisit du double des clés et d'une lampe de poche. Il tenta d'insérer la clé dans la serrure de la porte, côté cuisine. Peine perdue. Il détenait probablement un double de la porte qui donnait droit sur la rue principale. Il risquait gros. Comment braver la lumière, même pâlotte, de la veilleuse ?

Il longea le mur et, parvenu à l'angle, s'arrêta un instant, le souffle court. Un massif d'arbustes le cachait de la route. Il patienta dix minutes, sans qu'aucune voiture ne vienne troubler le calme des environs. Rien à signaler du côté des Feeney. Normal. Avec trois enfants en bas âge, tout le monde devait être épuisé et dormir à poings fermés.

Il se décida.

Courbé en deux, il quitta sa planque et courut vers la porte d'entrée. Ce n'était pas le moment d'avoir la tremblote. Clé bien en main, il ouvrit la porte sans difficulté. Il se coula à l'intérieur, referma soigneusement derrière lui et balaya les murs de sa lampe de poche. Rien. Il devait agir vite.

A l'étage, il tomba sur la chambre principale et fondit sur la coiffeuse. Il saisit une boîte à bijoux bien garnie qu'il fourra aussitôt dans une taie d'oreiller arrachée au lit. Mais pas de poste de télévision ni de magnétoscope.

Lorsqu'il ouvrit le placard mural, une lampe le surprit. Elle était reliée à l'ouverture de la porte. Il plongea sans hésiter dans l'amas de vêtements suspendus. Des habits de marque, à n'en pas douter, mais sans intérêt pour lui. Trop compromettants.

Il passait sa main sur les murs lorsque sa paume décela le contour d'un coffre. Sans trop y croire, il actionna la poignée... et la tira à lui sans problème. Le cœur battant, il n'osa imaginer ce qu'il pouvait receler.

Fausse joie, le coffre était vide.

Augie retourna dans le séjour. Sur une table ronde était disposé un service de couverts en argent. Il s'empressa de tout mettre dans son sac de fortune. Un vase subit le même sort. Puis un reflet l'attira vers une série de photos encadrées. Il les fit disparaître, se promettant de faire estimer les cadres.

La taie était pleine à présent. Dans la cuisine, il ouvrit la porte qui lui avait résisté quelques instants plus tôt et posa son sac plein à côté. Il alla ensuite jeter un œil dans le congélateur, ses précédents pillages lui ayant appris que la glace pouvait cacher des trésors. Toujours rien.

Enfin, il trouva le poste de télévision, le lecteur DVD, le magnétoscope et la caméra vidéo qu'il convoitait.

Il fit quatre aller et retour entre la maison et le van pour charger l'intégralité de son butin. Puis il regarda sa montre. Belle opération ! Trente-cinq minutes pour rafler le tout.

Plus tard, il se débarrassa des photographies en se félicitant de les avoir emportées. Les cadres en argent massif lui rapporteraient gros.

74

Bon an, mal an, ils avaient mené à bien le reportage. La décision de la poursuite ou de l'interruption de leur collaboration ne dépendait que d'Elisa.

Il avait dépassé les bornes et s'en voulait terriblement. L'expression de désarroi sur le visage de la jeune femme l'avait tout de suite poussé à s'excuser. Puis il avait craqué. Les yeux noyés de larmes, il avait bredouillé les détails de sa vie intime. La pression incroyable due à la venue du bébé. Il en appelait à l'indulgence d'Elisa, il ne pouvait pas se permettre de perdre sa place maintenant.

Compréhensive, Elisa lui avait conseillé d'oublier cet

incident. Par la suite, ils n'avaient plus abordé le sujet, mais elle fut soulagée, au retour, de voyager seule en première classe. Le reste de l'équipe s'était contenté d'une deuxième classe.

A New York, elle ne proposa pas au cameraman et au chef opérateur de partager un taxi. Elle rentra directement chez elle, prétextant qu'elle était pressée. En un sens, elle disait vrai. Elle souhaitait être présente pour accueillir ses beaux-parents après leur week-end mouvementé avec un petit boute-en-train de cinq ans.

Elle recouvra un peu de sa sérénité en traversant le paysage familier qui la ramenait à Saddle River. Elle parvint alors à rassembler ses esprits et à réfléchir au cas Keith Chapel. Sa réaction était partagée. D'un côté, elle compatissait à sa situation et ne voulait pas sanctionner trop sévèrement son moment d'égarement. De l'autre, son statut de présentatrice lui interdisait une trop grande indulgence. Si l'incident venait à s'ébruiter, sa propre réputation en pâtirait. Le milieu de la télévision ne pardonnait pas le moindre faux pas.

Cependant, elle était convaincue que Keith se garderait bien de se vanter de son exploit. Ils évoqueraient à nouveau les faits le lendemain et trouveraient un arrangement. Elle passerait l'éponge à condition que cela ne se reproduise jamais.

La limousine s'immobilisa en douceur devant la maison et le chauffeur déposa les bagages dans l'entrée avant de partir.

La nuit n'était pas encore tombée et Elisa se glissa dans le couloir sans éclairer la pièce. Elle libéra ses pieds de ses chaussures et saisit le courrier que Mme Garcia avait laissé en évidence sur la petite table de l'entrée. En se dirigeant vers le salon, elle prit rapidement connaissance des différents plis et s'installa dans un fauteuil. L'écriture sur l'une des enveloppes parlait d'elle-même. Mack. Elle tendit alors la main vers une petite lampe qu'elle alluma machinalement pour mieux la déchiffrer.

Lorsqu'elle releva la tête, elle constata la disparition de ses précieuses photos.

75

Avec un jour de retard, les techniciens responsables de l'installation du système de sécurité débarquèrent à HoHoKus pour changer les serrures et sécuriser les lieux.

Elisa avait promis à Janie de remplacer la télévision et le magnétoscope au plus vite. Mme Garcia se chargerait d'acheter un nouveau téléviseur tandis qu'elle serait à l'école le lendemain matin. Après le départ de ses beaux-parents et une fois Janie au lit, elle répertoria l'ensemble des objets manquants.

Elle s'effondra.

L'argenterie qu'elle avait reçue en cadeau à son mariage avait disparu, ainsi que ses bijoux, dont la magnifique alliance en or que John lui avait passée au doigt en promettant de lui être fidèle jusqu'à sa mort, un collier incrusté de diamants, premier cadeau d'anniversaire de son mari, un bracelet d'émeraudes transmis de génération en génération chez les Blake et que Katharine et Paul lui avaient remis à la naissance de Janie, et enfin la montre que ses parents lui avaient offerte pour fêter sa brillante réussite à ses examens. Tous ces témoins de son parcours lui avaient été dérobés.

Plus que tout, elle regrettait la disparition d'une précieuse broche sertie de diamants et de saphirs, ultime présent de John avant sa mort. Respectant les dernières volontés de son mari, elle n'avait pas ouvert ce cadeau avant la naissance de leur fille. Il savait qu'il n'aurait pas le plaisir de lire l'expression d'émerveillement sur le visage de sa femme lorsqu'elle découvrirait le joyau exceptionnel qui étincelait au fond de la boîte tapissée de velours sombre. Cette broche les liait par-delà la mort.

Pour Elisa, la valeur sentimentale de ces objets excédait de loin leur valeur marchande. Elle était prête à racheter ces fragments de vie irremplaçables au prix imposé par le malfrat.

Elle se sentait violée dans son intimité. Le cambrioleur n'allait pas s'en tirer comme ça. La police avait enregistré sa plainte et fait allusion à des cas similaires dans le quartier. A chaque fois, il n'y avait aucun signe d'effraction. Quelqu'un devait posséder un double des clés et s'en servir le plus naturellement du monde.

Elisa ne voulait pas suspecter Mme Garcia, mais l'avertissement virulent de Larson résonnait dans sa tête. Elle chassa vigoureusement cette idée malsaine de son esprit. Après tout, Carmen Garcia avait travaillé durant des années pour une famille qui lui avait transmis une lettre de références des plus élogieuses. S'ils avaient eu le moindre reproche à son encontre, ils l'en auraient avertie.

Après un moment de réflexion, ses soupçons se dirigèrent sur Larson lui-même. Il pouvait parfaitement avoir conservé une clé de la maison de son enfance. De plus, il ne lui avait pas transmis la combinaison du coffre-fort, l'empêchant ainsi de mettre ses bijoux en sécurité.

76

Une fois aux studios, le lundi matin, Elisa chassa ses idées noires. Son travail représentait le meilleur rempart contre le désespoir. Au programme de la journée figurait une interview du prix Nobel de l'université de Columbia qui effectuait des recherches sur le syndrome de l'X fragile. Keith passa lui demander si Farrell Slater, un autre chef opérateur, pouvait l'accompagner à sa place. Il avait des ordres émanant du bocal. Le reportage sur les couples éloignés devait être monté au plus vite.

— Pas de problème, Keith. Ça me va.

Mal à l'aise, Keith se rongea les ongles en s'attardant sur le seuil de son bureau. Parce qu'elle ne voulait pas le laisser ainsi dans l'embarras, Elisa décida de régler le problème une fois pour toutes.

— Entre un instant et ferme la porte, s'il te plaît.

Il s'exécuta docilement et prit le siège qu'elle lui désigna.

— Il faut qu'on clarifie un peu la situation, Keith.

Il hocha la tête tout en détournant le regard. Ses mains rivées sur les bras du fauteuil montraient des ongles bien abîmés. Pauvre diable ! pensa Elisa.

— Bien. Ce qui s'est passé est malencontreux et nous le savons tous les deux. Cela dit, tu es quelqu'un de très compétent et je sais que tu travailles dur pour que nos reportages tiennent la route. Mais nos relations sont professionnelles et je tiens à ce qu'elles le restent.

Keith leva les yeux vers elle d'un air pitoyable.

— Elisa, tu ne peux pas savoir comme je m'en veux de m'être comporté ainsi. Je n'ai pas fermé l'œil de la nuit. Je te promets que cela ne se reproduira plus jamais. Je le jure.

La solennité du ton ne laissait pas douter de sa sincérité. Ils échangèrent un regard de compréhension mutuelle.

— Très bien, Keith. L'incident est clos.

77

Abigail avait tourné et retourné maintes fois le sujet dans sa tête avant de prendre sa décision. Elle offrirait la combinaison en soie à Elisa. Elle n'avait toutefois pas le courage de la lui remettre en personne. Le petit emballage rose resterait donc caché dans son bureau jusqu'à la fin du journal télévisé.

Elle attendit que les locaux soient presque déserts pour monter au deuxième étage. Le bureau de la présentatrice était fermé. Elle entortilla le sac rose criard autour de la poignée en espérant que personne d'autre qu'Elisa ne tomberait dessus.

Elle se faufila le long du couloir, le visage brûlant et

le cœur battant. Pas un instant elle ne songea aux caméras de sécurité qui enregistrèrent toute la scène.

78

La fraîcheur de la matinée annonçait la venue de l'automne. Paige en profita pour étrenner la jupe en cuir rouge et le pull à col roulé noir qu'elle avait achetés la veille en solde. Elle s'arrêta un instant dans la hall d'entrée avant de prendre l'ascenseur. Le miroir lui renvoya une masse indistincte de cheveux bouclés qu'elle entreprit de ramener en chignon sur sa nuque.

Ce travail me plaît, pensa-t-elle avec satisfaction en gagnant son bureau. Elle précédait toujours la horde des employés d'une bonne heure. Cela lui permettait de mettre de l'ordre dans le courrier d'Elisa et de prendre connaissance de ses messages. Elle mettait également un point d'honneur à accueillir sa supérieure chaque matin avec un bon café chaud.

Son regard fut alors attiré par le paquet rose fuchsia, dont elle reconnut tout de suite la provenance. Elle le libéra de la poignée et, apercevant le nom d'Elisa sur le paquet, alla le poser sur le bureau de celle-ci.

Le café commençait à libérer son arôme lorsqu'elle interrogea son répondeur.

— Bonjour, ici Samuel Morton, le père de Sarah. Je serai de passage à New York la semaine prochaine et j'aimerais vous présenter mes remerciements en personne. J'ai également un cadeau que Sarah tenait à vous faire.

Elisa pâlit à la lecture des quelques mots inscrits en lettres capitales sur un carré de papier rose.

> *Vous êtes belle et intelligente et je souhaite que nous ayons l'occasion de nous connaître plus intimement. J'espère que vous saurez m'entendre.*

La lettre n'était pas signée.

Elisa souleva le couvercle de la boîte et découvrit la combinaison en soie. Un cadeau si inconvenant de la part d'un inconnu.

A moins que...

Elle appela Paige et lui demanda de la mettre en ligne avec Keith Chapel.

— Keith, quelque chose m'attendait ce matin à mon arrivée dans les studios.

— Ah bon?

— Tu sais ce que c'est?

— Non, pourquoi?

— Pour rien. Tu es sûr de ne pas m'avoir laissé de cadeau?

— Oui, Elisa, j'en suis absolument certain, répliqua-t-il fermement.

Mais si ce n'était pas lui, alors qui? Quelqu'un qui la connaissait. Certainement un employé des studios.

Comme d'habitude lorsqu'elle était désorientée, Elisa joua avec son bracelet. Et si quelqu'un d'extérieur à KEY s'était introduit dans les locaux?

— Bonjour, Elisa. Du neuf?

— Joe, je me sens un peu ridicule, mais avec tout ce qui se passe, j'ai jugé bon vous tenir au courant.

— De quoi s'agit-il?

— Quelqu'un a laissé un cadeau accroché à la porte de mon bureau hier soir.

— Quel genre de cadeau?

— Une combinaison en soie.

— Génial, fit-il avec sarcasme. Y avait-il un mot?

— Oui, mais anonyme.

— Très bien. Demandez à Paige de me transmettre le tout et, s'il vous plaît, Elisa, essayez de garder votre sang-froid. Nous devrions retrouver le responsable assez rapidement grâce aux enregistrements des caméras de sécurité.

79

Après le repas, Susan Feeney alla relever le courrier et reconnut le numéro d'octobre de *Martha Stewart Living* sous son mince emballage en plastique. Les fêtes de Noël et celles d'Halloween la ravissaient et le magazine qu'elle venait de recevoir lui soufflerait certainement quelques idées de déguisement qu'elle s'empresserait de tester, comme chaque année.

La couture la passionnait et, au fil des ans, son grenier avait peu à peu pris des allures de caverne d'Ali Baba où elle conservait amoureusement les tenues qu'elle confectionnait pour toute la famille. Son engouement n'était pas nouveau. Bien avant son mariage, elle excellait dans l'invention de costumes qu'elle portait à l'occasion de bals masqués et qu'elle conservait toujours : un moine et sa nonne, un pirate flanqué d'une danseuse du ventre, les inévitables Dracula et Zorro, une soubrette accompagnée de l'Oncle Sam et l'incontournable statue de la Liberté. Sa passion était telle que, chaque année, Susan offrait ses talents à tous les enfants du voisinage.

Elle s'efforçait sans cesse de trouver de nouvelles idées. Cette année, Kelly se transformerait en abeille et sa sœur Kimberly en coccinelle. Elle voulait constituer un petit bestiaire et pensait déguiser James en araignée. Mais son aîné, têtu, refusait systématiquement toutes ses propositions et elle commençait à s'impatienter. S'il ne se décidait pas bientôt, elle lui imposerait son choix. Elle n'allait pas tolérer de tels caprices.

A quelques pas de la boîte aux lettres, Susan entendit une voix fluette l'interpeller.

— Madame Feeney, James peut venir jouer avec moi ?

Janie Blake attendait de l'autre côté de la rue avec sa petite chienne qu'elle tenait en laisse. Mme Garcia l'accompagnait.

— James regarde une cassette, Janie. Si Mme Garcia est d'accord, tu peux te joindre à lui.

Janie tendit la laisse à sa nourrice. Pour elle, l'affaire était entendue, même si elle se tourna vers sa nourrice pour lui demander son autorisation.

— Je peux y aller, madame Garcia, n'est-ce pas ?

— Oui, Janie, c'est entendu. Je viendrai te chercher dans un petit moment.

Elle prit l'enfant par la main et lui fit traverser la rue.

James regardait les aventures de Popeye lorsque Janie arriva. La fillette prit place à côté de lui, dans la salle de jeu. Ses deux filles dormaient à l'étage, aussi Susan décida-t-elle de faire une pause et de se relaxer. Elle feuilleta sa revue distraitement, relevant çà et là des recettes tentantes ou des idées de décoration.

Elle releva la tête en entendant les enfants s'esclaffer devant les singeries et les grimaces de Robin Williams dans le rôle de Popeye. Les gamins adoraient ce film.

— James ! Que dirais-tu de te déguiser en Popeye pour Halloween ?

Le garçonnet sauta du sofa.

— Ouais !

— Et toi, Janie, comment tu vas te déguiser pour Halloween ?

La petite resta silencieuse.

— Pourquoi ne pas t'habiller en Olive Oyl ? Tu demanderas à ta maman. Si elle est d'accord, je te confectionnerai les habits, comme ça tu pourras faire le tour du quartier avec James pour demander des friandises le jour d'Halloween.

Susan avait visé juste. Janie sauta de joie, ne doutant pas que sa mère serait d'accord. De toute façon, elle ne savait pas coudre et elle était toujours au travail.

80

Avec ses dix années d'expérience en tant que chef de la sécurité, Joe Connelly ne s'étonnait presque plus de rien. Il ne s'attendait cependant pas, en visionnant les bandes des caméras de surveillance, à découvrir cette femme aux cheveux clairs, habillée d'un pantalon noir et d'un pull à col roulé, qui se glissait devant le bureau d'Elisa et entortillait le sac autour de la poignée. Il se tourna vers Elisa.

Celle-ci se concentra sur l'image isolée par Connelly.

— On dirait Abigail Snow. Elle s'occupe de la création et de la diffusion des spots publicitaires.

— Vous a-t-elle déjà menacée?

— Non, jamais.

Joe éteignit l'écran.

— Je vais la convoquer.

Elisa ne put masquer son embarras.

— Ecoutez, Joe, je ne voudrais pas faire un scandale. Je la connais à peine, mais je ne la crois pas dangereuse.

— Bon, comment voulez-vous vous y prendre, alors? Je ne fermerais pas les yeux, à votre place. Il faut lui faire comprendre que vous n'êtes pas intéressée. Vous ne voudriez tout de même pas que les gens s'imaginent que vous entretenez une relation toutes les deux?

Elisa réfléchit un instant.

— Je lui parlerai moi-même, Joe.

— Vous êtes sûre? Je peux le faire pour vous.

— Non, coupa-t-elle. Je vais m'en charger.

Elisa descendit plus tôt qu'à l'accoutumée pour sa séance de maquillage. En route, elle s'arrêta au service communication. Abigail conversait avec un collègue.

— Je peux vous parler une minute, Abigail?

— Bien sûr, Elisa. Entrez, répondit Abigail avec enthousiasme, tandis que son collègue s'éclipsait.

Vous voulez voir les messages publicitaires annonçant votre reportage sur les couples séparés ?

— C'est que... Je n'ai pas le temps, Abigail. Mais je ne doute pas qu'ils soient réussis. Vos accroches sont toujours remarquables.

Elisa croisa les jambes et s'appuya contre le dossier de la chaise. Le cœur d'Abigail battait la chamade.

— Vous vouliez me parler d'autre chose ?

— En effet, Abigail. Quelqu'un m'a laissé un cadeau hier soir au bureau et j'ai pensé que c'était vous... Je me trompe ?

— Non, avoua Abigail, les joues en feu.

Elisa eut envie de prendre ses jambes à son cou lorsqu'elle vit l'expression pleine d'espoir de la jeune femme. La situation était délicate. Elle ne voulait pas blesser Abigail, mais elle ne pouvait non plus la laisser se bercer d'illusions.

— Je ne suis pas intéressée, Abigail, désolée.

Celle-ci eut une réaction inattendue.

— Qu'en savez-vous ? demanda-t-elle, impassible.

— Pardon ?

— Vous est-il déjà arrivé d'y penser ?

— Cela ne vous regarde pas, Abigail. La réponse est non.

— Peut-être que ça vous plairait.

— Je ne pense pas.

— Il faut avoir essayé avant de l'affirmer.

— Ecoutez, l'interrompit Elisa, je ne suis pas venue pour parler de ma sexualité. Je voulais juste vous dire que cela ne doit plus se reproduire.

Elle se leva pour quitter la pièce.

— Réfléchissez-y, Elisa. Beaucoup de femmes se marient et ont des enfants, et puis un jour elles finissent par découvrir leurs vrais penchants. Demandez-vous au moins pourquoi ma proposition vous met dans l'embarras.

— Votre proposition ne me met pas dans l'embarras, Abigail. Je m'efforce d'être compréhensive et tolérante, mais je me connais suffisamment bien. Et je vous assure que je ne suis pas attirée par les femmes.

Elisa s'affala dans son fauteuil habituel, poussa un long soupir et raconta à Doris son entretien avec Abigail.

— Je savais qu'elle en pinçait pour toi, ma belle, avoua Doris en préparant ses produits de maquillage.

— Pourquoi ne m'as-tu rien dit ?

— Comme si tu avais besoin de ça ! Voyons voir, tu reçois des coups de fil douteux, un détraqué t'envoie des lettres de menace, ton petit ami t'a trompée et un type met à sac ta maison.

Elisa éclata de rire.

— Ah ! et tu peux ajouter Keith Chapel à la liste.

— Quoi !

— Il a essayé de m'embrasser à Dallas, le week-end passé.

— Sans blague ! Lui qui a toujours eu l'air d'un garçon sérieux et droit. Qui aurait pu penser qu'il convoitait la présentatrice vedette de KEY ? Ça alors, c'est drôlement culotté de sa part !

Elisa haussa les épaules, tandis que Doris apportait la dernière touche à son maquillage.

— Culotté, idiot ou simplement désespéré. Va savoir. Mais c'est sur cette note guillerette que je m'apprête à présenter les informations devant huit millions de personnes qui n'ont pas la moindre idée du chaos de ma vie privée.

81

Si proche, et pourtant si lointaine.

Aussi proche que l'écran de télévision.

Aussi proche que son visage dans les magazines et les journaux.

Le jour, elle occupait toutes ses pensées et, la nuit, elle hantait ses rêves les plus crus.

Sans cesse présente, mais insaisissable.

La posséder. Il ne pensait qu'à cela en regardant les

images de son interview dans l'avion. Oh! être aussi près d'elle, sentir la chaleur de sa peau dans cet espace exigu. S'envoler avec elle vers des contrées exotiques.

Elisa... Laisse-moi m'approcher de toi. Là, tout près de toi.

82

Elisa quitta les studios tout de suite après la diffusion du journal télévisé de ce jeudi soir. Une soirée portes ouvertes avait lieu à l'école et elle était déjà en retard. Elle demanda au chauffeur de la conduire directement à l'école primaire de HoHoKus.

Comme tous les soirs, la circulation était dense, au point que Mme Prescott, l'institutrice, avait déjà terminé les présentations lorsque Elisa arriva. Les parents visitaient la petite classe à la recherche des travaux de leurs enfants accrochés aux murs.

— Madame Prescott, bonsoir. Je suis Elisa Blake, la maman de Janie.

— Oui, enchantée, madame Blake, lui répondit une petite femme fluette d'une cinquantaine d'années, à peine plus grande que les écoliers, en lui tendant la main. Quel plaisir de vous rencontrer! Je vous regarde tous les soirs à la télévision.

— Merci beaucoup, confia Elisa, un peu embarrassée.

Elle ne voulait pas attirer l'attention sur elle. Après tout, elle était venue parler de Janie.

— Comment se comporte Janie?

— Très bien, très bien, l'assura Mme Prescott. Elle s'adapte merveilleusement bien. J'ai cru comprendre que vous aviez emménagé seulement quelques jours avant la rentrée?

— C'est exact. Tout a été si vite.

— Et vous avez une nouvelle employée de maison?

— Oui, confirma Elisa. Mme Garcia. Toutes les deux s'entendent à merveille.

— C'est vrai, Janie est toujours ravie de la retrouver.

— Tant mieux.

— Elle m'a aussi parlé du cambriolage.

Elisa commençait à se sentir mal à l'aise. Cette énumération par l'institutrice de tous les bouleversements survenus dans la vie de Janie ces derniers temps lui procurait un sentiment de culpabilité.

— Oui, cela a été un choc pour nous, avoua-t-elle.

— Janie m'a dit qu'elle était triste parce que certaines photos avaient disparu.

Janie n'en avait jamais parlé à Elisa. Mon Dieu ! s'affola-t-elle.

— Oui, des photos de famille que j'avais mises sous cadre.

— Dont certaines de son père ?

Elisa hocha la tête. Cet interrogatoire allait-il durer encore longtemps ?

Mme Prescott se pinça les lèvres. Quelque chose suscitait visiblement sa désapprobation.

— Où voulez-vous en venir, madame Prescott ?

— J'ai suivi dans les journaux tout ce qui vous était arrivé et je m'inquiète pour Janie. Avoir eu tant de malheurs, à son âge...

D'autres personnes observaient maintenant les deux femmes. En de tels moments, Elisa regrettait sa popularité. Elle fut soulagée de céder sa place à un couple venu s'entretenir avec l'institutrice.

Un tableau d'affichage regroupait des dessins sous différentes rubriques. La première s'intitulait : « Ce que j'ai fait cet été. » Elisa fut soulagée de voir que Janie s'était inspirée de la plage de Newport où elles avaient passé leurs vacances, et non de Mme Towmey armée de son revolver.

Son cœur se serra en revanche à la vue des dessins consacrés à la famille. Presque tous les écoliers avaient dessiné deux parents entourés de leurs enfants. Le modèle familial américain le plus répandu. Janie, elle, avait représenté sa mère en grand, à côté d'une petite fille tenant en laisse une forme jaune. Certainement Daisy. Dans un coin de la feuille apparaissait aussi un couple aux cheveux grisonnants, version miniature de KayKay et Poppie. Le dessin dégageait une impression de déséquilibre et les silhouettes n'étaient pas reliées entre elles.

Pour la première fois, Elisa fut heureuse que Larson ait offert une petite chienne à sa fille.

Quelqu'un lui tapota l'épaule. Susan Feeney se tenait derrière elle, souriante. Elisa s'anima en la voyant.

— Bonjour Susan, comment allez-vous ?

— Très bien, merci. Et vous ? Vous en faites une tête !

Elisa lui montra les dessins.

— Eh bien ?

— Comparez-les à ceux de Janie.

— Ah ! c'est la présence de tous ces couples qui vous gêne, remarqua-t-elle après un rapide examen. Croyez-moi, Elisa, dans quelques années, la plupart auront divorcé.

Elisa se retint d'éclater de rire.

— Ce n'est pas exactement ce à quoi je pensais.

— Je sais bien. Mais ne vous fiez pas trop aux apparences, Elisa. Toutes les familles ont leurs petits drames. Vous aimez Janie et elle le sait. C'est ce qui compte le plus.

— J'espère que vous dites vrai, confia Elisa, qui appréciait de plus en plus la compagnie de cette femme.

Susan lui proposa de participer aux activités de l'école et lui tendit la fiche d'inscription mise à la disposition des parents. Elisa la parcourut et déclina l'offre. Sa vie professionnelle ne lui laissait décidément pas le temps de cuisiner des cookies ou de vendre des livres durant la semaine. La parade d'Halloween, à la rigueur...

— En quoi consiste le défilé d'Halloween ?

— A apporter des beignets et du cidre et à être présent le samedi matin avant le défilé. Ensuite, les enfants vont faire admirer leurs déguisements dans le voisinage une partie de l'après-midi.

— Ça, c'est dans mes cordes.

Elisa inscrivit son nom sur la fiche et la rendit à sa voisine.

— Et encore merci, Susan, pour le costume de Janie. C'est très gentil de votre part.

83

Pourquoi donc avait-elle accepté cette interview?

Elisa en avait assez de voir son nom apparaître dans la presse et seul son sentiment de devoir en quelque sorte justifier son salaire exorbitant l'avait poussée à répondre par l'affirmative à la demande d'un journal local. Les producteurs de KEY News seraient ravis de cette publicité gratuite, d'autant plus que le *Record* était lu par un grand nombre de gens dans le nord du New Jersey. Louise Kendall et Range en prendraient certainement connaissance.

En ce vendredi matin, un journaliste, carnet de notes en main, se tenait donc dans le bureau d'Elisa.

— Pourquoi avoir choisi de vous établir dans le comté de Bergen?

— J'ai pensé que cet endroit constituerait un cadre de vie idéal pour élever ma fille. Nous adorons New York, mais j'avais envie de lui offrir un peu plus d'espace. Je tenais aussi à l'inscrire dans une école publique et celles de Bergen sont réputées.

— Vos déboires tragiques avec la nourrice de votre fille ont été relaté en détail par la presse. Cet événement a-t-il influencé votre décision de quitter New York?

— Oui, bien sûr, mais je vous saurai gré de ne pas mentionner ce fait dans votre article. Je m'efforce d'oublier ce malheureux incident.

Le journaliste se contenta d'opiner sans rien dire.

— Que pensez-vous de HoHoKus?

— C'est une charmante petite ville, facile d'accès.

— Avez-vous déjà lié amitié avec des voisins?

— Je viens juste de m'installer, mais les personnes avec qui j'ai pu parler m'ont paru très sympathiques.

— Participez-vous à la vie sociale du quartier?

Elisa esquissa un sourire.

— Il est amusant que vous me posiez cette question. Je viens juste d'accepter de participer aux préparatifs du défilé des enfants de HoHoKus qui aura lieu juste avant les fêtes d'Halloween. Je suis également engagée, aux côtés de Louise Kendall, dans la collecte de dons en faveur de la recherche sur le syndrome de l'X fragile. A cette occasion, j'ai eu l'honneur de parrainer une soirée de bienfaisance au Park Ridge Marriott. L'année prochaine, Louise organisera une autre collecte et je tiens, d'ores et déjà, à lui apporter mon soutien.

— Quelle est votre adresse précise à HoHoKus? poursuivit le reporter.

La question embarrassa Elisa.

— Ecoutez, je ne voudrais pas censurer votre article mais, pour des raisons de sécurité, j'aimerais aussi que vous ne mentionniez pas mes coordonnées.

Il y avait trop de détraqués en liberté.

84

Janie était ravie. Pour la première fois, elle allait dîner et dormir chez James. Elisa, invitée à un dîner, se sentit soulagée de ne pas avoir à laisser sa fille seule un samedi soir.

Louise avait précisé qu'il s'agissait d'une soirée décontractée, entre amis. Elisa s'habilla donc simplement et sortit après avoir laissé quelques pièces allumées et mis en marche le système d'alarme. Le trajet fut bref, Louise habitant un quartier résidentiel luxueux situé à une dizaine de kilomètres de HoHoKus. Un vigile contrôlait les entrées et sorties des véhicules à l'abord des résidences.

— Je vais chez Mme Kendall.

— Votre nom, s'il vous plaît?

— Elisa Blake.

L'homme ne parut pas la reconnaître. Elisa apprécia sa discrétion.

— Entrez, madame.

Elisa se demanda si, tout compte fait, elle n'aurait pas mieux fait d'emménager dans un endroit similaire.

Range vint lui ouvrir à son arrivée.

— Voilà la plus belle! s'exclama-t-il avec un large sourire. Entre vite. Louise prépare les cocktails. Comme le temps le permet, on prend l'apéritif dehors.

La nuit venait juste de tomber et de petites bougies avaient été disposées de-ci, de-là. Les invités sirotaient leur boisson dans le jardin en évoquant l'ambiance tendue des présidentielles lorsque Louise laissa échapper un cri.

— Que se passe-t-il? s'enquit Range, alarmé.

— Je viens d'apercevoir des chauves-souris, là, tout près!

Range soupira et se détendit de nouveau. Il reprit tranquillement son verre.

— Ne t'en fais pas, dit-il en regardant Elisa d'un air entendu. Notre présentatrice va pouvoir te dire bien des choses sur ces créatures nocturnes. Pas vrai, Elisa?

— Eh bien, elle m'en parlera une fois à l'intérieur, si vous n'y voyez pas d'inconvénient.

Louise prit son whisky-soda et se réfugia dans le séjour, suivie de Range et Elisa. Celle-ci lui parla de son reportage sur les chauves-souris en essayant de lui vanter les bienfaits de ces mammifères dans la région. Elle ne parvint toutefois pas à la convaincre.

— C'est bien joli, tout ça, mais rien ne me dégoûte autant que ces bestioles. Changeons de sujet, ça ira mieux.

— D'accord, enchaîna Elisa. J'ai du nouveau pour la fondation.

— Comment ça?

— J'ai accordé une interview à *Record*, un journal local, et j'en ai profité pour parler de notre action commune en faveur de la recherche sur le syndrome de l'X fragile.

— Oh! merci Elisa! Chaque initiative est la bienvenue. Et Range m'a appris que le reportage de cette semaine serait consacré à ce sujet. Je suis ravie que ce soit toi qui t'en occupes.

L'odeur du rôti la rappela à ses devoirs de maîtresse de maison. Range en profita pour interroger Elisa sur son interview avec le journal *Record*.

— Tu crois que c'est le moment opportun pour informer le public de ton déménagement? lui demanda-t-il. Avec la tension qui règne à KEY depuis ces lettres et ces coups de fils malsains... Pourquoi crier sur les toits que tu habites à HoHoKus?

Elisa n'en croyait pas ses oreilles.

— Range Bullock! Toi qui ne perds jamais une occasion de faire de la publicité pour la chaîne! Je pensais vraiment que tu te réjouirais!

— Je pense à ta sécurité, Elisa. Cette publicité ne servira à rien si tu n'es pas là pour assurer la présentation du journal télévisé.

Elisa pâlit.

— Excuse-moi, se reprit-il aussitôt. Mes paroles ont dépassé ma pensée.

— Qu'est-ce qui se passe, tous les deux? les interrompit Louise, de retour de la cuisine.

— Range s'inquiète à propos des menaces que j'ai reçues ces derniers temps.

Louise s'approcha d'Elisa et s'installa dans un fauteuil à ses côtés.

— Oui, il m'a raconté. Je me rappelle que Bill aussi avait subi ce genre de harcèlement. Bien sûr, il évitait de m'en parler. Mais certaines lettres l'inquiétaient vraiment, elles étaient tout simplement terrifiantes.

— C'est l'inconvénient majeur de ce boulot, fit remarquer Elisa qui jouait avec son bracelet. Tu réalises des reportages avec sérieux et professionnalisme mais, au fond, tu ne sais pas à qui tu t'adresses. Tu n'as aucun moyen de savoir comment les gens vont réagir.

— On pourrait peut-être en faire le sujet d'un de nos reportages, poursuivit Range.

Pour la deuxième fois de la soirée, Elisa resta sans voix face à la proposition de Range.

— Sérieusement, Elisa, je pense que le thème intéresserait beaucoup de gens.

— C'est hors de question ! répliqua-t-elle. Je ne vais pas répandre partout le bruit que des obsédés m'envoient des courriers du cœur d'un goût plus que douteux.

Un silence s'installa. Louise offrit un autre verre à Elisa.

— L'affaire Linda Anderson a-t-elle finalement été élucidée ? demanda-t-elle à Range tandis qu'elle s'affairait au bar.

— Je n'en ai pas la moindre idée.

— Qui est Linda Anderson ? s'enquit Elisa.

— Une ancienne présentatrice de GSN, répondit Range. Une fille très compétente qui passait très bien à l'antenne. Nous envisagions de l'embaucher lorsqu'elle a mystérieusement disparu, il y a de ça bientôt cinq ans. Pourquoi tu repenses à cet épisode, chérie ?

Louise tendit un verre à Elisa et vint se rasseoir à côté d'elle.

— Ma foi, je trouve qu'Elisa lui ressemble. Pas toi, Range ?

Surpris, Range observa avec attention le visage de sa collègue, comparant intérieurement les visages des deux femmes. Après un moment de réflexion, il se rendit compte de la justesse de l'observation de Louise.

— Oui, maintenant que tu le dis.

85

Voilà ce qu'elle espérait en quittant New York. L'envoûtant flamboiement de la nature automnale. Des chênes centenaires et des érables pleins d'une sève intarissable, dont le feuillage virait au rouge, à l'orangé et au jaune clair. L'automne s'annonçait magnifique et Elisa, Janie et leurs voisins en avaient profité pour aller se promener.

— J'adore cet endroit. J'y viens presque tous les jours. Attention aux oies, prévint Susan en voyant les enfants s'avancer vers le lac, avant de se tourner vers Elisa. Je ne leur trouve qu'un défaut : elles couvrent les berges de leurs déjections. C'est une horreur. Mais parlons d'autre chose. Avez-vous des nouvelles de la police concernant l'auteur du cambriolage?

— Aucune, répondit Elisa. Et d'ailleurs, pour tout vous dire, je n'en attends plus. La patrouille de nuit m'a dit de ne pas trop compter là-dessus.

— A quoi sert donc de payer des impôts si la police ne fait pas son travail! s'exclama Susan d'une voix indignée.

Elisa hésita à poursuivre la conversation. Elle ne voulait pas lancer de fausses accusations mais, depuis une semaine, l'idée que Larson pouvait être à l'origine de ce cambriolage la hantait. Sa rage était telle qu'elle finit par confier ses soupçons à sa voisine.

— Mon Dieu, Elisa! s'écria Susan lorsqu'elle apprit que Richards possédait encore un double des clés de la maison. Je sais que Larson a besoin d'argent, mais de là à le soupçonner de vol...

— Que voulez-vous dire par « Il a besoin d'argent »?

— Je vous ai bien parlé de son entreprise?

— Oui.

— Je ne devrais pas me laisser aller à de telles confidences, mais je suppose que tout ça n'a plus d'importance maintenant que les Richards sont morts.

— De quoi s'agit-il? la pressa Elisa.

Susan se décida.

— Les Richards avaient prêté beaucoup d'argent à leur fils pour que son affaire ne coule pas. Mme Richards s'inquiétait beaucoup au sujet de cette histoire et avait demandé à Larson de signer des reconnaissances de dette. Mais il revenait sans cesse à la charge, en leur demandant toujours plus d'argent. A la fin, les Richards ont refusé d'investir un sou de plus dans cette arnaque.

— Et quelle a été la réaction de Larson ?

— Terrible. Mme Richards pleurait lorsqu'elle est venue m'en parler. Vous ne pouvez pas imaginer la cruauté de cet homme. Il lui avait dit que, puisqu'elle le prenait ainsi, elle ne le reverrait jamais plus. Qu'il les considérait tous les deux comme morts.

— Gentil garçon, observa Elisa, ironique.

Les yeux de Susan s'emplirent de larmes.

— Mme Richards était si désemparée... Elle ne voulait pas perdre son unique enfant et envisageait de continuer à lui verser de l'argent.

— L'a-t-elle fait ?

— Je n'en sais rien. Les Richards sont morts peu de temps après.

86

— M. Morton est à l'accueil. Il demande Mme Blake.

— Dites-lui que je descends immédiatement.

Paige raccrocha le téléphone et quitta son bureau. Une occasion d'interviewer l'un des candidats à la présidentielle venait de se présenter et Elisa était partie en toute hâte pour Washington. Paige n'avait pas eu le temps de prévenir M. Morton.

Elle descendit rapidement à l'accueil et se dirigea vers un homme brun aux tempes grises, grand et élégant, qui patientait là. Les vêtements n'avaient aucun secret pour Paige. Ce M. Morton portait un costume Zegna, très seyant, qu'il avait dû au bas mot payer deux mille dollars.

— Monsieur Morton? demanda Paige en lui tendant la main. Je suis Paige Tintle, l'assistante de Mme Blake.

— Enchanté.

— Je suis désolée, mais Mme Blake a malheureusement dû s'absenter ce matin. Elle vous présente ses excuses et espère vivement que vous pourrez vous rencontrer à un autre moment.

Samuel Morton ne cacha pas sa déception.

— Si vous le souhaitez, je peux vous faire visiter nos studios, lui proposa-t-elle.

Il accepta et fit preuve, pendant cette petite visite improvisée, de beaucoup d'intérêt. Lorsqu'ils arrivèrent au bureau d'Elisa, son regard plongea immédiatement sur le plateau en contrebas.

— Si seulement Sarah avait pu voir ça! murmura-t-il. Je suis sûr qu'elle aurait adoré.

— Je suis sincèrement désolée, monsieur Morton, murmura Paige, qui ne trouvait pas les mots pour lui exprimer sa compassion.

Ils regagnèrent l'accueil et Samuel tendit à la jeune fille le paquet qu'il avait gardé jusqu'alors.

— Je serai à New York toute la semaine et j'aimerais beaucoup rencontrer Mme Blake si son emploi du temps le lui permet. Mais donnez-lui tout de même ce présent de ma part.

87

Le souvenir de leur conversation avait poursuivi Range tout le week-end. Malgré les réticences d'Elisa, il trouvait cette idée de reportage excellente. Et, en tant que producteur, il était en droit d'imposer certains sujets. Il décida donc de faire appel à Keith Chapel et lui demanda de le rejoindre au bocal.

— Tu te rappelles Linda Anderson, la présentatrice de GSN ? Essaie de retrouver des indices sur sa disparition, il y a cinq ans.

— Tu penses à un reportage sur cette affaire ?

— Peut-être, mais rien n'est trop sûr. Regarde ce que tu peux grappiller et nous en parlerons à Elisa.

Keith hocha la tête et fit demi-tour.

— Hé ! Keith, attends ! Regarde ce que j'ai là. Range sortit une cassette vidéo de son tiroir et la lui tendit. En cherchant un peu, je suis tombé sur l'audition de Linda Anderson. Elle était prête à travailler pour nous. Dis-moi ce que tu en penses.

Un peu plus tard ce jour-là, Keith visionna la cassette. La ressemblance avec la présentatrice de *KEY Evening Headlines* était frappante...

88

Ce type traînait encore devant les studios d'enregistrement.

Joe Connelly savait qu'il aurait dû appeler la police, et il devait se retenir d'aller demander à cet homme ce qu'il fabriquait là depuis quelques jours. De nouvelles lettres étaient arrivées et l'inertie du FBI le rendait nerveux et agressif. Il était bien décidé à ce que rien n'arrive à Elisa tant qu'elle serait sous sa surveillance.

Encadré de deux vigiles en uniforme, Connelly déboula hors des studios, attendit que le trafic lui permette de traverser la rue et fondit sur le type en T-shirt.

— Excusez-moi, monsieur. Pouvez-vous décliner votre identité et la raison de votre présence dans ce secteur ?

L'homme lui lança un regard méprisant.

— Mon identité ne regarde que moi et, que je sache, chacun peut circuler comme il veut sur les trottoirs. Nous sommes dans un pays libre.

— Ecoute, charlot, tire-toi de là et que je ne te revois plus. Tu m'entends? Si je te vois encore dans les parages, j'avertis la police.

— Ben voyons, tu me fais peur.

Connelly lui aurait volontiers mis son poing dans la figure. Il se contint toutefois et adressa un signe à l'un des gardes. Celui-ci sortit aussitôt un petit appareil photo de sa poche et s'empressa de prendre un cliché de l'inconnu.

— Eh! Vous n'avez pas le droit!

— Appelle donc la police, mon vieux, lâcha Joe d'un air triomphant. Maintenant, casse-toi, et ne t'avise pas de traîner à nouveau dans le secteur.

89

Quelle chance avait ce garçon!

Certes, il souffrait d'une maladie génétique, il avait des problèmes d'élocution et ne réussirait peut-être jamais à apprendre à lire et à écrire. Mais son handicap lui permettait ce soir d'approcher Elisa.

Le spectacle de la présentatrice parlant gentiment à ce garçon le bouleversait. Pas étonnant que le gamin n'arrête pas de taper des mains. Il y avait de quoi, à côté d'une telle femme.

Il se repassait ainsi à l'envi des scènes où elle apparaissait, et il en rêvait ensuite la nuit. Bien sûr, il n'avait pas oublié Linda Anderson. Si seulement, elle ne s'était pas débattue! songea-t-il amèrement. Elle était seule responsable.

Il se rappela son lent travail d'approche. Il lui avait fallu des mois pour la mettre en confiance et devenir le confident de ses espoirs et de ses peurs.

La peur. C'est elle qui avait tout fait échouer. Linda s'était sentie suivie et avait alerté la police. Quelqu'un, tapi dans l'ombre, l'épiait sans cesse. Quelqu'un qu'elle connaissait. Quelqu'un à qui elle avait cru pouvoir faire confiance.

Il s'était bien sûr tenu tranquille jusqu'à ce que les policiers cessent de l'accompagner dans ses déplacements. Puis, un soir d'octobre, cinq ans auparavant, l'attente était devenue insupportable. Sur le pas de sa porte, les lèvres de Linda avaient tremblé et la peur s'était lue dans son regard.

Tout aurait pourtant pu finir autrement. Si elle avait accepté son amour, il n'aurait pas eu à la traîner de force dans les bois. Si elle l'avait écouté au lieu de crier, il n'aurait pas été obligé de la réduire au silence. Il avait parfois encore l'impression de sentir son cou se briser sous ses doigts

Après, il avait dû transporter le corps dans le coffre de sa voiture et l'avait gardé là jusqu'à ce qu'il trouve un endroit où s'en débarrasser à la mi-novembre.

Tout aurait pu finir autrement.

Avec Elisa, les choses seraient différentes. Ils vivraient heureux ensemble.

Elle ne ferait pas les mêmes erreurs que Linda Anderson.

Dans le cas contraire, elle connaîtrait le même sort.

Mon Dieu, faites que cela ne recommence pas ! pria-t-il.

90

Elisa feuilleta l'album en cuir que Samuel Morton lui avait confié. Il contenait, dans l'ordre chronologique, toutes les lettres qu'elle avait écrites à Sarah. Sous chacune d'elles, Samuel avait pris soin de noter les réactions de sa fille, ses commentaires, tout ce dont il se souvenait.

L'ordonnancement des feuillets attendrit Elisa. Cet homme traversait une telle période de détresse !

— Paige, peux-tu joindre M. Morton et me le passer s'il te plaît?

En attendant la communication, Elisa caressa machinalement la photo sur la couverture de l'album. La jeune Sarah, souriante, y apparaissait vêtue d'un chandail jaune à l'effigie de son équipe de foot favorite.

— M. Morton sur la trois, Elisa.

Elle prit une profonde inspiration.

— Monsieur Morton? Elisa Blake à l'appareil. Je voulais m'excuser pour notre rendez-vous manqué et vous remercier de votre cadeau. J'apprécie beaucoup ce geste.

— J'en suis heureux. Constituer cet album a eu l'effet d'une thérapie pour moi. Et ne vous excusez pas pour l'annulation de notre entrevue, je sais que vous êtes très occupée.

Elle n'était pas insensible à la voix grave de cet homme.

— Comment vous sentez-vous, monsieur Morton?

— Appelez-moi Samuel.

— D'accord, si vous m'appelez Elisa.

— Entendu, dit-il, un léger sourire perceptible dans le ton de sa voix. En fait, je me sens mieux depuis que j'ai mis un peu de distance entre mes proches et moi.

— Je comprends. Mais vous avez des connaissances à New York?

— Oui, le fait est que j'ai vécu ici quelques années. Je vais pouvoir renouer de vieilles amitiés.

— Tant mieux. On a parfois besoin d'un peu de compagnie dans les moments difficiles, même si on s'en défend souvent. La solitude ne mène à rien de bon.

— Vous avez raison, approuva Samuel. Le problème est que mes amis ont des vies bien remplies et n'ont guère de temps à perdre avec un homme qui se met à pleurer très facilement.

Elisa se souvint avec émotion des dîners avec ses amis après le décès de John. Ils avaient beau être compréhensifs et aimants, elle les sentait parfois embarrassés en sa présence. De tout son cœur, elle souhaitait réconforter cet homme à l'autre bout du fil.

— Voudriez-vous dîner avec moi, Elisa? tenta Samuel.

Elle pensa un instant bredouiller une excuse, mais n'en eut pas la force. Son regard tomba une nouvelle fois sur la jeune fille souriante au chandail jaune.

Après tout, quel mal y avait-il à passer quelques heures avec Samuel Morton?

— Avec plaisir, répondit-elle. A condition que je ne rentre pas trop tard chez moi.

— Parfait! s'exclama-t-il dans un regain d'enthousiasme. Choisissez le lieu et l'heure.

— Je pensais justement à demain soir, après la diffusion du journal. Disons aux alentours de 19h30.

— Bon, et l'endroit?

— Je vous laisse choisir, Samuel. Vous n'aurez qu'à le dire à Paige demain.

En raccrochant le combiné, Elisa pensa à Mack. Aucun homme ne l'avait invitée au restaurant depuis son départ. Ce dîner n'aurait bien sûr rien d'un rendez-vous galant, mais elle aurait aimé que Mack soit au courant.

91

Florence Anderson fut ravie de répondre à la demande de Keith Chapel. Depuis longtemps, ni ses proches ni même la police ne voulaient entendre parler de Linda. L'affaire semblait classée et, de toute évidence, les recherches n'aboutiraient jamais. Elle sentait comme un reproche dans la voix des inspecteurs lorsqu'elle se risquait à les joindre. Elle détestait leur résignation, leur absence d'acharnement. Elle aurait parié que, s'il s'était agi de la fille d'un de ces fonctionnaires de police, l'enquête aurait été autrement plus efficace et le mystère levé depuis longtemps.

Mme Anderson donna libre cours à sa colère, sans se douter que le chef opérateur de KEY News la trouvait parfaite pour son reportage.

— La police avait pourtant bien entamé les recherches, admit-elle. Durant les jours qui ont suivi la disparition de Linda, ils ont ratissé les environs avec une meute de chiens. Ils ont même survolé la région en hélicoptère. Ils espéraient encore la retrouver vivante.

Florence observa une pause avant de poursuivre.

— Ils n'ont rien trouvé. Après toutes ces années, je sais, au fond de moi, que ma fille est morte. Mais j'aimerais savoir ce qui lui est arrivé. Pour pouvoir enfin tourner la page. Vous n'imaginez pas quel supplice c'est de ne rien savoir.

Sa voix se brisa.

— Vous avez raison, je ne peux pas m'imaginer pareille souffrance, poursuivit Keith calmement. Maintenant, écoutez-moi, madame Anderson. J'ai une proposition à vous faire. Est-ce que vous pourriez répéter ce que vous venez de me dire devant une caméra ?

— Monsieur, je traverserais Broadway toute nue si cela pouvait m'aider à trouver une réponse à mes questions.

92

— Mon petit doigt me dit que vous avez des relations. Il est impossible d'obtenir une table ici à moins de réserver des semaines à l'avance.

Samuel se contenta de lui adresser un large sourire. Ils se trouvaient dans le restaurant du prestigieux Trump Hotel. Le design des lieux se caractérisait par un dépouillement extrême visant à ne pas détourner l'attention de la nourriture. Des serveurs voletaient sans cesse autour des tables, assurant un service irréprochable.

Elisa se décida en entrée pour une soupe à l'ail, Samuel pour des asperges.

— Je suis sûr que vous venez souvent ici, dit Samuel.

— A vrai dire, c'est la première fois. J'ai souvent eu l'intention de venir, mais l'occasion ne s'est pas présentée.

— Je vois. C'est un peu comme quand on possède un jardin merveilleux et que l'on n'y met jamais les pieds.

— La métaphore est bien choisie mais, vous savez, j'essaie de ne pas trop m'absenter de chez moi. J'aime retrouver ma fille à la fin de la journée.

Elle regretta aussitôt ses paroles. Parler de sa fille à un homme qui venait d'enterrer la sienne. Comment pouvait-elle manquer de tact à ce point?

— Bien sûr, je comprends ça, répondit-il sans s'offusquer. Le temps que vous passez avec votre fille est précieux. Je suis désolé de vous avoir éloignée d'elle ce soir.

— Ce n'est pas ce que je voulais dire. Je suis ravie d'être ici avec vous, bafouilla-t-elle. Janie elle-même ne doit pas s'en plaindre. Elle regarde sûrement la télévision avec Mme Garcia en mangeant du pop-corn.

— Mme Garcia est sa nourrice?

— Oui, doublée d'une merveilleuse employée de maison.

— Vous avez de la chance, une personne de confiance est difficile à trouver. Je me rappelle lorsque Sarah était petite et que ma femme venait de décéder. Je suis passé par un nombre inouï de nourrices. Certaines me volaient, d'autres amenaient leur petit copain en mon absence, et j'en passe.

— Comment vous en êtes-vous rendu compte?

Samuel parut embarrassé par la question.

— Cela me gêne de vous le dire. Vous risquez d'avoir une bien piètre opinion de moi. Le fait est que j'ai commencé à m'interroger sur le compte de l'une d'elles. A chaque fois que je rentrais plus tôt que prévu du travail, je la surprenais avec son compagnon. Un jour, j'ai même cru déceler une odeur de marijuana dans l'appartement. Profitant à mon tour de son absence pendant un week-end, j'ai décidé de fouiller sa chambre.

— Et vous avez trouvé de la drogue?

— Non, je suis tombé sur son journal intime. Elle décrivait ses ébats avec son copain, dans mon lit, le sentiment d'excitation que cela lui avait procuré et leurs jeux sensuels dans ma douche. Tout cela pendant que Sarah dormait dans la pièce voisine. Samuel se rejeta sur son dossier. Vous devez me prendre pour un sale type, à présent.

Elisa ne tenta pas de le rassurer immédiatement. Mais, à la réflexion, elle jugea son attitude compréhensible.

— Je comprends votre réaction, j'aurais sans doute agi de la même manière.

En attendant la suite du repas, ils évoquèrent la situation professionnelle de Samuel. Deux magnifiques tranches de flétan ivoire flottant dans un coulis de tomates et accompagnées d'un délicat ruban de courgettes leur furent ensuite servies.

— Mmmm, c'est délicieux! déclara Elisa dès la première bouchée.

Il l'approuva d'un signe de la tête.

— A Sarasota aussi, les restaurants sont excellents. Vous connaissez la région?

— Non, mais c'est une ville dont j'entends souvent vanter les mérites. Moi qui adore la mer, je crois que je n'aurais plus envie de me tuer au travail si j'habitais là-bas.

— C'est exactement ce qui m'arrive. La mer a des qualités apaisantes. Les cendres de ma petite Sarah ont d'ailleurs été dispersées dans le Golfe du Mexique.

Elisa eut soudain du mal à avaler. Son visage trahit une telle détresse que l'avocat s'empressa de s'excuser.

— Excusez-moi, Elisa. Cela m'a échappé. Je le regrette.

Pauvre homme ! pensa-t-elle. Sa plaie était encore à vif.

Sur le trottoir, devant le restaurant, un paparazzi épiait la présence d'éventuelles célébrités. Après le repas, Samuel Morton escorta Elisa jusqu'à sa voiture, stationnée près de Central Park. Le photographe ne pouvait espérer mieux.

Le lendemain matin, le *Daily News* publiait la photo de leurs deux visages. LE NOUVEL AMOUR D'ELISA BLAKE, annonçait la légende.

93

Drake apporta docilement les journaux du samedi à son maître, comme celui-ci le lui avait appris. Jerry feuilleta d'un œil distrait le *Record* et tomba sur le portrait rayonnant d'Elisa Blake. Le souffle lui manqua lorsqu'il lut l'article qui lui était consacré. Elisa habitait à quelques kilomètres de chez lui, en amont de Saddle River. Ils étaient donc voisins !

Une fois passé l'effet de surprise, il relut l'article et le découpa soigneusement. Il le glissa ensuite dans le tiroir de sa table de nuit.

En comparaison de ce qu'il venait d'apprendre, le *New York Times* lui parut bien ennuyeux. Il se contenta de le feuilleter, notant au passage que les Yankees arriveraient probablement cette année encore en phase finale du championnat de base-ball.

La lecture du *Daily News* lui fut en revanche insupportable.

LE NOUVEL AMOUR D'ELISA BLAKE.

Il observa la photo du couple. Ce type avait l'air d'un cerf apeuré surpris par les phares d'une voiture. Elisa ne pouvait s'être amourachée de lui. Jerry ne décoléra pas de toute la matinée. Il se jeta sur un paquet de gâteaux au chocolat qu'il s'efforça d'éliminer par une séance de musculation forcenée. Incapable de se contenir plus longtemps, il se précipita sur le téléphone. Il était 14 heures.

Mis en relation avec le poste d'Elisa, il libéra sur son répondeur le flot de haine et de désir qui l'assaillait depuis les premières heures de la journée.

— J'ai tout lu dans le journal, Elisa. C'est une sage décision d'avoir quitté la ville. Tu seras mieux ici, tu verras. Sa voix s'emplit de larmes. Mais ne te mets pas avec ce type, Elisa. Il a l'air terriblement ennuyeux. Nous pourrions tellement nous amuser tous les deux, mon amour. Donne-moi une chance.

Il pensa raccrocher, mais il voulait que ses paroles soient prises au sérieux.

Il prononça ses derniers mots dans un sifflement menaçant scandé par les aboiements de son fidèle Drake.

— Tu as intérêt à écouter mes conseils, ma belle. Sinon, je m'occuperai de ta fille.

94

Abigail sortit satisfaite de sa séance de gym dominicale. Elle était fière de ses abdominaux et songeait qu'Elisa apprécierait leur fermeté si seulement elle se laissait tenter...

Elle avait bien fait de se lever tôt car, tandis qu'elle se dirigeait vers la sortie, les gens commençaient à affluer dans la salle de sport. Elle tomba nez à nez avec Monica Anderson qui patientait sur le trottoir. Peu disposée à lui parler ce jour-là, elle lui adressa un vague sourire et bafouilla une excuse. C'était sans compter sur la détermination de Monica.

— Devine quoi, Abigail ? KEY News fait un reportage sur la disparition de Linda. Ma mère est aux anges. Elle est convaincue qu'une émission diffusée à l'échelle nationale peut apporter un nouvel éclairage sur l'affaire. Quelqu'un tombera peut-être dessus et apportera de nouveaux éléments.

— C'est super pour toi, Monica, répliqua froidement Abigail.

— Ma mère a tout de suite pensé que l'idée venait de toi.

Abigail aurait pu mentir sans que Monica n'en sache jamais rien. A quoi bon cependant.

— Je regrette, mais ce n'est pas moi. Qui se charge du reportage ?

Monica se pinça la lèvre. Sous le coup de l'émotion, le nom du chef opérateur qui avait interrogé sa mère lui échappait.

— Impossible de retrouver le nom du technicien. Je sais en revanche que le sujet sera diffusé au journal télévisé. Elisa Blake va venir à la maison pour l'interview.

Sur le chemin du retour, Abigail se demanda pourquoi KEY News déterrait une histoire aussi vieille.

Mais apprendre qu'Elisa allait enquêter sur la disparition d'une de ses meilleures amies fut pour elle comme un signe du destin. Elle y vit la preuve que leurs deux vies étaient liées de manière inextricable.

OCTOBRE

95

Il y avait enfin du nouveau, mais pas de nature très rassurante.

En interrogeant son répondeur, le lundi matin, Paige tomba sur un nouvel appel qu'elle transmit sans tarder à la sécurité.

— Pas un mot à Elisa, lui fit promettre Connelly. Je lui en parlerai moi-même le moment venu.

Les samedis après-midi étaient relativement calmes au standard de KEY, ce qui permettrait peut-être à l'opérateur téléphonique de trouver la provenance de l'appel.

Connelly écouta une fois de plus le message adressé à Elisa avant d'en reporter le contenu dans son fichier.

L'homme avait commencé par dire qu'il habitait non loin de chez Elisa.

Il lisait le *Record* et le *Daily News*.

Il possédait un chien.

Fait important, parce que nouveau : il avait proféré des menaces à l'encontre de la fille d'Elisa.

La sueur perlait sur le front de Connelly.

— Je vais dépêcher une équipe de sécurité pour surveiller votre domicile.

Elisa s'agrippa aux bras de son fauteuil, abasourdie par la nouvelle. Janie, pensa-t-elle dans un sursaut d'angoisse. Elle était à l'école en ce moment. N'importe quel cinglé armé pouvait entrer dans l'enceinte de l'établissement et l'enlever. Combien de fois avait-elle rapporté de telles histoires sur le petit écran ? Elisa avait du mal à respirer. Elle ferma les yeux, comme pour chasser de son esprit la terreur qui s'emparait d'elle.

— Ce n'est pas le moment de paniquer, Elisa.

Joe avait raison, elle n'avait pas le droit de craquer maintenant. La vie de sa fille en dépendait.

— Je me charge de tout, l'assura-t-il. Dès cet après-midi, votre propriété sera sous surveillance.

Elisa hocha lentement la tête.

— Il faut que je prévienne l'école et Mme Garcia.

— Je peux m'en charger, proposa Joe.

Dans un dernier effort, Elisa se ressaisit.

— Non, je le ferai moi-même, Joe.

Elle ne laisserait pas un détraqué régenter sa vie.

96

Le type de la sécurité pouvait aller au diable. Il n'avait plus besoin de se rendre à New York et de camper devant ces satanés studios d'enregistrement. Elisa avait emménagé à deux pas de chez lui.

Enfin presque. Ils habitaient certes le même comté mais, en termes de standing, un fossé les séparait. Le journal local parlait d'une communauté très « sélect ». Et Cornelius n'appartenait certainement pas à ce monde.

Il s'habilla soigneusement, enfila son unique pantalon vert kaki et un sweat-shirt sur lequel un joueur de polo était brodé. Il s'était juré de ne jamais porter ce pull ridicule, cadeau de sa mère pour Noël. Ce jour-là, pourtant, il lui en fut reconnaissant. C'était tout à fait le type d'habits portés par les aristos de HoHoKus.

Il emprunta la Nationale 17 à bord de sa vieille Escort en guettant la sortie vers HoHoKus. Au niveau de Hollywood Avenue, il passa le pont surplombant l'autoroute et nota ensuite le nom de toutes les rues aux intersections. Lloyd, Elmwood, Lakewood, Fairview. Au bout d'un kilomètre environ, il débarqua sans encombre dans le centre-ville de HoHoKus.

Et quel centre-ville ! ricana-t-il. Une petite bourgade

endormie, tout au plus. Il longea lentement la rue principale, en quête d'un coiffeur. Il avait bien besoin d'une coupe, et surtout, il ne trouverait pas meilleur endroit pour apprendre les derniers ragots.

Ayant repéré ce qu'il cherchait, il se gara un peu plus loin. Malheureusement, une pancarte « fermé », apposée sur la devanture du salon de coiffure, vint compromettre ses plans.

Quel imbécile ! On était lundi. Il jeta un œil à l'intérieur et vit une silhouette dans la pénombre. Il toqua contre le carreau de la porte d'entrée et réfléchit rapidement à la manière d'embobiner le coiffeur.

— Bonjour, monsieur ! Je viens juste d'emménager dans le quartier et mes beaux-parents viennent visiter la maison pour la première fois aujourd'hui. Ma femme veut que je sois présentable et elle va me tuer si je ne reviens pas avec une coupe digne de ce nom. Est-ce que vous pouvez me prendre ?

Le coiffeur regarda sa montre.

— Eh bien, j'avais prévu d'aller jouer au golf, mais pas avant cet après-midi. Entrez donc.

— Vous êtes mon sauveur ! s'exclama Cornelius en franchissant la porte.

— Heureusement pour vous que j'avais oublié mon portefeuille ici, sans cela vous n'auriez trouvé personne. Le coiffeur alluma machinalement les lampes murales. Vous venez d'emménager où ?

— Nous avons acheté une maison près de Lakewood.

— Lakewood ? Ça ne me dit rien. Je n'ai pourtant pas eu vent d'un achat dans le coin ces derniers temps.

— C'était une vente de particulier à particulier, improvisa aussitôt Cornelius.

— Vous avez eu de la chance. Croyez-moi, tout ce qui est mis en vente dans la région est pris d'assaut.

— Je sais. Ça fait des années que ma femme veut s'installer par ici. Depuis qu'elle sait qu'Elisa Blake habite la région, elle est encore plus excitée. Vous savez où elle habite ?

Le coiffeur prit ses ciseaux et se mit au travail.

— Elle a acheté la propriété des Richards, sur la route de Saddle Ridge. Une imposante bâtisse en brique.

— Il faut que j'emmène ma femme voir ça. C'est la seule propriété de ce style dans le coin ?

Son interlocuteur s'arrêta un instant pour réfléchir.

— Pas sûr. Ils ont encore construit là-bas ces derniers temps. En tout cas, la maison d'Elisa Blake est sur la droite quand vous arrivez de Saddle River Road. Juste dans le virage, vous verrez.

97

Une douzaine de roses magnifiques, disposées dans un vase de forme oblongue, atterrirent sur le bureau d'Elisa le lundi après-midi. Elle leva toutefois à peine les yeux lorsque Paige les lui apporta.

— Il y a une carte, vous voulez que je la lise ? s'aventura son assistante.

— Si tu veux, répondit Elisa d'une voix morne.

Paige fit glisser la petite carte de son enveloppe.

— Merci de m'avoir fait comprendre que la vie pouvait encore me réserver des moments agréables. Samuel.

Paige attendit avec impatience la réaction de sa supérieure, espérant que ce geste romantique la tirerait de sa torpeur.

— C'est gentil, articula finalement Elisa.

Elle se leva et se dirigea vers la fenêtre.

— J'ai tellement hâte que cette journée se termine ! ajouta-t-elle alors.

— Est-ce que les hommes de la sécurité sont déjà arrivés chez vous ?

— Oui, je viens juste d'avoir Mme Garcia au téléphone. Elle en a vu deux postés à l'extérieur de la maison.

— Et Janie?

— Elle va bien et ne se rend pas bien compte de ce qui se passe.

— C'est mieux comme ça, déclara Paige.

Elisa, désespérée, pressa ses poings contre la vitre devant elle. Mais pourquoi Joe Connelly et la compagnie gérant le réseau téléphonique ne parvenaient-ils pas à arrêter ces détraqués?

98

Chaque semaine, aux alentours de 17 heures, un coursier récupérait le courrier à destination du bureau de Londres afin qu'il parte le soir même. Ce jour-là, Abigail glissa une enveloppe grise à l'adresse de Mack McBride dans le sac jaune déjà bien rempli. Mais elle se garda cette fois de respecter la procédure : elle ne mentionna pas son nom sur la fiche récapitulative qui accompagnait les envois.

Pourquoi lui aussi ne souffrirait-il pas?

En ouvrant l'enveloppe, Mack tomberait sur la photo compromettante du *Daily News*. Il aurait beau chercher, il ne saurait jamais qui la lui avait envoyée.

Et puis, qui sait? la nouvelle le découragerait peut-être. Il ne chercherait sans doute plus à renouer avec Elisa s'il apprenait qu'elle lui avait trouvé un remplaçant.

Abigail ne baissait pas les bras. Malgré les protestations d'Elisa, elle espérait toujours la conquérir. Elle ne voulait pas que Mack ressurgisse dans la vie de celle qu'elle aimait.

99

Un autre appel parvint à KEY un peu après minuit. Cette fois, Elisa brava les conseils de Joe et demanda à entendre le message. Les mots chuchotés à l'autre bout du fil la firent pâlir d'horreur.

— Elisa, tu n'as pas besoin de maquillage pour resplendir. Je sais que le jour est proche où je me réveillerai à tes côtés. Ta fille nous rejoindra au lit et nous nous blottirons tous les trois...

Pas besoin de maquillage ? Qui avait bien pu la voir sans maquillage ? Quelqu'un qui l'aurait épiée chez elle, tandis qu'elle jouait avec Janie dans le jardin ? Ou qui l'aurait vue arriver aux studios un jour où, en retard, elle n'avait pas pris le temps de se farder ?

Elisa en eut la nausée. Elle se précipita aux toilettes pour vomir.

Il fallait qu'elle tienne le coup. À tout prix.

Keith voulait tourner les scènes de leur prochain reportage sur les chauves-souris. Il suggéra donc une visite au zoo du Bronx en fin de semaine, afin d'y interviewer le spécialiste en la matière. Et puis ils pourraient en profiter pour interroger les visiteurs sur leurs impressions concernant ces bêtes étranges. La météo prévoyait un temps clément. Tous les éléments étaient réunis pour une journée de tournage réussie.

Elisa réfléchit un instant. Impossible de laisser Janie seule ce week-end.

— D'accord, Keith, mais j'emmène ma fille avec moi, déclara-t-elle d'un ton ferme.

Si Keith fut surpris, il n'en montra rien.

— Pas de problème, Elisa. C'est une bonne idée. Il paraît qu'il y a quelques attractions liées à Halloween là-bas et je suis sûr que Janie va adorer ça.

Il passa une dernière fois en revue les différents points qu'il avait griffonnés sur son calepin.

— Autre chose, Elisa. En ce qui concerne Linda

Anderson. J'ai pensé à mardi prochain pour interviewer sa mère ? Ça te convient ?

Elisa peinait à rester concentrée sur son travail.

— Vois avec Paige. Si mon agenda le permet, c'est d'accord.

Les recherches de Keith sur le sujet avaient emballé Range. Un reportage sur Linda Anderson promettait de faire exploser l'Audimat. Elisa s'était montrée plus réticente, mais l'insistance de Range l'empêchait de s'opposer à ce choix. Les ressemblances entre les deux présentatrices étaient frappantes : même physique, même travail, même popularité. L'enquête policière avait d'ailleurs piétiné en raison de celle-ci. N'importe quel téléspectateur avait pu devenir obsédé par l'image de Linda.

Les recherches avaient conduit les inspecteurs à interroger de nombreux proches de la disparue, du simple collègue de travail jusqu'aux amis les plus intimes. Au total, près de quatre cents personnes, et presque autant de pistes suivies. La police avait finalement penché pour la thèse du fan obsédé. L'ironie avait voulu que Linda soit victime de sa propre popularité. Tous les moyens mis en œuvre pour la retrouver avaient échoué.

100

James était à l'école et la nourrice s'occupait des petites. Susan laça ses baskets et sortit pour sa séance de jogging. Elle commença par s'étirer contre la façade de la maison, puis s'élança sur la route. Ce matin encore, la voiture gris foncé de la sécurité était garée devant la propriété d'Elisa. Un homme était au volant et un second inspectait les alentours.

Susan eut une pensée émue pour sa nouvelle amie. Elle avait toujours cru que les célébrités menaient une vie de rêve, et constatait à présent que la réalité était bien plus sinistre. Elle n'en apprécia que davantage encore le calme de sa propre vie.

Elle salua l'homme dans la voiture et se dirigea vers le lac autour duquel elle avait l'habitude de courir. Elle attaquait son cinquième tour lorsqu'elle aperçut une vieille voiture bleue s'arrêter à hauteur d'un bouquet d'arbres, en face d'elle sur l'autre rive. Un tour supplémentaire lui fit constater que la voiture se trouvait toujours au même endroit, mais qu'il n'y avait personne à l'intérieur.

Cornelius avait dépassé au ralenti l'imposante demeure, notant la présence de la berline gris foncé postée à l'entrée. Il n'osa faire demi-tour pour jeter un deuxième coup d'œil. La voiture sentait le flic à plein nez.

Il se gara au même endroit que le lundi matin, quand il était venu repérer les lieux après sa conversation avec le coiffeur. L'endroit lui parut parfait : légèrement en retrait par rapport aux maisons avoisinantes, et près d'un bois sombre qui lui assurait un bon camouflage. Il avait été bien inspiré de venir là en début de semaine, avant que ces salauds ne viennent surveiller la maison d'Elisa. La facilité avec laquelle il avait pu fouiller du regard les moindres recoins de la propriété l'avait empli d'enthousiasme.

La dépendance en particulier l'avait séduit – elle était plus spacieuse et plus jolie que son propre appartement. Mais il avait choisi le refuge perché dans un arbre comme poste privilégié d'observation. S'il parvenait à s'y glisser à la tombée de la nuit, il disposerait d'une vue parfaite sur la chambre d'Elisa.

La présence des gardes compliquait certes un peu les choses, mais rien ne l'arrêterait à présent. Sa décision était prise. Et puis cet abri lui rappelait en tous points le refuge de ses chauves-souris. Désormais, l'occasion lui était donnée d'imiter ses compagnes nocturnes. L'obscurité le ferait sortir de sa cache pour traquer sa proie.

Larson Richards se préparait en vue d'un déjeuner important. Un investisseur potentiel l'attendait chez Marcello, un restaurant de HoHoKus. Pas de raté aujourd'hui, se dit-il en descendant l'avenue Sheridan. Il avait à peine réussi à payer ses employés cette semaine et, s'il ne décrochait pas une grosse somme d'argent dès aujourd'hui, il ne pourrait leur verser leur prochain salaire. Ce serait alors le commencement de la fin.

Si ses avocats, ses comptables et ses secrétaires n'étaient plus payés, ils devineraient la gravité de la situation et en parleraient autour d'eux. D'abord à leurs épouses, qui le répèteraient à leurs amies, et ainsi de suite.

Il était en avance. Sans réfléchir, il prit l'avenue Lloyd. La fille d'Elisa devait sortir de l'école à cette heure-là.

Il espérait encore gagner la confiance de la présentatrice. L'inciter à investir elle aussi. L'avertissement de la jeune femme lui revint alors à l'esprit. Elle ne voulait pas le revoir aux alentours de sa maison. Mais elle n'avait pas parlé de l'école. Si seulement il parvenait à gagner la confiance de la gamine, sa mère suivrait. De toute façon, il n'avait plus rien à perdre, il était au plus bas. Même Augie, ce pompiste minable, le menaçait.

Il se gara derrière une longue file de voitures, sans remarquer la présence d'une berline gris foncé derrière la Volvo blanche.

Un instant plus tard, une nuée d'écoliers sortaient en courant rejoindre leurs parents ou leurs nounous. Il repéra Janie. Une dame à peine plus grande que les élèves la conduisit jusqu'à sa nourrice.

Larson ouvrit la portière puis se ravisa. Il choisissait peut-être mal son moment. Mme Garcia ne l'avait guère apprécié lors de sa petite visite surprise. Cela n'arrangerait pas ses affaires si elle se plaignait encore une fois de lui à Elisa.

Il tenterait sa chance une autre fois.

Voilà donc comment ils procédaient.

La voiture de sécurité suivait la bonne lorsqu'elle allait chercher la gamine à la sortie de l'école.

C'était le moment d'en profiter pour gagner son poste d'observation. Sinon, il lui faudrait attendre la nuit noire. Une crainte le fit toutefois reculer : il était fort probable que les gardes inspectent la cabane à leur retour. Cornelius patienta donc derrière les arbustes jusqu'au retour du convoi. La nourrice emmena la fillette à l'intérieur et les gardes mangèrent leur repas dans la voiture stationnée devant la maison. Toutes les vingt minutes, l'un des deux hommes faisait le tour de la propriété. A chaque fois, il passa à deux pas de Cornie sans remarquer sa présence. A 16 heures, une équipe vint prendre la relève.

Il patienta encore une heure, sachant qu'il serait en retard au bar et que son patron lui en voudrait. Mais il était encore plus impatient de voir sa tête quand il lui annoncerait qu'il ne faudrait pas compter sur lui vendredi soir. Son patron aurait beau râler, rien ne le ferait renoncer. A aucun moment en effet l'un des gardes n'avait songé à inspecter la cabane.

101

— Ne me demande pas pourquoi je l'ai fait, Doris. J'en ai eu envie, c'est tout.

— Ressentir de la compassion pour un homme ne justifie pas de l'inviter à dîner chez toi, surtout avec tout ce qui t'arrive en ce moment.

Doris avait entièrement raison, mais Elisa avait été touchée lorsque Samuel l'avait appelée pour lui demander s'ils pouvaient de nouveau sortir ensemble. Elle lui avait raconté tous ses déboires. Sa gentillesse et son attention avaient fait le reste. Et même s'il était difficile de l'admettre, elle se sentait soulagée de s'être confiée à un homme. Evidemment, elle ne niait pas que son côté protecteur l'avait séduite. Mais cela lui était égal. Au vu de la situation, elle serait rassurée d'avoir quelqu'un à ses côtés le vendredi soir.

Elle n'avait pas informé ses beaux-parents de la menace proférée à l'égard de Janie. Il était inutile de les faire paniquer.

— Tu as pensé à la réaction de Janie? Qu'est-ce qu'elle va penser d'un nouvel homme à la maison? demanda Doris en dessinant le contour des lèvres d'Elisa.

— J'espère qu'elle s'entendra avec lui. Je lui ai promis que, si elle était gentille vendredi soir, je l'emmènerai au zoo le lendemain.

Doris leva les yeux au ciel et Elisa éclata de rire pour la première fois depuis plusieurs jours.

— Tous les moyens sont bons, je vois.

Pendant tout son séjour en Israël, Mack avait pensé appeler Elisa, sans se résoudre à le faire. Les arguments ne manquaient pas : le travail harassant, les événements à couvrir, etc. Pourtant, il ne se leurrait pas. Il avait beau risquer sa vie tous les jours en se déplaçant dans des zones de conflits, il savait que seule la lâcheté l'empêchait de décrocher son téléphone pour renouer avec Elisa.

Elle n'avait pas répondu à sa longue lettre d'excuses.

Chaque jour, la situation devenait plus compliquée et le fossé se creusait entre eux. De retour à Londres, allongé dans la chambre entièrement rénovée d'un magnifique hôtel victorien, Mack réalisa qu'il était trop tard pour recoller les morceaux. La coupure de journal posée sur le lit le lui avait confirmé.

Elle avait trouvé quelqu'un d'autre.

Quoi de plus normal, après tout? Il l'avait trompée si facilement. Et il n'était même pas à ses côtés alors qu'elle avait besoin d'aide. Elisa ignorait qu'il avait appelé Joe Connelly régulièrement pour se tenir au courant des développements de l'enquête. Il avait tenu à ce qu'elle n'en sache rien.

S'il avait eu un peu de cran, il serait allé voir Marcy pour lui demander quelques jours de congé.

Mack s'empara une dernière fois de la coupure de presse et regarda la photo. Ce type avait l'air bien. Sans doute la traiterait-il mieux qu'il n'avait su le faire.

102

La nuit était fraîche et Cornelius se félicitait d'avoir apporté sa veste de ski et ses gants. Son sac à dos contenait quelques sandwiches au fromage, une bouteille Thermos remplie de café et des cannettes de bière. Il pourrait toujours pisser dans une cannette vide en cas d'envie pressante.

La maison était entièrement éclairée et, de son poste d'observation, il se trouvait aux premières loges. Il embrassait d'un seul coup d'œil plusieurs pièces de la maison.

De la cuisine lui parvenaient les échos d'une conversation. Elisa était parfaite dans le rôle de la maîtresse de maison joyeuse qui s'activait à remuer la salade et à servir des verres de vin. Le type, lui, avait l'air d'un de ces snobs aux armoires impeccablement rangées, remplies de vêtements de marque. Mais il ne ressemblait guère à l'homme que le magazine *People* avait surpris au bras d'Elisa l'été précédent. Cornelius s'était renseigné sur Mack McBride. Il voulait savoir pourquoi Elisa s'était entichée de ce reporter. Il avait ainsi suivi ses reportages sur le Moyen-Orient. Non, cela ne faisait aucun doute, le gars de ce soir n'était pas McBride.

Mais quel genre de mère était-elle ? Changer d'amant comme de chemise, avoir le culot de les ramener à la maison et s'exhiber devant une petite de cinq ans ? Pute ! pensa-t-il.

Le spectacle mielleux de ce trio réuni autour de la table de la salle à manger lui donna la nausée. Le type couvait la gamine des yeux et se montrait exagérément attentif. Il l'interrogeait et riait à chacune de ses réponses. Le meilleur restait toutefois encore à venir.

Elisa et sa fille quittèrent la table et l'invité resta seul à siroter son vin. Une lumière s'alluma à l'étage, découvrant un pan de mur jaune. Il entrevit la bouche d'Elisa articuler des mots tandis que, probablement, la petite se brossait les dents.

Pendant ce temps, le type alla à la cuisine se servir un autre verre de vin. Il regarda distraitement par la fenêtre, ouvrit la porte qui donnait sur le jardin et s'aventura à l'extérieur. Dans le noir, il sembla à Cornie que l'homme se penchait vers la piscine. De légers plissements agitèrent la surface de l'eau.

Drôle d'oiseau, pensa-t-il.

La lumière à l'étage disparut. La gamine devait être couchée à présent. Elisa réapparut au rez-de-chaussée et, constatant l'absence de son invité, se dirigea vers la cuisine.

Cornie entendit distinctement sa voix.

— Samuel ?

— Je suis là, Elisa. Je contemple votre piscine.

— Ah ! Attendez, je vais allumer.

Le jardin fut soudain inondé de lumière et Cornelius se recroquevilla du mieux qu'il put. Précaution inutile. Ils n'auraient rien remarqué de toute façon.

— Il faut que je fasse installer une bâche pour la couvrir, dit Elisa, les bras croisés à cause de la fraîcheur.

Lorsqu'elle s'avança au bord de la piscine, l'inconnu l'enlaça. Ils échangèrent quelques mots à voix basse.

Cornelius ne perdit pas une miette du spectacle. La vision de cet homme en train d'embrasser Elisa le mit dans une rage folle. Les mains de la jeune femme se nouèrent autour du cou de l'inconnu et elle lui rendit son baiser.

Traînée !

L'homme se retira aux alentours de 23 heures. Une demi-heure plus tard, la maison était plongée dans le noir. A minuit passé, une nouvelle équipe de gardes prit la relève et Cornelius quitta son perchoir.

Il suivit discrètement la rangée d'arbustes qui encerclait la propriété et traversa les terrains de trois maisons mitoyennes en direction du lac. De là, il regagna la route bitumée et retrouva sa voiture.

Il y avait une contravention sur le pare-brise.

Merde!

Les flics avaient dû relever sa plaque d'immatriculation.

103

— Bon, d'accord, tu peux venir. Tu rivaliseras avec les éléphants.

A l'instant même où il prononçait ces mots, Keith comprit qu'il venait de dépasser les bornes. Même s'ils parvenaient à sauver leur couple, Cindy ne lui pardonnerait jamais son injure.

Le visage de sa femme trahit son ébahissement, puis sa douleur.

Et maintenant les larmes, anticipa Keith.

— Bordel, Cindy! Tu me pousses à bout.

— Je voulais juste passer une journée avec mon mari. Qu'est-ce que je suis censée faire? Traîner seule dans cet appartement? dit-elle en pleurant.

Keith regarda ses chevilles gonflées et son ventre protubérant. La femme blonde, sensuelle et chaleureuse qu'il avait connue s'était effacée derrière cet être gauche et terne. Sa peau était marbrée et le manque de sommeil dessinait des cernes sombres sous ses yeux. Un mélange de compassion et d'écœurement le saisit. Il ne voulait pas être vu avec elle au zoo.

Sa présence serait un poids pour lui et Elisa. Après l'épisode de Dallas, il ne tenait pas particulièrement à faire les présentations. Cindy ne viendrait pas, un point c'est tout.

— Ecoute, chérie. On ne va pas y passer la journée,

je serai de retour au milieu de l'après-midi, je te le promets. Ça nous laissera du temps ensemble.

Mais la colère de Cindy avait redoublé.

— Inutile de te forcer! lui décocha-t-elle, à bout de nerfs.

Elle se précipita dans la chambre et claqua la porte de toutes ses forces.

104

Cornelius était frigorifié. Il venait de passer la nuit à somnoler dans sa voiture. La veille, il avait quitté les bois pour rejoindre le centre de HoHoKus. Là, il s'était garé près d'une station-service et n'avait pas bougé jusqu'au petit matin.

Un copieux sandwich aux œufs et au bacon accompagné d'une bonne tasse de café brûlant revigora ses membres engourdis. Tout en engloutissant la nourriture, il s'interrogea sur l'emploi du temps d'Elisa.

Que faire aujourd'hui?

Impossible de retourner au même endroit. Les flics se douteraient de quelque chose. Vadrouiller dans le voisinage semblait aussi risqué, étant donné la présence de ces fichus gardes-chiourme. Il fallait trouver un endroit sûr.

Une idée lui traversa alors l'esprit. La nouvelle maison en construction un peu plus loin dans la rue ferait l'affaire. Le chantier serait désert ce week-end et il pourrait y dissimuler sa voiture. Même si des badauds l'apercevaient, le mauvais état de son Escort laisserait penser qu'elle appartenait à l'un des ouvriers.

Il reprit la route de Saddle Ridge et s'engagea dans le chemin boueux menant au chantier. Les travaux étaient déjà bien avancés et il rangea sa voiture dans le garage. Empruntant les quelques marches qui le séparaient des pièces habitables, il se retrouva dans ce qui deviendrait sûrement la cuisine. Il déambula encore un instant avant de tomber sur l'escalier qui le conduisit à l'étage. Une petite chambre lui procura entière satisfaction. De cet endroit, il retrouvait une vue imprenable sur la maison d'Elisa.

Il reprit aussitôt sa surveillance et vit sa patience vite récompensée. Elisa sortit de chez elle avec sa fille et monta dans la Volvo. Un garçonnet de la maison voisine les rejoignit et la voiture démarra, suivie de près par la berline.

Cornelius épousseta son pantalon et dévala l'escalier jusqu'au garage.

105

Sous le soleil radieux de cette journée d'automne, Samuel Morton faisait les cent pas à l'entrée du zoo. Il était ravi qu'Elisa lui ait proposé de la rejoindre au zoo après le tournage et de passer ensuite le reste de l'après-midi avec elle. Il espérait simplement que ce n'était pas la pitié qui avait dicté son invitation.

Le souvenir de leur baiser, la veille, au bord de la piscine, lui assurait le contraire. Elle avait fait preuve d'une certaine fougue et, s'il avait voulu, il aurait pu aller plus loin. Mais il ne souhaitait pas précipiter les choses. Il était encore trop tôt.

Il la vit arriver de loin, accompagnée de deux enfants et de deux techniciens chargés de matériel vidéo. Deux autres hommes la suivaient en retrait. Les gardes, sans doute, pensa-t-il.

— Bonjour, lui dit-elle avec un sourire et en l'embrassant sur la joue. Après votre départ, j'ai réalisé que j'aurais dû vous demander de nous retrouver un peu plus tard. J'espère que vous n'allez pas trop vous ennuyer.

— Ne vous en faites pas. En fait, je suis plutôt ravi d'avoir l'opportunité d'assister à un tournage en direct.

Elisa fit les présentations.

— Vous connaissez Janie. Voilà son copain, James.

Samuel se prêta au jeu et se courba pour serrer la main du garçon.

— Voici Keith Chapel, notre réalisateur, B. J. D'Elia, notre cameraman et enfin notre ingénieur du son, John Dolan.

— Bonjour, messieurs, salua Samuel en inclinant la tête et en serrant, tour à tour, la main des trois hommes.

Elisa ne mentionna pas les gardes.

— Par quoi commence-t-on, Keith ? demanda Elisa.

— On pourrait entrer et jeter un œil sur les animaux pendant que l'équipe se prépare. On en profiterait pour demander aux gens leurs impressions sur les chauves-souris.

— Parfait, allons-y.

Elisa s'entretint auparavant avec les hommes de la sécurité, leur demandant de rester à l'extérieur pour ne pas gâcher le souvenir qu'auraient les enfants de cette journée.

Trop beau pour être vrai.

Cornelius se mêla aux autres visiteurs et épia Elisa et sa tribu réunie devant l'entrée du Monde Souterrain. Il connaissait cette partie du zoo par cœur, car sa soif de connaissance des mammifères volants l'avait déjà conduit ici plusieurs fois. C'était d'ailleurs là qu'il avait, pour la première fois de sa vie, tenu le corps tremblant d'une chauve-souris dans ses mains. Le zoo proposait diverses activités pédagogiques pour familiariser les enfants avec ces étranges volatiles.

La juxtaposition soudaine des deux passions de sa vie, là, devant ses yeux, l'excita follement.

Regardez-moi ça ! Elle n'a pas trouvé de jean plus moulant !

Au même moment, cinq paires d'yeux cillèrent pour s'adapter à la soudaine obscurité. Elisa, Samuel, Keith et les deux enfants avancèrent à tâtons dans le pavillon du Monde Souterrain. L'espace avait été conçu de manière à recréer le monde caverneux et utérin dans lequel vivaient certaines espèces. Impressionnés, Janie et James se collèrent à Elisa puis, rapidement excités par l'ambiance nocturne, se précipitèrent vers les vivariums.

— C'est quoi, maman?

Reste calme et entre avec les autres visiteurs, se dit Cornie.

Il passa à proximité des gardes et de l'équipe technique, puis s'engouffra à l'intérieur de la grotte.

L'obscurité était son alliée.

— Janie, James! Ne courez pas! tonna Elisa. Restez à côté de moi.

Les enfants se penchaient déjà sur la vitre suivante.

— Berk! Des chauves-souris! grimaça Janie.

— Super! s'exclama James.

Les trois adultes s'arrêtèrent eux aussi devant la grappe sombre de chauves-souris agrippées à une branche d'arbre. De temps en temps, l'une d'elles étirait ses ailes, découvrant une silhouette encore plus repoussante.

Cornelius n'en pouvait plus.

Elisa était à deux pas. Elle observait les chauves-souris, encadrée par deux hommes. Au diable les autres visiteurs! Il ne pouvait résister plus longtemps.

Elisa s'écarta un instant pour laisser passer les autres curieux et en profita pour lire le document explicatif. Une main chaude se posa sur sa nuque. La douceur du contact de la main de Samuel était plutôt agréable. Elle pensa aux escapades de son adolescence... L'obscurité des salles de cinéma elle aussi était propice à ce type de contact furtif. Soudain, une voix rauque chuchota à son oreille.

— Pourquoi est-ce que tu t'obstines à t'habiller

comme une traînée? Tu devrais prendre exemple sur les chauves-souris et être une bonne mère pour ta fille.

Elle eut aussitôt un geste de recul instinctif.

— Maman, maman! Viens voir par ici! lui lança la voix fluette de sa fille, juste avant qu'Elisa se mette à hurler.

Samuel et Keith bondirent dans l'obscurité et plaquèrent Cornelius à terre.

106

Joe se trouvait dans son jardin, occupé à ranger la tondeuse et le mobilier de jardin dans le hangar en prévision de l'hiver qui approchait, lorsque sa femme l'avertit qu'on le demandait au téléphone.

Dix minutes plus tard, il faisait route vers le zoo du Bronx. A son arrivée, il reconnut immédiatement l'individu arrêté par Keith et Samuel. C'était le même type qui avait traîné pendant quelques jours devant les studios de KEY. Maintenant, Joe allait enfin connaître son identité. Cornelius Bacon, habitant de Moonachie, dans le New Jersey.

Les inspecteurs de police du Bronx s'étaient empressés d'avertir leurs collègues de Moonachie. Cornelius était fiché là-bas. Barman d'un troquet local, les gens le trouvaient bizarre. Sa spécialité : l'élevage de chauves-souris.

Les chauves-souris. Joe faisait maintenant le lien avec les lettres adressées à Elisa : *« Les chauves-souris appartiennent à la race des vampires... Tu devrais prendre exemple sur elles... »*

Connelly demanda aux policiers de Moonachie si l'homme n'était pas par hasard affublé d'un sobriquet. La réponse ne se fit pas attendre et il se sentit soulagé. Désormais, ils en tenaient un.

Mais il n'osait imaginer ce qui aurait pu se passer

sans la présence d'esprit de Keith et Samuel. Malgré la présence des gardes, ce malade avait pu sauter sur Elisa.

Quant à l'autre cinglé du téléphone, il courait toujours.

107

Le lundi matin, dès son arrivée, Elisa entendit Paige lui demander si elle souhaitait accorder une interview à l'émission *Entertainment Tonight* sur les événements qui s'étaient déroulés au zoo.

— Hors de question, riposta Elisa. Donner des idées à un autre tordu ? Il ne manquerait plus que ça.

— Le producteur m'a confié que, de toute façon, ils traiteraient le sujet avec ou sans votre témoignage. Ils savent que l'équipe technique a pris des images et ils voudraient copier la bande, lui apprit alors Paige.

Elisa laissa échapper un long soupir. Toute cette affaire commençait à la déstabiliser. Elle se sentait vulnérable.

— Ils ne feront rien sans mon accord, dit-elle avec détermination. Je refuse d'alimenter leur soif de sensations fortes.

Elle était même décidée à aller trouver Yelena Gregory dans son bureau pour empêcher la circulation de ces images. Les cris de Janie, qui ne l'avaient plus lâchée d'une semelle, et la petite mine apeurée de James Feeney la hantaient encore. Aucune cassette vidéo ne sortirait des studios. Et qu'on ne vienne pas lui parler dans cette histoire de la liberté d'expression ou du droit du public à être informé. Rien ne la ferait changer d'avis.

— M. Connelly a déjà appelé deux fois ce matin, poursuivit Paige.

— Bien. Rappelle-le et passe-le-moi, s'il te plaît.

Elisa se dirigea vers son bureau, et se retourna au passage vers son assistante.

— Et, Paige, je suis désolée de t'avoir fait venir un jour férié.

— La mauvaise nouvelle, c'est que la mère de Bidoche a payé la caution de mille dollars et que le type a pu sortir. La bonne nouvelle, c'est que le tribunal lui a donné l'ordre de ne pas vous approcher à moins de huit cents mètres jusqu'à ce que l'affaire soit jugée.

— Tout ça en l'espace d'un week-end seulement? demanda Elisa, soufflée par la rapidité des décisions.

Elle tira nerveusement sur le cordon téléphonique.

— Oui. Certaines affaires se règlent en un clin d'œil quand on fait pression sur les bonnes personnes.

— Dans combien de temps aura lieu le procès?

— Je ne sais pas exactement. Peut-être deux ou trois mois.

La nouvelle ne rassura guère Elisa.

— Qui dit qu'il va respecter l'interdiction de m'approcher?

Connelly hésita.

— Personne, en effet. Mais nous allons maintenir les mesures de protection autour de vous.

Aucun d'eux n'exprima alors le fond de sa pensée. Les gardes étaient présents au zoo.

108

Le jingle familier de *Entertainment Tonight* précéda l'annonce des principaux thèmes de la soirée.

« La présentatrice vedette de KEY News traquée au zoo du Bronx. » Une photo d'Elisa suivait l'annonce.

Le présentateur rapporta que Cornelius Bacon, jeune homme de trente-deux ans, venait d'être arrêté pour avoir agressé la jeune femme alors qu'elle se trouvait au zoo en compagnie de sa fille et de deux techniciens de KEY News. L'inculpé travaillait au Like It Rare, un bar-restaurant du comté de Moonachie, dans le New Jersey. Les caméras de *Entertainment Tonight* étaient présentes le dimanche soir lors de l'arrivée de Bacon au bar. Le suspect avait caché son visage sous sa veste à l'approche des journalistes.

Comment ce Bacon avait-il osé s'en prendre à son Elisa chérie ? Comment avait-il pu croire qu'Elisa lui appartenait ? Elle était sienne depuis longtemps. Et tant pis si la justice n'avait pas réglé l'affaire. Il savait comment s'y prendre pour empêcher ce type de reposer ses sales pattes sur Elisa.

109

Amaigrie et les cheveux grisonnants, Florence Anderson ressemblait à une survivante. De profondes rides creusaient son front, donnant à son visage une expression de constante inquiétude et de triste sévérité. Elle n'avait guère eu envie de rire ces cinq dernières années. Pourtant, la détermination se lisait dans son regard lorsqu'elle accueillit l'équipe de KEY News.

Un simple regard suffit aux deux femmes.

— J'ai regardé *Entertainment Tonight* hier soir, avoua-t-elle en serrant la main d'Elisa. Je suis sincèrement désolée.

— Merci, répondit Elisa.

— Une chance qu'ils aient arrêté ce détraqué. Mais comment ont-ils pu le relâcher aussi vite ?

Elisa, désemparée, haussa les épaules.

— C'est comme ça que les choses se passent, je suppose. Il est en liberté surveillée jusqu'au procès.

— C'est tout simplement dégueulasse, commenta Florence.

L'incongruité de la remarque fit sourire Elisa. D'autant plus qu'elle était tout à fait d'accord avec

Mme Anderson. Cette situation était vraiment au-dessous de tout.

L'équipe technique envahit rapidement le séjour pour installer le matériel. La pièce ressemblait à un véritable sanctuaire dédié à la disparue. Pas un mur où ne figurait une photo de Linda Anderson. Chaque étape de la vie de l'ex-présentatrice était représentée. Linda bébé, Linda faisant ses premiers pas, Linda en uniforme, en maillot de bain, portant un trophée ; Linda un peu plus grande avec un micro, puis lors de sa première interview devant un tribunal, sur un plateau télé... Elisa frissonna en observant les photos de cette jeune femme dont le parcours ressemblait étrangement au sien.

Elle se demanda comment Florence Anderson pouvait supporter d'être entourée des photos de sa fille disparue. Si quelque chose devait arriver à Janie un jour, elle n'aurait jamais la force de vivre ainsi. De toute façon, elle n'aurait jamais la force de surmonter une pareille perte. S'il arrivait quoi que ce soit à sa fille, elle prendrait un tuyau, le relierait au pot d'échappement de sa voiture et, une fois à l'intérieur du véhicule, mettrait le moteur et inspirerait profondément.

Une voix intérieure lui souffla de ne pas faire ce reportage.

Keith leur suggéra de s'asseoir sur le sofa pour l'interview. Ainsi, les photos de Linda Anderson entreraient dans le champ de la caméra. Il attacha un micro au revers de la veste de Florence.

— Parlez-moi de votre fille, madame Anderson.

— En tant que mère, je peux dire que Linda est l'enfant que chacun rêve d'avoir. C'était un bébé magnifique. Elle avait une forte personnalité et a réussi brillamment à l'école. Je n'ai jamais eu l'ombre d'un problème avec elle. Bien sûr, elle aimait s'amuser et elle a fait toutes les bêtises que font habituellement les adolescents. Florence eut un sourire contraint à l'évocation d'un souvenir. Un jour, je me rappelle, je suis allée la récupérer au poste de police. Elle avait été interpellée avec d'autres gamins à bord d'une voiture. Ils avaient bu.

Elisa invita Florence à poursuivre son récit par un signe de la tête.

— Depuis toute petite, Linda s'intéressait à l'univers de la télévision. Mais elle ne pensait pas devenir un jour présentatrice vedette.

— Oui, sa carrière a connu une ascension fulgurante. On sait d'ailleurs que KEY News voulait l'engager.

— C'est vrai. Un agent l'avait contactée et lui avait fait tourner un bout d'essai qu'il avait ensuite envoyé à KEY. Un rendez-vous a même été pris pour un entretien. Linda était enthousiaste à l'idée de travailler pour une chaîne prestigieuse. Elle s'était longtemps préparée à cet entretien. Florence observa une pause, et baissa les yeux. Mais elle n'a pas eu le temps de...

— Linda devait être très douée, car il est très rare que des agents démarchent ainsi les journalistes. En général, c'est à eux de les contacter.

— Oui, elle était douée, confirma Florence d'une voix faible. Bien sûr, je suis sa mère et cela ne me rend pas très objective. Mais les gens disaient qu'ils avaient l'impression de la connaître rien qu'en la regardant à la télévision. Elle dégageait cette sorte d'aura familière.

— Pouvez-vous me parler de la période juste avant sa disparition?

Florence se tut un instant, puis se lança résolument.

— Quelque chose ne tournait pas rond. Linda avait la sensation d'être suivie. Elle m'a appelée plus d'une fois, au bord de la panique. Je lui ai proposé de venir s'installer à la maison le temps que les choses se clarifient. Si seulement elle m'avait écoutée...

— En a-t-elle parlé à la police?

— Oui, tout de suite, et ils ont décidé de l'escorter. Rien n'est arrivé pendant ce laps de temps, mais ils ne pouvaient pas lui assurer cette garde rapprochée indéfiniment. Linda quant à elle ne voulait pas continuer à vivre dans la terreur. Elle s'était inscrite à un cours de self-défense, mais je pense qu'elle n'a pas été de taille face à son adversaire.

— Et après sa disparition, que s'est-il passé?

— Au début, la police a fouillé tous les environs. Ils ont interrogé des témoins, des gens qui la connaissaient de vue, des collègues, ses ex-petits amis, bref, tous ceux qui, de près ou de loin, l'avaient approchée. Tous les soirs, GSN évoquait sa disparition. Les gens ont attaché des rubans jaunes autour des arbres en signe de solidarité. La chaîne a même promis une récompense à qui la retrouverait, sans résultat. Un jour, l'un des détectives m'a appelée et m'a confié que plus le temps s'écoulait, plus les chances de la retrouver s'amoindrissaient. La police privilégiait la thèse d'un spectateur obsédé par Linda. Mais la piste était vouée d'avance à l'échec car n'importe qui pouvait être suspecté.

— Merci mille fois, madame Anderson, conclut Elisa en lui prenant la main. Vous vous êtes livrée très spontanément et je vous en suis très reconnaissante. J'imagine que ce doit être très difficile pour vous.

— Je l'ai fait parce que je crois que cela peut contribuer à faire éclater la vérité. Je veux que le coupable soit arrêté, c'est tout ce qui m'importe.

Le cameraman filma quelques instants encore les deux femmes tandis qu'elles échangeaient de menus propos. La séquence servirait pour le générique. Il s'attarda ensuite sur les photos de la disparue.

Au moment où l'équipe s'apprêtait à quitter la maison, Florence Anderson leur posa une dernière question.

— Vous connaissez Abigail Snow? Elle travaille chez vous.

— Oui, bien sûr, répondit Elisa, étonnée. Elle s'occupe de la promotion.

— Pouvez-vous lui transmettre mes amitiés? Linda et elle travaillaient ensemble et elles s'entendaient très bien. Elles suivaient toutes les deux un cours de self-défense. Mais après la disparition de Linda, Abigail a trouvé un autre boulot à New York et on a perdu contact. Ma fille Monica la rencontre parfois à son cours de gym.

Mme Anderson s'interrompit et devint pensive.
— Oui, elles étaient vraiment très bonnes amies.

Sur le chemin de retour, Elisa et Keith, assis côte à côte à l'arrière de la fourgonnette, échangèrent leurs premières impressions sur l'interview.
— Tu imagines l'enfer qu'a dû traverser cette pauvre femme ? laissa échapper Elisa, en regardant par la fenêtre.
Keith approuva, mais ne trouva rien à ajouter.
— C'est le cauchemar le plus terrible qu'une mère puisse connaître. Tu verras, Keith, quand ton bébé sera né. La peur de perdre un enfant est au-delà de ce qu'on peut s'imaginer.
— J'ai certainement hâte de voir ça, répondit-il sombrement.
Elisa regarda cet homme assis à côté d'elle qui se rongeait les ongles. Le dédain qu'elle avait ressenti pour lui à Dallas se muait aujourd'hui en pitié. Il était là, à travailler dans un environnement où il subissait une pression constante et, en plus, son couple battait de l'aile.
Elisa aurait aimé lui dire qu'elle le comprenait, mais elle se contint.
Cette fois, elle ne tenterait pas le diable et éviterait tout quiproquo. Mieux valait séparer travail et vie privée.
— Tu sais, Keith, j'ai pensé qu'on pourrait faire un reportage sur les gens qui ont perdu un enfant.
— Pourquoi pas, répondit-il d'une voix blanche.
Son enthousiasme l'avait quitté depuis quelque temps.

110

Samuel attendait de pouvoir traverser la Cinquième Avenue. Il était inquiet pour Elisa. Les derniers événements survenus dans la vie de la présentatrice le consternaient. Cet insensé au zoo, les appels téléphoniques, les dessous offerts, le cambriolage. Il se sentait le devoir de la protéger. Il fallait qu'elle se sente en confiance avec lui.

Il poussa la porte de la bijouterie Tiffany et contempla les bijoux disposés dans de petites vitrines. Les bagues en particulier attirèrent son attention. Il s'arrêta devant un magnifique diamant monté en solitaire sur un anneau en or blanc. Dans quelque temps, peut-être, il l'offrirait à Elisa.

Il passa presque une heure dans la boutique avant de se décider pour une somptueuse paire de boucles d'oreilles en forme d'étoiles de mer.

Parfait. Elles rappeleraient à Elisa leur amour partagé pour la mer.

— Samuel ! Justement j'allais vous appeler.

— Ça fait plaisir à entendre.

— Ne vous réjouissez pas trop vite.

— Pourquoi ?

— Laissez-moi vous expliquer. Je vais travailler sur une émission concernant... Elisa s'efforça de trouver les mots justes, puis décida de se montrer franche. En fait, il s'agit d'un reportage sur les parents qui ont perdu un enfant. Je me demandais si vous accepteriez de témoigner.

Samuel ne sut quoi répondre.

— Je suis désolée de vous prendre au dépourvu, Samuel, s'excusa-t-elle.

— Je serais bien sûr ravi de vous aider. Qu'aimeriez-vous, au juste ?

— Eh bien, nous pensons contacter l'hôpital Sloan-Kettering et leur demander la permission de tourner dans leur section pédiatrie. Là, nous chercherons des parents qui ont des enfants gravement malades... Et j'ai pensé que votre témoignage pouvait constituer le point d'orgue du reportage.

— Tout cela est encore si récent, Elisa.

— Oui, je sais, Samuel. Et c'est une des raisons pour

lesquelles je vous le propose maintenant. Les téléspectateurs n'en seront que plus émus.

Il y eut un long silence.

— Samuel ?

— Oui, je suis là, répondit l'homme d'un air las. Puis-je y réfléchir avant de vous donner une réponse ?

— Bien sûr. Prenez tout votre temps.

— Et pour samedi, notre rendez-vous tient toujours ?

— Oui, si cela ne vous dérange pas de venir dans le New Jersey une fois de plus. Je demanderai à Mme Garcia de garder Janie et je réserverai une table à Esty Street, le restaurant dont je vous ai parlé. Tout le monde en dit le plus grand bien.

111

Augie n'avait pas eu la moindre maison à cambrioler depuis celle d'Elisa Blake. Il commençait à désespérer. Il lui restait encore quelques bijoux à faire expertiser à New York. Ici, on ne lui en offrait presque rien alors qu'ils valaient certainement leur pesant d'or. Le besoin d'argent le rendait fou. Richards l'avait saigné à blanc et, à présent, il était déterminé à récupérer les sommes faramineuses qu'il avait investies. Et toujours ces atermoiements. Larson Richards fuyait ses appels et lui faisait toujours faux bond.

Il maudissait le jour où il avait signé ces contrats, qui l'obligeaient à verser de l'argent à Richards jusqu'à la vente définitive. Et si la vente n'avait jamais lieu ?

Augie décrocha son téléphone.

— Larson Richards, s'il vous plaît. De la part de Augie Sinisi.

— M. Richards est en réunion, monsieur Sinisi.

— Passez-le-moi ou je débarque tout de suite.

— Un moment, s'il vous plaît.

Augie savait que Larson ne voulait pas voir arriver

dans ses bureaux un mécanicien crasseux. La menace fit effet.

— Salut Augie, comment ça va?

— Evitez les familiarités avec moi, Larson. Je veux mon fric et tout de suite.

— Mais enfin, Augie, vous savez bien que c'est pas aussi simple, répondit Larson, feignant l'exaspération. La vente n'est pas encore signée.

— Dites-moi quand elle le sera, alors.

— Augie, ces choses-là prennent du temps. Il y a parfois des complications, des imprévus.

— C'est moi qui vais finir par vous apporter des complications si ça continue.

— Dois-je comprendre que vous me menacez, Augie? demanda Larson d'un ton exagérément posé.

Mais Augie connaissait la musique et, cette fois, il ne tomberait pas dans le panneau.

— Non, Larson, je ne vous menace pas, je veux mon argent, c'est tout.

— Les temps sont durs pour vous aussi, on dirait, commenta Larson d'un ton condescendant.

Augie avait de la peine à contenir sa rage.

— On peut le dire.

— Justement, ma voiture aurait besoin d'un petit contrôle technique.

Augie aurait volontiers cédé à la colère en insultant cet escroc, mais il eut une meilleure idée.

— D'accord, Larson, dit-il d'un ton conciliant. Je viendrai chercher votre voiture demain matin et vous pourrez venir la récupérer en fin d'après-midi. Vous n'aurez qu'à laisser les clés à la réceptionniste.

112

Avant de s'absenter pour le week-end, Joe appela son contact auprès de la compagnie qui gérait le réseau téléphonique.

— Du nouveau?

— Non, Joe. Mais je te rappelle dès que j'en saurai un peu plus. A l'heure actuelle, je ne peux pas te dire d'où provenaient ces appels.

— Oui, je sais. Mais surtout, n'oublie pas de me prévenir à la minute même où tu auras localisé leur auteur.

— Bien sûr.

— Bon sang! pourquoi cela prend-il autant de temps?

— Enfin, Joe, tu sais bien comment ça marche. Un peu de patience!

Connelly ôta ses lunettes et se frotta les yeux. Il commençait à se faire vieux pour ce genre de boulot.

En plus du JT quotidien, depuis peu, il ne ratait aucun des *Entertainment Tonight* du lundi soir. Mais cela ne faisait qu'accroître sa nervosité, rendant les massages de Lori totalement inefficaces. Jerry souffrait régulièrement de spasmes musculaires et de crampes soudaines et rien ne parvenait à calmer son agitation. Savoir qu'Elisa habitait à quelques pas de chez lui le rendait fou. Il devait réagir.

Dès que Lori aurait quitté son appartement, il appellerait KEY et laisserait un message.

113

Des guirlandes d'ampoules minuscules égayaient les arbres à l'abord du restaurant. A l'intérieur, un énorme bouquet de gueules-de-loup mêlées de roses blanches et de muguet jaillissait d'un vase en cristal.

— Bienvenue à Esty Street.

Le patron du restaurant les accueillit chaleureusement et les conduisit à leur table. La salle était décorée avec goût et les murs recouverts de miroirs gigantesques. Elisa sentit le regard de plusieurs personnes glisser sur elle tandis qu'elle s'asseyait. Elle remarqua alors la présence à une table voisine de Larson Richards. Heureusement, il ne semblait pas l'avoir vue.

— C'est agréable d'avoir tous les regards braqués sur vous dès que vous entrez dans un lieu public? lui demanda Samuel.

— Pas autant qu'on pourrait le croire, lui confia Elisa en dépliant sa serviette et en la disposant sur ses genoux. On s'habitue, à la longue, sachant que tout ce qu'on peut faire ou dire sera rapporté, commenté et critiqué. J'avoue que, par moments, j'aimerais passer inaperçue.

— Vous devez parfois vous sentir comme sous un microscope?

Elisa haussa les épaules.

— Au fond, je ne devrais pas me plaindre. Après tout, j'ai choisi ce métier et des tas de gens rêveraient d'être à ma place.

Un premier serveur ne tarda pas à leur apporter la carte, tandis qu'un second déposait sur la table une assiette d'amuse-gueule. Tout en dégustant les biscuits apéritifs accompagnés de sauce piquante, ils étudièrent les différents menus. Elisa se décida pour de l'agneau accompagné de patates douces et de carottes, tandis que Samuel optait pour un filet mignon rôti à l'ail avec sa purée. Le repas fut copieux et délicieux mais, bien que terriblement tentés par la carte des desserts, ils préférèrent terminer par un café bien serré.

Elisa avait attendu cet instant pour aborder le sujet qui l'intéressait.

— Avez-vous réfléchi à ma proposition, Samuel?

Le visage de son interlocuteur s'assombrit aussitôt.

— Oui, Elisa. J'y ai réfléchi. Mais je ne me sens pas prêt à parler de la mort de Sarah. Et surtout pas dans le cadre aussi impersonnel d'une émission grand public. J'espère que vous comprenez mes réticences.

Il la regarda droit dans les yeux tout en lui prenant la main.

— Bien sûr, Samuel. Je n'aurais jamais dû vous

demander une chose pareille. J'ai manqué de tact et d'intelligence, je suis désolée.

— Ne soyez pas désolée, je sais que vous ne pensiez pas à mal. Je me suis toujours demandé comment vous déterminiez les sujets de vos reportages. Est-ce que Sarah a été le catalyseur ?

— En fait, j'ai interviewé une femme qui a perdu sa fille. Les circonstances sont un peu différentes puisqu'il s'agissait d'une célèbre présentatrice. En discutant avec la mère de la disparue, je me suis rendu compte que l'âge ne modifiait en rien la douleur provoquée par la perte d'un enfant. J'ai alors pensé à Sarah.

Elisa repoussa une mèche de cheveux tombée sur le front de Samuel et posa sa main sur la sienne. Il paraissait accablé.

— Je suis désolée Samuel, sincèrement désolée, murmura-t-elle.

Il sembla faire un effort pour sortir de sa soudaine torpeur et sortit de la poche de sa veste une petite boîte bleue entourée d'un fin ruban de satin blanc. Il posa le présent entre eux.

— C'est pour vous, Elisa. J'espère avoir fait le bon choix.

Elle tira délicatement sur le ruban et ouvrit l'écrin, reconnaissable entre tous, de chez Tiffany.

— Oh ! Samuel, elles sont magnifiques !

— J'espérais bien qu'elles vous plairaient. Il faut reconstituer votre collection de bijoux.

— Elles sont vraiment superbes, dit Elisa, tenant les minuscules étoiles de mer dans la paume de sa main. Superbes... mais je ne peux pas accepter...

— Non, l'interrompit Samuel sans brusquerie. Vous n'imaginez pas le bien que m'ont procuré ces brefs instants passés à vos côtés. Quand je suis arrivé à New York, je croyais que ma vie était fichue. Grâce à vous, j'ai repris confiance en l'avenir.

Elisa aurait volontiers invité Samuel à entrer prendre un dernier verre, mais la berline grise était stationnée à l'entrée et Janie dormait profondément. Il n'insista pas.

— Je vous appellerai, l'assura-t-il en l'embrassant.

Elisa entra sur la pointe des pieds et appela Mme Garcia. Celle-ci regardait la télévision.

— Janie a été sage ?

— Elle était fatiguée, ce soir. Elle a été se coucher dès que je le lui ai dit.

— Bon, très bien. Des appels ?

— Oui, señora. Votre mère a téléphoné mais Janie était déjà couchée. Elle rappellera demain. Et le señor McBride a appelé également.

En sentant son cœur battre la chamade, Elisa comprit que son histoire avec Mack était loin d'être terminée.

114

Larson rentra chez lui écœuré. Les hommes d'affaires qu'il venait de régaler ce soir-là à Esty Street n'investiraient pas un sou dans son affaire. Il le devinait d'instinct.

Il gara sa Mercedes et marcha d'un pas traînant jusqu'à la porte d'entrée. Le signal d'appel du téléphone clignotait dans l'obscurité. La personne avait raccroché sans laisser de message, mais l'appareil avait enregistré son numéro. Carmine Carelli. Il avait appelé deux fois.

Carmine Carelli était bien sûr trop malin pour laisser un message. Bon sang, pourquoi s'était-il fichu dans un pétrin pareil ? Il savait bien que ces types n'étaient pas des enfants de chœur. Il risquait un soir de trouver chez lui une bande de gros bras peu enclins à discuter.

Il prit une bière dans le frigo et remarqua que la nourriture était sens dessus dessous. Ouvrant le freezer, il constata le même désordre. La panique s'empara de lui lorsqu'il vit les boîtes de petits pois éventrées et les asperges plantées dans la glace. Pire, le coffre-fort avait disparu.

Comment avait-il pu être assez stupide pour conserver la dernière lettre de sa mère ? Il aurait dû la brûler en même temps que ses reconnaissances de dette.

Seuls les imbéciles faisaient preuve d'un tel sentimentalisme.

115

Ce détraqué de Moonachie ne se verrait infliger qu'une petite peine pour ce qu'il avait osé faire à Elisa au zoo. Même s'il allait en prison, il n'y ferait pas de vieux os.

Il pouvait donc recommencer. Et cela, il ne saurait le tolérer.

Elisa était trop précieuse. Il la protégerait.

Il mettrait Bacon hors d'état de nuire.

116

Il avait passé un mauvais week-end. Le deuxième cinglé tardait trop à être localisé. Le lundi matin, Joe arriva plus tôt qu'à l'accoutumée aux bureaux de la sécurité.

Sans trop savoir ce qu'il cherchait, il se mit à relire toutes les retranscriptions de coups de fil douteux consignées dans son fichier informatique. L'auteur des appels nocturnes avait bien dû se trahir à un moment et laisser échapper un détail significatif.

« Elisa, tu n'as pas besoin de maquillage pour resplendir. »

C'était un début...

Le chef de la sécurité avait préféré attendre Elisa dans son bureau.

— Je veux que vous pensiez aux personnes susceptibles de vous voir sans maquillage, lui demanda-t-il sans ambages.

— Facile à dire Joe ! Il m'arrive de venir au bureau sans maquillage et, dans ce cas-là, il faudrait interroger tous les employés de KEY.

— Bon, mais en dehors d'ici ? insista-t-il.

Elisa fit un effort pour se concentrer.

— Le type qui m'a vendu sa maison. Il est passé à l'improviste voir Janie un matin.

Joe consigna le nom de Larson Richards sur son bloc-notes.

— Vous avez son téléphone ?

— Paige doit l'avoir.

— Bon, je jetterai un œil. Quelqu'un d'autre ?

Le souvenir de Keith Chapel à Dallas dans la salle de gym lui vint à l'esprit, mais elle ne le croyait pas capable d'un tel acte. Elle secoua la tête.

— Personne pour le moment.

— Très bien, Elisa, mais si vous pensez à quelqu'un d'autre, vous savez où me trouver.

117

La lettre avait été rédigée à la main sur du papier rose pâle.

Larson,

Ton père et moi sommes consternés par la tournure que prennent les événements. Tes paroles m'ont brisé le cœur. Nous t'avons aimé et élevé depuis ta naissance. Nous avons travaillé dur pour te nourrir et, plus tard, te soutenir dans tes projets. Que tu nous renies de la sorte est insupportable. Tu as dit que nous serions morts à tes yeux si nous refusions de te donner plus d'argent. As-tu déjà oublié toutes les sommes que nous avons investies dans ton affaire ? A l'évidence, celle-ci compte plus pour toi que tes propres parents. Nous avons du mal à l'admettre. Mais nous n'accepterons pas pour autant tes menaces, Larson. Si tu préfères rompre tout lien avec nous, fais-le. J'ose espérer que tu sauras prendre le recul nécessaire et retrouver la raison. Ton père et moi t'aimons profondément et saurons te pardonner et oublier ce que tu as dit sous le coup de la colère.

Je tiens à te préciser que tout ce que nous possédons te reviendra un jour ou l'autre, même si tu choisis de nous renier.

Avec tout mon amour,
Ta mère.

Augie regarda la date inscrite au haut de la lettre, puis la plia et l'enfouit dans sa poche. Un petit tour à la bibliothèque s'imposait. S'il trouvait un vieux numéro de *Record* pour confirmer ses soupçons, il pourrait prouver que Mme Richards avait écrit cette lettre juste avant sa mort et celle de son mari.

118

— Je ne sais pas, Mack. De toute façon, nous n'allons pas débattre de ça au téléphone. Si tu reviens pour les fêtes de Noël, nous en parlerons à ce moment-là.

Elisa regarda l'heure. Elle devait rejoindre Doris et écourta la conversation.

— Il faut que j'y aille, maintenant.

Postée devant son miroir, Elisa fronça les sourcils en découvrant ses traits tirés.

— Quelle tête !

— Mais non, ma douce, lui dit Doris en tentant de la

rassurer. Tu vas voir. Dans un quart d'heure, tu seras belle comme le jour.

— Avec un tube entier de fond de teint, je parie! Regarde-moi ces cernes!

— Tu n'as pas dormi cette nuit?

— Presque pas. Je me suis endormie vers minuit, mais à deux heures pile, je me suis réveillée et j'ai commencé à me tourner et à me retourner dans mon lit. Plus je me disais qu'il fallait que je dorme, moins j'y parvenais. Enfin, tu vois... Un vrai cercle vicieux.

— Tu as trop de soucis en ce moment. Normal que tu ne trouves pas le sommeil. Tu devrais peut-être prendre des somnifères, non?

Elisa haussa les épaules, pas très convaincue.

— Je ne sais pas... Je préfère éviter. Si je tombe dans un sommeil profond, j'ai peur de ne pas me réveiller si Janie m'appelle. Sans compter que je n'ai guère le temps d'aller voir un médecin.

— J'ai des cachets à la maison. Je te les amènerai demain pour que tu les essaies, si tu veux.

Cette fois, même le maquillage s'avéra impuissant à gommer les traces de fatigue sur le visage de la présentatrice.

— Essaie de te reposer un peu ce week-end, Elisa.

— Comment tu veux que je fasse? Avec toutes les mesures de sécurité de Connelly et ces obsédés qui rôdent autour de moi. Et puis, Mack m'a appelée.

— Qu'est-ce qu'il voulait?

— Quelqu'un lui a envoyé la photo du journal avec Samuel.

— Bonne idée. J'aurais dû y penser.

Un sourire subreptice se dessina sur les lèvres peintes d'Elisa.

— Il veut qu'on parle.

— Tu te sens comment?

— Partagée.

Dans son bureau de la présidence de KEY, Yelena Gregory regardait d'un air préoccupé le journal télévisé.

Sa présentatrice vedette n'était pas aussi rayonnante que d'habitude. Et l'image de marque de KEY risquait d'en pâtir. Un point qu'elle ne pouvait se permettre de ne pas lui en faire la remarque.

Toutefois, elle compatissait au sort d'Elisa et se tenait informée des mesures mises en place pour assurer sa sécurité. Heureusement, Joe Connelly venait de lui faire part de son espoir d'arrêter bientôt l'auteur des coups de fil.

Il avait intérêt.

119

Susan Feeney s'était surpassée. Le costume d'Olive Oyl qu'elle venait de terminer se révélait particulièrement réussi. Janie avait revêtu une robe à col Claudine, rond et plat, des collants à rayures et des chaussures noires. Susan lui avait façonné un faux nez en trompette avec du papier mâché et récupéré une perruque qu'elle avait nettoyée et coiffée en forme de chignon. Olive Oyl dans toute sa splendeur.

James, tout aussi excité, portait un pull marin et un chapeau, mâchouillait une tige de maïs en guise de pipe et trimballait une boîte d'épinards. Une des manches de son pull était relevée et laissait apparaître une ancre dessinée à même la peau.

L'étape suivante consistait pour le petit couple improvisé à se rendre au point de départ du défilé. Elisa quant à elle devait se rendre à l'école pour y préparer des boissons et des friandises. Susan accompagnerait les enfants, suivie de près par la berline grise.

Parés de leurs plus beaux atours, sorcières, monstres, magiciens, diablotins, citrouilles et princesses se rassemblèrent au centre de HoHoKus dans une ambiance joyeuse. Elisa fut soulagée de constater que, si les plus beaux costumes étaient faits main, la plupart sortaient tout droit de magasins de farces et attrapes.

Vifs et enthousiastes, les gamins avancèrent en désordre sous le soleil d'octobre. Elisa eut le temps de filmer le début de la joyeuse procession avant de rejoindre son poste à l'école.

Les tables sur tréteaux étaient déjà disposées dans la cour, entièrement recouvertes d'assiettes remplies de beignets à la cannelle saupoudrés de sucre glace et de pichets de cidre de la région. Elisa disposait çà et là des petits tas de serviettes en papier lorsqu'elle fut abordée par Larson Richards.

— J'étais sûr de vous trouver ici ce matin avec Janie. Mais je ne me doutais pas que vous teniez le stand des rafraîchissements.

— Je ne fais qu'apporter mon aide, Larson, répondit Elisa sans regarder son interlocuteur.

Volontairement indifférente, elle continua à s'affairer en espérant qu'il n'insisterait pas. Au lieu de ça, il lui tendit un bout de papier.

— Qu'est-ce que c'est?

— La combinaison du coffre-fort.

— Vous me la donnez trop tard, Larson. J'ai été cambriolée.

— Oui, j'ai appris la nouvelle et vous m'en voyez désolé.

Comment lui dire qu'il avait sciemment conservé la combinaison dans l'espoir de la revoir?

Elisa ignora ses molles excuses.

— Je me demandais si nous pouvions discuter un moment, Elisa.

— De quoi?

— D'un investissement qui pourrait vous intéresser.

— Le moment est mal choisi, Larson, coupa-t-elle.

— Oh oui! oui... Je comprends, bafouilla-t-il, décontenancé. J'ai pensé que nous pourrions nous voir pendant le week-end.

— Je regrette, mais je n'ai pas envie d'investir dans quoi que ce soit pour le moment.

— Vous avez tort, Elisa, c'est une réelle opportunité, insista-t-il.

Cette fois, Elisa le regarda droit dans les yeux. Bien qu'elle n'en eût pas référé à la police, elle avait de sérieuses raisons de penser qu'il pouvait être à l'origine du cambriolage. Et si Connelly prouvait qu'il était également l'auteur des coups de fil, elle se chargerait personnellement de lui arracher les yeux pour avoir osé menacer sa fille.

— Ecoutez, Larson, je vous ai répondu. L'affaire est close. Fichez-moi la paix maintenant.

Larson s'éloigna fou de rage. Cette femme n'était qu'une garce.

120

Encore une soirée qui s'achevait.

Cornelius finit de nettoyer le bar de fond en comble à 2 heures du matin. Il tira le sac en plastique de l'énorme poubelle, enfila sa veste, éteignit la lumière et quitta le bar.

Les chauves-souris sont parties maintenant, pensa-t-il lorsqu'un vent froid l'accueillit à l'extérieur. Il transporta le sac jusqu'au local à poubelles situé derrière le bâtiment.

Sa voiture se trouvait juste à côté. Il avait pris l'habitude de la garer là pour ne pas avoir à revenir sur ses pas, une fois sa dernière tâche accomplie. Il traversa tranquillement le parking désert. Enfin, presque désert. Une autre voiture attendait là, tous feux éteints.

Cornelius ne l'entendit pas tout de suite se rapprocher. Lorsqu'il se retourna, il était trop tard. La lumière des phares qui venaient de s'allumer l'éblouit. Il se débarrassa du sac poubelle encombrant et plia un bras devant son visage pour se protéger.

La voiture le percuta de plein fouet avant de freiner brusquement. Puis elle fit marche arrière pour repasser sur le corps qui gisait à terre, achevant ainsi sa besogne.

121

— Mon Dieu, Joe, ce que je vais dire est horrible, mais je me sens soulagée !

Elisa murmurait au téléphone pour ne pas que Janie l'entende.

— Moi aussi, Elisa. Un de moins sur notre liste. Je me suis permis d'appeler chez vous car je savais que vous préféreriez être mise au courant.

— Vous avez bien fait, Joe. Je n'aurai plus à me demander si ma jupe est à la bonne hauteur, plaisanta-t-elle.

— Ne nous réjouissons pas trop vite, Elisa, même si je pense que je dormirai mieux ce soir que les nuits précédentes.

— La police sait-elle qui l'a tué ?

— Il est encore trop tôt. En ce qui me concerne, je considère que le meurtrier nous a rendu service.

Lorsque Samuel sonna chez elle ce soir-là, Elisa s'efforça de rester calme en lui apprenant la nouvelle.

— J'en suis ravi, s'exclama-t-il. Je ne sais pas ce que je ferais s'il vous arrivait quelque chose.

Sa réaction troubla Elisa. A n'en pas douter, cet homme était épris d'elle. Elle devait d'ailleurs reconnaître qu'elle n'avait rien fait pour le décourager. L'idée d'avoir un homme à ses côtés l'avait rassurée et elle avait profité de lui. Bien sûr, elle n'avait pas pensé à mal et elle l'avait même aidé à traverser une période difficile, mais, au bout du compte, c'était lui qui l'avait soutenue au cours des derniers jours.

Il n'en demeurait pas moins que, aussi charmant fût-il, il n'arrivait pas au bon moment. Il venait de traverser une terrible épreuve et cherchait désespérément à redonner un sens à sa vie. De son côté, Elisa s'interrogeait toujours sur ses sentiments envers Mack. Leur relation ne partait décidément pas sur de bonnes bases. Sans compter que, si elle appréciait sa compagnie, son contact ne la bouleversait pas. Et ce constat avait toujours pesé lourd dans ses choix amoureux.

Il s'agissait maintenant de le lui faire comprendre, d'une manière ou d'une autre. Elisa craignait de lui asséner un deuxième coup dur, mais savait qu'il serait plus cruel encore de le laisser nourrir de faux espoirs.

122

Pour la première fois de sa vie, Augie Sinisi avait le dessus. Sûr de lui, il se présenta à l'accueil de Richards Entreprises.

— M. Richards, s'il vous plaît.

La jeune réceptionniste le toisa du regard.

— Vous avez rendez-vous, monsieur?

— Non. Dites simplement à M. Richards que Augie Sinisi le demande. Dites-lui également que j'ai des informations très importantes à lui transmettre.

Quelques instants plus tard, Augie se retrouvait en face de Larson.

— J'espère que vous ne me ferez pas perdre mon temps, Augie. Je suis très occupé.

— Je sais, Larson. Vous êtes un type très occupé. Très très occupé...

Le sourire en coin d'Augie laissait présager le pire.

— Alors, Augie? Quelles sont ces informations dont vous avez parlé?

— Je tenais juste à vous prévenir que les flics pourraient bien accuser réception d'un indice intéressant concernant les circonstances de la mort de vos parents.

— Que voulez-vous dire?

— Vous savez parfaitement de quoi je parle, Larson.

Mais Larson avait déjà compris. La disparition du coffre-fort. La lettre. Augie avait la lettre. Il allait devoir jouer serré.

— Vous savez, Augie, j'ai été cambriolé ce week-end.

— Pas de chance.
— Ecoutez-moi. Si quelqu'un détient quelque chose qui a été volé chez moi, cela signifie que cette personne est passible de la prison. Surtout si on découvre qu'elle a commis d'autres larcins.
— Oui, je sais très bien ce que cette personne risque. Pratiquement rien comparé à un individu qui, lui, aurait tué ses parents.
Larson considéra d'un air absent les derniers rapports financiers de l'entreprise qui figuraient sur son bureau.
— Exact, Augie. Mais aucune de ces deux personnes n'aimerait finir en prison, n'est-ce pas ?
— Bien entendu. Et aucune n'y mettra les pieds si vous me rendez mon argent, avec un petit extra en prime. La police n'en saura rien, Larson.

123

— On le tient, Joe.
— Bien joué ! Connelly ne tenait plus en place. S'agit-il du Richards dont je t'ai parlé hier soir ?
— Non, l'appel provenait du New Jersey. Je n'ai pas le droit de te donner le nom du type. Demande à l'inspecteur de police chargé de l'enquête de me joindre immédiatement.

Le comté de Bergen, situé au nord du New Jersey, était si proche de New York qu'il arrivait souvent aux inspecteurs de la mégalopole de s'y rendre en cas de nécessité. Les officiers Ed Kane et Kenneth Sheehan se présentèrent donc avec leurs insignes au poste de police de Upper Saddle River.
— Messieurs, que pouvons-nous faire pour vous ?
— Nous avons besoin d'un coup de main. Nous avons repéré un individu qui s'amuse à passer des coups de fil anonymes. On aimerait aller lui parler.

— Son nom?

Sheehan consulta son calepin.

— Walinski. Jerry Walinski. Vous le connaissez?

— Et comment. Tout le monde ici connaît ce pauvre diable.

La voiture de police banalisée s'engagea dans l'allée, suivie de près par un fourgon de police. Les inspecteurs, accompagnés de deux agents de police, se présentèrent à la porte de la maison. A l'intérieur, un chien aboya. Jerry Walinski vint leur ouvrir dans sa chaise roulante.

Joe n'avait pas voulu lui apprendre la nouvelle au téléphone.

Jerry Walinski ne lui ferait jamais aucun mal.

— C'est malheureux à dire, mais ce type est paraplégique. Il a eu un accident de voiture il y a quelques années et il ne remarchera jamais. Il vit d'une pension d'invalidité.

— Et quand m'a-t-il vue sans maquillage? demanda Elisa.

— Jamais. Il a probablement inventé toute cette histoire. Les flics disent qu'il avait placardé des photos de vous dans tout son appartement et qu'il possédait aussi plusieurs cassettes vidéo. Son handicap lui laissait le temps de gamberger.

— Que fait-on maintenant? demanda Elisa, qui accusait le choc.

— On peut le traîner en justice.

Elle grimaça.

— Y sommes-nous vraiment obligés, Joe? L'idée de traîner un paraplégique en justice ne me plaît pas.

— A moi non plus. Mais s'il plaide coupable, j'ai pensé que nous pourrions ne le faire condamner qu'à un suivi psychiatrique. Cela lui éviterait une peine trop lourde.

— Très bonne idée, acquiesça Elisa, satisfaite. Et dites-moi, Joe, maintenant que Bacon est mort et

Walinski arrêté, nous allons pouvoir reprendre une vie normale ?

— J'en ai bien l'impression, répondit-il en souriant. Vos gardes du corps vont pouvoir rentrer chez eux.

124

Elisa se concentra sur les commentaires de la dernière partie du JT qui s'affichaient sur le prompteur.

— Depuis des siècles, les chauves-souris errent dans nos esprits comme des oiseaux de mauvais augure. Les découvertes des spécialistes montrent pourtant que ces mammifères volants ont un rôle bénéfique sur notre environnement. A l'approche des fêtes d'Halloween, nous consacrerons donc une émission à ces créatures nocturnes si méconnues.

Keith avait réalisé un travail de maître sur la question. L'émission s'ouvrait sur un document transmis par des spécialistes de San Antonio. Filmé à la tombée de la nuit, dans la grotte de Bracken, au Texas, il présentait la plus importante colonie de chauves-souris au monde, tandis qu'un éminent spécialiste apportait son commentaire.

« Les chauves-souris sont vraiment les animaux les moins offensifs qui existent. Elles n'ont jamais été très appréciées car celles que nous avons l'occasion d'approcher sont en général malades ou blessées et qu'elles montrent alors les dents pour se défendre. N'essayez pas d'en prendre une dans vos mains ni de la garder en captivité. Elles n'aiment pas ça. Observez-les simplement comme elles sont et vous serez surpris. Elles sont aussi drôles et attachantes que n'importe quel autre animal. »

Son intervention, bien qu'un peu longue, présentait un grand intérêt.

Keith était par ailleurs retourné au zoo du Bronx pour

y filmer les réactions des visiteurs. Elisa reconnut l'entrée du Monde Souterrain.

— Brr... Elles me donnent la chair de poule, témoigna une jeune femme.

— Je les trouve cool, s'exclama quant à lui un adolescent.

Et cætera, et cætera.

Elisa, pour sa part, savait qu'elle ne pourrait s'empêcher à l'avenir d'associer ces créatures à Cornelius Bacon, dit Bidoche.

Elle ressentit un soulagement indicible en rentrant chez elle. La berline grise qui lui faisait penser à un corbillard avait enfin déserté les lieux.

Une des spécialités de Mme Garcia mijotait sur le feu et une bonne odeur de nourriture flottait dans l'appartement. Elisa entendit la voix de Janie dans la cuisine.

— *Pollito*, poulet. *Gallina*, poule. *Lapiz*, crayon. *Y pluma*, stylo...

Elle se sentit comblée. Rentrer chez elle dans un environnement chaleureux et douillet, entendre sa fille chanter, voilà tout ce dont elle rêvait. En l'entendant, Janie se précipita dans ses bras. Elisa la serra longuement et essaya de chasser la pensée qui venait de lui traverser l'esprit. Son prochain reportage serait diffusé la semaine suivante, le jour anniversaire de la disparition de Linda Anderson.

Ce soir, comme tous les soirs depuis cinq ans, Mme Anderson ne pouvait pas serrer sa fille dans ses bras.

125

Abigail n'avait pas envie de se déguiser pour Halloween, cette année. Elle dut se forcer, sachant que ses amies l'y traîneraient de force si elle ne venait pas au défilé de Greenwich Village.

Après tout, elle avait là une bonne occasion de faire la fête. Chaque année, des centaines d'homosexuels déambulaient dans les costumes les plus extravagants. Depuis son installation à New York, Abigail avait tous les ans été fidèle au rendez-vous et ne l'avait jamais regretté.

Pourtant, Halloween réveillait également une vieille blessure.

Cinq ans déjà. Comme le temps passait.

Cinq ans et pas l'ombre d'une solution au mystère Linda Anderson.

Mais peut-être y aurait-il enfin du nouveau grâce à l'émission consacrée à sa disparition. Keith lui en avait donné un enregistrement afin qu'elle puisse rédiger les accroches publicitaires.

— Je connaissais bien Linda Anderson, lui avait-elle avoué à cette occasion.

— Oui, j'ai appris ça. Sa mère a parlé de vous après l'interview. Vous travailliez ensemble ?

— Oui. Nous étions très bonnes amies.

Elle avait deviné la question muette de Keith. Non, malheureusement pour moi, Linda n'était pas homosexuelle, songea-t-elle. Elle l'aurait volontiers giflé, mais à quoi bon.

126

Elisa s'éclipsa à l'heure du déjeuner et prit un taxi pour se rendre chez Bergdoff Goodman, célèbre boutique de la Cinquième Avenue. Elle tenait à choisir le cadeau elle-même. Paige était de loin l'assistante la plus consciencieuse et la plus compétente avec laquelle elle ait jamais travaillé. Le professionnalisme et le sang-froid dont elle avait fait preuve durant tous ces événements l'avaient impressionnée. Elle tenait donc à lui prouver sa reconnaissance.

Ayant remarqué que Paige adorait les vêtements et s'habillait toujours avec goût malgré son salaire modeste, elle entra dans le magasin et se dirigea tout de suite vers les pulls.

Le choix de cachemires était impressionnant. Elisa hésita un moment entre deux articles, l'un noir et l'autre bleu clair, à col roulé. Finalement, elle acheta les deux. Son assistante le méritait bien.

Elle fit également un petit tour du côté des vêtements pour enfants et y choisit un blouson chaud, un bonnet et des gants assortis pour Janie. Satisfaite de ses achats, elle s'apprêtait à prendre un taxi lorsqu'elle aperçut une silhouette familière de l'autre côté de la rue, aux abords de Tiffany.

Elle la reconnut tout de suite. Samuel Morton. Un petit sac bleu à la main, il remontait l'avenue.

Elisa accueillit avec soulagement l'arrivée d'un taxi et s'engouffra sans tarder à l'arrière du véhicule. Elle ne tenait pas particulièrement à voir Samuel aujourd'hui. Il serait déjà assez pénible le samedi suivant de lui avouer ce qu'il n'avait pas envie d'entendre.

Et ce sac qu'il portait... Elle espéra qu'il ne s'agissait pas d'un nouveau cadeau.

127

Le gynécologue estimait qu'il restait encore quelques semaines avant l'accouchement, tenant compte du fait qu'un premier enfant se fait toujours plus attendre. Pourtant, Cindy ressentait tous les jours des contractions. Keith était nerveux. Il l'était d'ailleurs constamment. Ainsi traversait-il la vie dans un état de stress permanent.

Range avait assuré qu'il comprenait la situation, mais d'une voix qui trahissait son exaspération. Keith craignait de perdre sa place s'il s'absentait trop longtemps après la naissance du bébé. Il mettait donc les bouchées doubles et s'efforçait de filmer le maximum de scènes nécessaires au montage des prochains reportages.

Il appela l'hôpital Sloan-Kettering pour obtenir confirmation de l'interview du lundi matin avec le professeur Lieber, qui s'occupait des enfants cancéreux.

Il espérait secrètement que Cindy tiendrait jusqu'à ce que ce sujet soit bouclé.

128

Elisa emmena Janie et James à la ferme de Demarest le samedi après-midi pour y chercher des citrouilles. Sur place, ils trouvèrent une longue file d'attente. Ils durent donc patienter avant d'avoir accès au champ où poussaient les plus grosses citrouilles de la région. Les enfants se mirent en quête des plus belles et leur choix se porta bien évidemment sur les plus volumineuses, qu'ils parvinrent à peine à soulever.

De retour à la ferme, Elisa acheta une tarte aux pommes et un litre de glace à la vanille pour le repas du soir.

Elle avait longuement réfléchi à la manière d'aborder les choses avec Samuel.

Elle préparerait le repas elle-même et, lorsque Janie serait couchée, ferait part à l'avocat de ses préoccupations. Les pensées se bousculaient dans sa tête. Elle comptait sur sa compréhension et espérait que, une fois sa déception surmontée, ils resteraient bons amis.

Mme Garcia avait fait les courses et tout était prêt pour qu'elle puisse se mettre à cuisiner sans tarder. Côtelettes de porc à la sauce aigre-douce et pommes de terre. Un bon menu de saison.

Sur le parking de la ferme, Elisa s'aperçut que la

jauge d'essence clignotait. Mme Garcia avait probablement oublié de faire le plein.

Elle décida de faire un crochet par la station-service.

— Mais où t'es allée pêcher ça? demanda Augie à Hélène qui se pavanait dans le bureau de la station-service.

— T'as voulu me faire des cachotteries, bébé, susurra-t-elle en entourant la taille épaisse de son mari. J'ai trouvé ça au fond d'un tiroir. Ça et d'autres choses aussi. Un vrai petit trésor. Tu voulais faire une petite surprise à ta femme?

Sexe ou pas, Augie l'abreuva d'insultes. Elle avait dépassé les bornes.

Elisa écoutait d'une oreille distraite les commentaires des enfants sur la manière dont ils allaient sculpter leurs citrouilles. Samuel occupait toutes ses pensées. Tandis qu'elle faisait le plein, une blonde mince et élancée, vêtue d'un pull à col roulé et d'un pantalon moulant en cuir noir, sortit de la station et se dirigea vers une voiture.

Ça n'a pas l'air d'aller fort, pensa Elisa devant la mine revêche de l'inconnue.

Le soleil automnal de cette fin d'après-midi fit alors briller un bijou à son cou, sur le revers du col roulé. Le souffle coupé, Elisa reconnut la broche de saphirs et de diamants que John lui avait offerte avant sa mort. Son cadeau pour la naissance de Janie.

Elle se précipita sur un vieux reçu qui traînait dans sa boîte à gants et griffonna le numéro de la plaque d'immatriculation de la voiture. La blonde disparut dans un crissement de pneus.

Elle tendit quelques journaux à Janie.

— Voilà. Maintenant, avec James, vous allez étaler ça sur la table de la cuisine. Après, vous prendrez les feutres noirs et dessinerez les visages que vous voulez sur les citrouilles. Moi, je dois passer un coup de fil à l'étage. Quand je reviendrai, on évidera les citrouilles. Et pas question de prendre les couteaux pendant que je suis là-haut, compris ?

Dociles, les enfants hochèrent la tête.

Elisa se précipita dans sa chambre et composa le numéro du poste de police de HoHoKus.

129

Une fois Janie couchée et bordée, Elisa rejoignit Samuel dans le séjour. De loin, elle vit un petit écrin bleu déposé à côté de son assiette vide.

— Qu'est-ce que c'est ?

— Ouvrez-le et vous le saurez. Même si la police vous restitue la totalité de vos bijoux, j'espère que vous apprécierez celui-ci autant que je vous apprécie, Elisa.

Il souriait d'un air satisfait. Elle se sentit lâche.

— Ecoutez, Samuel, je ne peux pas accepter. Il faut que je vous parle.

— Ouvrez-le d'abord, insista-t-il. Nous aurons tout le temps de parler ensuite.

Bien que mal à l'aise, Elisa s'exécuta et découvrit le collier assorti aux boucles d'oreilles qu'il lui avait offertes.

— Il est magnifique, Samuel, vraiment, mais je ne peux pas...

— Laissez-moi vous le passer, la coupa-t-il en se levant d'un bond. Il vous va à la perfection.

— Je ne peux pas l'accepter, Samuel.

— Bien sûr que si, répliqua-t-il, sourd à ses protestations. On dirait qu'il a été fait spécialement pour vous.

— Oh ! Samuel ! Vous êtes tellement attentionné et votre gentillesse... Vous avez tellement souffert... Je ne voudrais pas vous faire du mal.

Samuel changea d'expression. Il venait de comprendre.

Cette idiote d'Hélène !

Il avait cru avoir une attaque lorsqu'il l'avait vue avec la broche. Maintenant, les flics sonnaient chez lui avec un mandat de perquisition.

Augie réfléchit rapidement à la situation. Il avait écoulé la quasi-totalité de ses vols, à l'exception de quelques bijoux appartenant à Elisa. Heureusement que le coffre-fort de Larson n'avait contenu que de la paperasse.

Tout au plus pourrait-on l'accuser d'avoir cambriolé la maison d'Elisa Blake.

Augie demanda l'assistance d'un avocat. Un bon avocat pourrait lui obtenir un non-lieu en échange d'informations sur un double meurtre.

— Je suis désolée, Samuel. J'espère que vous finirez par partager mon opinion et que nous resterons bons amis.

Amis. Elisa elle-même trouvait que le mot sonnait faux.

Samuel s'efforça de faire bonne contenance, mais ses traits tirés trahissaient le coup terrible qu'il venait de recevoir. Il avança lentement jusqu'à la porte d'entrée.

— S'il vous plaît, Samuel, reprenez votre cadeau.

Elle lui tendit l'écrin bleu.

— Non, répondit-il. Gardez-le. En souvenir de tout ce que vous avez fait pour Sarah et moi.

130

Les couloirs de l'hôpital Sloan-Kettering ravivèrent tous ses souvenirs.

Combien de fois n'avait-elle pas foulé ces sols polis alors que, enceinte de quelques semaines, elle ne savait si elle devait attribuer ses nausées à sa grossesse ou au spectacle quotidien de son jeune mari agonisant ?

Elisa ne s'était toutefois jamais rendue dans l'aile du bâtiment réservée aux enfants.

Le personnel avait apporté un soin particulier à la décoration des chambres, afin de les rendre plus gaies. Mais les silhouettes amaigries et les crânes chauves des enfants rappelaient, si besoin était, que tous, jeunes et moins jeunes, garçons et filles, luttaient contre la maladie.

La caméra suivit le professeur Lieber le long des couloirs tandis qu'Elisa le questionnait.

— Le principal problème avec les enfants, c'est qu'ils sont en pleine croissance et que les cellules cancéreuses se développent alors aussi vite que les autres.

— Lorsque vous savez qu'un enfant est condamné, comment aidez-vous les parents ? lui demanda-t-elle.

— Nous disposons d'une équipe de psychologues. Mais, pour tout vous dire, je doute que cela suffise lorsque l'on se retrouve confronté à pareille épreuve. Comment apaiser la douleur des proches ? Parfois, certains enfants souffrent tant que leurs parents accueillent leur mort avec une certaine sérénité, en se disant que c'est mieux ainsi.

Elisa pensa à Samuel.

— La fille d'un de mes amis vient de mourir d'un cancer. Elle a été traitée chez vous.

— Comment s'appelait-elle ?

— Sarah Morton.

Le professeur secoua la tête.

— Son nom ne me dit rien. Mais je n'en suis pas surpris. Nous accueillons tellement d'enfants ici. Comment réagit votre ami ?

— Pas très bien, répondit Elisa.

Le visage affligé de Samuel lui revint à l'esprit.

— Ces blessures mettent du temps à cicatriser, vous savez, conclut le professeur.

L'équipe technique filma la salle de jeu, veillant à ne pas divulguer l'identité des jeunes patients. Aucun des visages ne serait montré sans l'accord écrit des parents.

Pour l'instant, seule une fillette pouvait apparaître à l'écran, ses parents ayant accepté qu'elle témoigne pour l'émission. Stoïque, la mère raconta l'enfer qu'ils vivaient depuis plus de deux ans. Le père, quant à lui, craqua devant les caméras et demanda à ce que ce passage ne soit pas diffusé.

Le docteur Lieber rejoignit toute l'équipe de KEY à la fin du tournage documentaire. Il transmit sa carte à Elisa.

— N'hésitez pas à me joindre si vous avez besoin d'autres renseignements. Et puis j'ai repensé à votre ami, madame Blake. Qu'il m'appelle s'il le désire. Peut-être serait-il bon qu'il obtienne un soutien psychologique.

Après son passage à l'antenne ce soir-là, Elisa appela Samuel. En entendant la voix pleine d'espoir de l'avocat, elle se demanda si elle ne commettait pas une erreur.

— Je venais aux nouvelles.

— Oh ! répondit-il. Ça va. Mais s'il vous plaît, Elisa, ne vous en faites pas pour moi. Cela rendrait les choses plus difficiles encore.

— Je m'inquiète pour vous, Samuel. Vous avez été très éprouvé ces derniers temps et je voulais vous dire que j'ai parlé de vous à un médecin de Sloan-Kettering. Il m'a proposé d'arranger un rendez-vous auprès de la cellule psychologique de l'hôpital.

— Non, merci. Je suis assez grand pour m'en sortir tout seul.

— Mais en quoi l'aide d'un spécialiste pourrait-elle vous nuire ?

— Qu'est-ce qu'il va m'apprendre que je ne sais pas encore ? Sarah est morte... Sa voix devint presque inaudible. Merci de vous soucier de moi.

Et il raccrocha.

Elle pensait encore à Samuel dans la voiture qui avançait au pas sur l'autoroute. A hauteur du pont

George Washington, elle sortit la carte de visite du docteur Lieber et composa son numéro sur son portable. Elle tomba sur son répondeur et laissa un message.

— Docteur Lieber, c'est Elisa Blake. Je m'inquiète réellement pour cet ami dont je vous ai parlé. Rappelez-moi à KEY ou même chez moi quand vous aurez un moment.

131

Il n'en revenait pas.

Une minute auparavant, Larson pensait avoir touché le fond. Mais, après le coup de fil de la police, il comprit que ce qui l'avait préoccupé jusqu'alors n'était rien en comparaison de ce qui l'attendait.

132

— Je suis désolé, madame Blake, mais je viens juste de prendre connaissance de votre message.

En général, les médecins ne s'excusaient pas de n'avoir pas répondu à un appel non urgent déposé en dehors des heures de travail. Présenter le journal télévisé de KEY News présentait quelques avantages. On la rappelait toujours.

Elle commença par lui rapporter la conversation qu'elle avait eue avec Samuel.

— Je ne suis pas psychiatre, madame Blake, mais il semblerait que votre ami ait besoin d'aide. Voulez-vous que je le joigne personnellement ?

Elisa considéra un instant l'offre du docteur Lieber. Etait-ce la culpabilité qui la poussait à agir ? Samuel apprécierait-il son geste ? Bien sûr, elle était animée de bonnes intentions, mais il risquait de lui reprocher d'avoir trahi sa confiance. Elle hésita, puis décida qu'il importait avant tout de l'aider.

— Oui, docteur Lieber. Je crois que ce serait préférable. Je n'arrive pas à lui faire entendre raison.

Elle reçut un appel de Samuel dans l'après-midi.

— Je sais ce que vous essayez de faire, Elisa. Je sais que vous ne voulez que mon bien mais, je vous en conjure, laissez-moi en paix. Nous ne pouvons pas être amis – pas pour l'instant du moins. J'ai besoin de rester seul pendant quelque temps.

133

La veille d'Halloween, la coutume veut que les adolescents s'amusent à badigeonner les habitations de leurs quartiers à l'aide d'œufs, de farine, de papier toilette et de savon.

Un groupe de fêtards déboula dans la rue où vivait Larson Richards et savonna les vitres des voitures garées à l'extérieur des maisons. Si leurs propriétaires étaient assez bêtes pour les laisser dehors, ils méritaient de retrouver leurs pare-brise soigneusement repeints.

Il n'y avait pas trace de la Mercedes de Richards et pas de lumière chez lui. Les gamins s'engouffrèrent joyeusement dans l'immense propriété et badigeonnèrent les fenêtres du rez-de-chaussée avant de poursuivre leur chemin. Aucun d'eux n'entendit le bruit du moteur de la Mercedes Benz dans le garage. Portières et vitres fermées, les gaz du pot d'échappement se répandaient peu à peu à l'intérieur du véhicule.

134

Le jour d'Halloween, Janie sauta hors de son lit, impatiente de revêtir son costume d'Olive Oyl pour aller à l'école. Dans l'après-midi, Susan et Mme Garcia feraient le tour du pâté de maisons avec les enfants pour quêter des friandises. Elisa promit à sa fille de rentrer du travail le plus vite possible pour distribuer avec elle des bonbons aux adolescents qui passeraient dans la soirée.

Florence Anderson se réveilla bien avant l'aube. Elle appréhendait cette journée des mois à l'avance. Lors du premier anniversaire de la disparition de Linda, elle n'avait pas eu le courage d'ouvrir sa porte aux enfants comme la tradition le voulait. L'année suivante, elle avait timidement distribué des paquets de M & M's. C'étaient les préférés de Linda.

Depuis, elle en remplissait tous les ans un gros bol qu'elle tenait prêt sur la table de son entrée. Petit à petit, la vie reprenait le dessus.

Et peut-être, oui peut-être, osait-elle espérer, le reportage qui suivrait le journal télévisé ce soir-là éveillerait-il chez quelqu'un des souvenirs jusque-là enfouis. Elle aurait alors une chance de tirer un trait sur le passé.

135

Keith l'appela du studio de montage.

— C'est bouclé. Tu veux jeter un coup d'œil?

— J'arrive tout de suite, répondit Elisa.

Elle descendit deux étages et gagna la salle de montage. Keith se leva à son arrivée et lui céda sa place.

— Tu es satisfait? demanda-t-elle en s'installant.

— Plutôt. Je trouve le sujet bien mené, mais j'attends ton avis.

Keith resta en retrait, au fond de la cabine, et commença à se ronger les ongles. Le documentaire débutait par des images d'archives montrant Linda Anderson lors de ce qui devait être son dernier JT. La voix d'Elisa intervint alors pour présenter le sujet de la soirée.

« Linda Anderson ne savait pas qu'en quittant GSN ce soir-là, veille des fêtes d'Halloween, elle venait de présenter son dernier journal télévisé. Bien au contraire, tout portait à croire qu'elle ferait carrière dans la profession. »

Le visage rongé d'inquiétude de Mme Anderson apparut à l'écran.

« Les gens disaient qu'ils avaient l'impression de connaître Linda rien qu'en la regardant à la télé. Elle dégageait cette sorte d'aura familière. »

« Et en effet, on sait que le public appréciait beaucoup Linda Anderson, poursuivait la voix d'Elisa. Les courbes d'audience montraient que les spectateurs du New Jersey lui étaient fidèles et que, de l'autre côté de l'Hudson, elle ne laissait pas non plus le public indifférent. »

La parole revenait ensuite à Florence Anderson.

« Un agent l'avait contactée et lui avait fait tourner un bout d'essai qu'il avait ensuite envoyé à KEY. Un rendez-vous a même été pris pour un entretien. Linda était enthousiaste à l'idée de travailler pour une chaîne aussi prestigieuse. »

« Mais Linda ne s'est jamais rendue au rendez-vous qui lui avait été fixé par la chaîne, reprit Elisa. Après la diffusion de son dernier journal, elle a quitté les studios de GSN et personne ne l'a plus revue. »

Le visage de Florence Anderson réapparut à l'écran.

« Au début, la police a fouillé tous les environs. Ils ont interrogé des témoins, des gens qui la connaissaient de vue, des collègues, ses ex-petits amis, bref, tous ceux qui de près ou de loin l'avaient approchée. »

A cet endroit, Keith avait inséré quelques images pour illustrer le témoignage de la mère de Linda Anderson.

« Tous les soirs, GSN évoquait sa disparition. Les gens ont attaché des rubans jaunes autour des arbres en signe de solidarité. La chaîne a même promis une récompense à qui la retrouverait, sans résultat. Si vous voulez mon avis, la police a classé l'affaire. »

« La police dément bien sûr ces allégations », intervint Elisa.

Un détective interviewé par Keith apparut à l'écran.

« L'affaire Linda Anderson est toujours en cours et le restera jusqu'à sa résolution. Le sort des célébrités intéresse bien sûr tout le pays mais le fait est que, malgré nos recherches assidues qui n'ont négligé aucune piste, nous ne sommes pas encore parvenus à retrouver la présentatrice. La liste des suspects potentiels est beaucoup trop longue. »

Ainsi se terminait le reportage. Keith transmit à Elisa le texte qu'elle devait enregistrer pour la conclusion.

Avant de disparaître, Linda Anderson avait confié à sa famille et à ses amis qu'elle se sentait suivie. Traquer quelqu'un est illégal dans tous les Etats du pays. Si la presse relate uniquement les cas des célébrités qui subissent ce genre de harcèlement, nous ne devrions pas oublier que les personnes les plus touchées sont des citoyens ordinaires. La police vous conseille d'écouter votre instinct. Si vous rencontrez quelqu'un qui vous met mal à l'aise, évitez-le et protégez-vous de lui.

— Qu'est-ce que tu en penses? demanda Keith.

— Pas mal, mais j'aurais préféré qu'on prenne plus le temps de raconter l'histoire de Linda Anderson.

— Crois-moi si tu veux, mais Range tenait à ce qu'on coupe entre dix et quinze secondes supplémentaires. Je lui ai dit que c'était impossible.

Elisa comprenait les impératifs du producteur.

— Tu as fait du bon boulot, Keith, répéta-t-elle.

Elle se leva et remarqua alors sur la table de montage la cassette contenant le bout d'essai tourné par Linda Anderson.

— Je peux l'emprunter? J'aimerais y jeter un œil.

Sa ressemblance avec l'ex-présentatrice de GSN la troublait beaucoup.

136

La porte de la salle de maquillage était ouverte. Personne à l'intérieur.

Doris était probablement en train de faire admirer son déguisement dans les étages, pensa Abigail en inspectant les grosses boîtes disposées sur la table. Des étagères remplies de fonds de teint, de crèmes, de fards et de rouges à lèvres couvraient les murs. Abigail regarda l'heure. Elisa ne tarderait pas et elle voulait éviter une rencontre inopinée.

Elle prit un tube de fond de teint noir. Exactement ce dont elle avait besoin. Elle savait que Doris ne le lui aurait pas refusé si elle avait été là. De toute façon, elle le lui rapporterait le lendemain.

Elisa étudiait des propositions de script dans le bocal lorsque Keith débarqua, affolé.

— Cindy a perdu ses eaux ! Il faut que j'y aille !

— Bonne chance, mon vieux ! lança Range sans lever les yeux de son ordinateur.

— Oui, bon courage, Keith, répéta Elisa. Et appelle-nous quand le bébé sera là. Tu as mon numéro personnel, n'est-ce pas ?

— Oui, je n'y manquerai pas, répondit-il avant de tourner les talons.

Range se tourna vers Elisa.

— Tu t'imagines avec un type aussi angoissé dans la salle de travail ? plaisanta-t-il.

— C'est toujours mieux que personne, Range.

Le producteur se rappela dans quelles circonstances Elisa avait accouché. Pour une fois, il ne sut que dire.

137

Pourquoi Elisa avait-elle choisi ce reportage ?

Faire remonter toute cette affaire à la surface.

Le visage de Linda souriait à l'écran. Magnifique et si vivant. Si seulement elle ne s'était pas débattue !

Qu'est-ce qui pouvait pousser un être à rejeter un amour sincère ?

D'abord Linda. Et maintenant Elisa.

138

Elisa fourra la cassette dans son sac, pensant trouver un peu de temps pour la visionner chez elle. Au bureau, il était impossible de passer quinze minutes d'affilée sans interruption.

Elle salua au passage Paige, qui étrennait le pull en cachemire bleu. Il lui allait à merveille.

Une voiture l'attendait à la sortie des studios. Le trafic était assez fluide et elle arriva chez elle à 20 heures.

La police de HoHoKus avait décrété un couvre-feu à 21 heures. Une patrouille passerait alors dans le voisinage pour enjoindre aux enfants de rentrer chez eux. Elisa avait promis à Janie qu'elle pourrait veiller un peu ce soir-là. On sonna à la porte. Un pirate et un chaudronnier se présentèrent, tandis que leurs parents patientaient sur le trottoir, devant la maison. Vinrent ensuite des adolescentes qui riaient nerveusement dans leur uniforme de cheftaines.

A 21 heures, Elisa déclara qu'il était temps d'aller se coucher. Plus personne ne viendrait ce soir.

Un épouvantail au visage fardé de noir s'était immobilisé sur la Sixième Avenue, au beau milieu de Greenwich Village. Dans la cohue des fantômes aux larges capuches et des lutins espiègles, des femmes grimées en homme et des hommes grimés en femme, Abigail se sentait seule.

Le souvenir douloureux de Linda la hantait. Elle ne voulait pas faire semblant d'être enjouée. Pas ce soir. Cinq ans déjà, et pourtant sa douleur restait aussi vive.

Elle s'écarta du trottoir bondé tandis que ses amis continuaient à avancer. Elle pourrait toujours prétendre les avoir perdus dans la foule.

Elisa borda sa fille et regagna sa chambre pour se changer. Une tenue plus confortable s'imposait. Dans la cuisine, vêtue d'un jean et d'un ample T-shirt, elle trouva le repas que Mme Garcia avait préparé pour elle. Mais quelques tranches de cheddar accompagnées de crackers feraient l'affaire pour ce soir. Il était un peu tard pour engloutir un repas copieux. Un verre de vin blanc rejoignit le plateau-repas qu'elle installa sur une table basse. Elle allait enfin pouvoir visionner la cassette de Linda Anderson.

Un coup de sonnette l'interrompit. Elle se dirigea vers la porte d'entrée, pensant tomber sur un fêtard retardataire.

— Samuel ! s'exclama-t-elle. Entrez donc !

Jimmy Willis s'accroupit derrière un arbre dès qu'il aperçut le fourgon de police.

Rien à faire de leur couvre-feu ! Le jeune garçon était bien déterminé à visiter encore quelques maisons avant de rentrer. Sa mère lui avait déjà passé un savon, la nuit précédente, lorsqu'elle l'avait récupéré au poste de police où il avait été emmené pour avoir lancé des œufs pourris sur la maison de ses voisins. Elle lui avait interdit de sortir ce soir, mais il n'avait eu aucun mal à se faufiler dehors. S'il devait être privé de repas, autant ramener encore quelques friandises.

L'adolescent de quatorze ans attendit que le gyrophare de la voiture de patrouille ait disparu avant de sortir de sa cachette et de redescendre la rue.

Samuel avait l'air d'un homme qui venait d'enterrer son meilleur ami lorsqu'il s'échoua sur le canapé. Elisa ressentit de la pitié pour lui.

— Je ne peux ni manger ni dormir. Je me sens si démuni sans vous.

Le téléphone retentit. Sauvée par le gong, pensa furtivement Elisa. Car comment réconforter cet homme ?

— Excusez-moi, Samuel.

Elisa laissa son invité quelques instants. Un jeune père fier de l'être l'attendait à l'autre bout du fil.

— Félicitations, Keith ! C'est super. Comment va Cindy ?

Elisa sentit le regard de Samuel posé sur elle tandis qu'elle interrogeait Keith. Nerveusement, elle saisit le boîtier de la cassette qu'elle s'apprêtait à regarder avant l'arrivée de Samuel.

— Quatre kilos ! Waou ! C'est un beau bébé. Comment s'appelle-t-il ?

Keith lui dit le nom de son fils, mais Elisa ne l'écoutait plus. Son regard venait de tomber sur l'étiquette collée à l'intérieur du boîtier. Sous le nom de Linda Anderson figurait celui de son agent. Samuel Morton.

Abigail ôta son maquillage et se changea rapidement. Elle ne voulait certes pas partager la folle ambiance du défilé de Greenwich Village, mais elle ne passerait pas la soirée ici à se morfondre. Dans la rue, elle se mit en quête d'un petit bar tranquille.

Les yeux clos formaient deux petites courbes parfaites, la bouche entrouverte comme un bouton de rose libérait un léger souffle imperceptible. Keith Chapel s'émerveilla de la perfection de ce petit bonhomme qui dormait dans les bras de sa femme.

Robert Keith Chapel, son fils.

Le jeune couple échangea un regard complice. Tous trois formaient à présent une famille unie.

Cindy avait tant souffert en l'espace de neuf mois que

Keith espérait qu'elle lui pardonnerait son comportement. Par-dessus tout, il espérait pouvoir se pardonner lui-même.

Elisa tenta rapidement de se rappeler si elle avait mentionné à Samuel le thème du reportage de ce soir. Oui, elle revoyait la scène : elle lui en avait parlé à Esty Street. Bizarrement, il n'avait fait aucune remarque à ce sujet.

Elle voulait plus que tout lui accorder le bénéfice du doute. Elle n'était pas sûre d'avoir prononcé le nom de Linda Anderson. Peut-être n'avait-il pas établi de lien entre le thème de l'émission et l'ancienne présentatrice de GSN. Mais même si elle n'avait pas nommé Linda, l'histoire qu'elle lui avait racontée aurait dû le faire réagir.

Un frisson la parcourut. Elle avait besoin d'un temps de réflexion. Existait-il un autre Samuel Morton ? se demanda-t-elle en s'asseyant en face de son hôte.

— Où en étions-nous ? reprit-elle.

— Je vous disais combien je me sens malheureux sans vous. Elisa, êtes-vous sûre de ne pas vouloir revenir sur votre décision ? Nous avons tout le temps. Je vous promets de ne pas précipiter les choses. Mais j'ai besoin de savoir si nous continuerons à nous voir.

— Bien sûr, Samuel, mais uniquement en tant qu'amis.

Ce n'était de toute évidence pas la réponse qu'il attendait.

— Venez, dit-elle l'entraînant vers la cuisine. Je vous offre un verre.

Elle venait juste de sortir une bouteille de vin lorsque la sonnerie du téléphone retentit une seconde fois.

— Excusez-moi, mais je ne veux pas réveiller Janie.

Samuel acquiesça tristement.

— Madame Blake ? Bob Lieber, de Sloan-Kettering. Je ne vous dérange pas ?

— Mais pas du tout. Que se passe-t-il ?

— Pour tout vous dire, je suis un peu inquiet. Je vous

appelle de l'hôpital où je viens de consulter la liste des patients que nous avons admis ces six derniers mois.

— Oui, et alors?

— Eh bien, aucune Sarah Morton ne figure sur nos listes.

Plus qu'une maison avant de rentrer chez lui. Jimmy allait terminer son escapade par un gros coup. La maison de cette femme de la télé.

Il écrasa la cigarette qu'il venait de fumer et se dirigea vers l'imposante demeure. Toutes les lampes étaient allumées. Confiant, il frappa à la porte. Personne ne vint lui ouvrir. Il insista.

— Ne répondez pas.

— J'en ai pour une minute, Samuel.

— Je vous le demande, Elisa, ne répondez pas cette fois.

Elisa eut soudain envie de courir vers la porte d'entrée et de s'enfuir dans la nuit. Mais Janie... Elle ne pouvait pas abandonner sa fille derrière elle.

Les révélations du professeur Lieber l'avaient estomaquée. Comment Samuel avait-il pu lui mentir à ce point? Il devait y avoir une erreur, Sarah Morton devait bien exister. Sinon, pourquoi avoir inventé toute cette histoire?

Et cette photo souriante sur l'album que lui avait remis Samuel? Il y avait bien une ressemblance entre Samuel et cette jeune fille.

Une peur viscérale s'empara d'elle.

Et si c'était lui, Samuel Morton, le meurtrier de Linda Anderson?

Mais pour qui se prenait-elle? Etait-ce trop lui demander que d'ouvrir sa porte pour offrir une friandise? Dire que sa mère n'avait que le nom d'Elisa Blake à la bouche. Il n'y avait vraiment pas de quoi être impressionné.

Jimmy frappa une dernière fois avant d'entendre le

moteur d'une voiture. Les flics, pensa-t-il en se coulant derrière des arbustes.

Après le passage de la patrouille, il voulut se venger à sa manière.

Il vérifia que personne ne se trouvait dans le salon et entreprit d'en savonner les fenêtres. Il contourna ensuite la maison et agit de même avec celles de la bibliothèque. Enfin, il s'approcha de la cuisine.

Il aurait dû décamper en vitesse.

Mais ce qu'il aperçut le cloua sur place. Il reconnut la présentatrice de la télévision. Elle tournait le dos à la table, tandis qu'un homme faisait les cent pas devant elle. Profitant d'un instant où il ne la regardait pas, elle saisit un couteau et le coinça dans la ceinture de son jean, sous son T-shirt.

Il fallait qu'elle l'entraîne hors de la maison. Qu'elle l'éloigne à tout prix de Janie.

Elisa trempa les lèvres dans son vin.

— Ecoutez, Samuel, je me suis peut-être trompée. Tout me paraît si confus en ce moment. J'ai besoin d'un peu de temps pour reconsidérer notre relation.

Elle se passa la main dans les cheveux.

Samuel lui jeta un regard plein d'espoir.

— Allons faire un tour dehors, proposa-t-elle.

— Et Janie?

— Ne vous en faites pas pour elle. Nous serons vite de retour. Venez. Elle le prit par la main. Un peu d'air frais nous fera le plus grand bien.

Nom d'un chien!

Où était la police quand on avait besoin d'elle?

Jimmy redescendit la rue à toute allure et, pour la première fois de sa vie, pria pour tomber nez à nez avec une patrouille de policiers.

Il ne croisa personne.

On dit que cela arrive parfois. Vous rencontrez quelqu'un et, instinctivement, vous savez que c'est la personne de votre vie.

Abigail examina le visage de la jeune femme assise au bar à côté d'elle. Pour la première fois depuis des mois, elle ne pensa pas à Elisa.

La surface du lac était plissée par une légère brise d'automne. Le reflet tremblant de la lune éclairait légèrement leurs visages.

Elisa fit appel à toute sa volonté pour ne pas repousser Samuel lorsqu'il lui passa un bras autour des épaules.

— Vous pensez sincèrement pouvoir m'aimer? murmura-t-il.

— J'en suis même certaine, Samuel.

Elisa pria pour que passe une voiture. Pour que quelqu'un fasse quelque chose. Pour qu'on l'aide à sortir de ce cauchemar.

Samuel la serra plus fort.

— Je vous aime, Elisa.

Il la prit par le menton et se pencha pour l'embrasser. Elle lui retourna son baiser. Sa vie en dépendait.

— On peut savoir où tu as traîné? tonna la mère de Jimmy.

— M'an! M'an! Faut prévenir la police!

— Tu ne crois pas qu'on a déjà assez eu affaire à elle ces derniers temps?

— Mais maman, tu comprends pas.

— Oh si! je comprends très bien! mon garçon. Je suis fatiguée de tes salades. Je t'avais dit de rester dans ta chambre ce soir. Maintenant, hors de ma vue!

Furieux, Jimmy monta dans sa chambre et se jeta sur son lit. Il aurait dû laisser tomber toute cette affaire, mais ne put s'y résoudre. Il prit son téléphone et appela le bureau de police de HoHoKus.

Sa voix chevrotante ne convainquit pas son interlocuteur.

— Qui est à l'appareil? demanda le brigadier.

— Jim Willis.

— C'est toi qu'on a arrêté hier?

— Oui, mais ce soir je vous appelle pour quelque chose d'important. Ça concerne la présentatrice de la télé qui habite sur la route de Saddle Ridge. Elle était avec un type dans sa cuisine et elle a glissé un couteau sous son pull. Je vous jure, ça a l'air louche...

— C'est ça, mon garçon. Joyeuses fêtes d'Halloween !

Elisa regardait fixement Samuel lorsqu'il rouvrit les yeux. Il desserra son étreinte.

— Qu'est-ce qui se passe ?

— Rien, rien, Samuel.

— Pourquoi vous me regardez comme ça ?

Elisa glissa sa main droite dans son jean.

— Vous êtes au courant, Elisa.

— Au courant de quoi ?

Elle sentit le manche du couteau de cuisine.

— Vous savez pour moi.

— Quoi... Pour vous ?

La voix d'Elisa tressautait. Elle ne savait plus quoi faire. Si elle hurlait, personne ne l'entendrait et alors...

— Vous mentez, Elisa. Je sais que vous mentez, je vous connais par cœur. Cela fait des années que je vous observe sous toutes les coutures. De *KEY to America* jusqu'au JT de KEY, j'ai tout enregistré, Elisa, tout visionné, et plus d'une fois. Je sais qu'à cet instant précis, vous mentez.

— A propos de quoi, Samuel ?

— De Sarah. Vous savez que j'ai tout inventé pour vous approcher.

— Mais cette photo sur l'album ? demanda Elisa. Elle vous ressemble comme deux gouttes d'eau.

— C'est ma petite nièce, la fille de mon frère Leo.

Elisa saisit le manche du couteau.

— Je devais trouver un moyen de vous rencontrer, Elisa... Nous étions faits l'un pour l'autre. Et ça a failli marcher entre nous... Puis vous avez tout gâché.

Elisa commençait à faire le lien avec l'affaire Anderson. Linda avait avoué qu'elle se sentait suivie et, dès que la police avait décidé de l'escorter, plus rien. Elle avait dû se confier à son agent qui, de cette manière, avait pu s'éclipser le temps nécessaire.

— J'aurais préféré que les choses se passent différemment, avoua Samuel, les yeux rivés sur le lac. Mais vous aimez l'eau... Tout comme moi, tout comme Linda. Par sa tranquillité, l'eau peut nous guérir de tout... Je pense souvent à Linda... Quelle chance pour elle d'avoir rejoint le vaste lit de l'océan Atlantique !

— L'océan Atlantique... C'est là que Linda repose ?

Samuel haussa les épaules.

— Je peux bien vous le dire, maintenant. De toute façon, vous n'aurez pas l'opportunité de le répéter. Oui, Linda repose au large des côtes de Sandy Hook. J'aime me dire qu'elle est en paix, à l'endroit même où nous nous sommes si souvent promenés.

— Du moins c'est ce que vous croyez ? Depuis, son corps a pu dériver n'importe où.

La voix d'Elisa avait retrouvé son aplomb.

— Non, Elisa. Quand j'ai tiré le corps de Linda du coffre de ma voiture, je l'ai déposé sur un bateau pneumatique solide. J'ai rivé des poids tout autour avant de le mettre à l'eau et il m'a suffi de pratiquer une petite ouverture dans la toile pour voir le lit funèbre de Linda disparaître progressivement dans les vagues.

Elisa avait pris sa décision. Elle sortit vivement son couteau et en enfonça la lame dans le ventre de Samuel.

Le brigadier aurait parié que le gosse mentait. Il recevrait d'ailleurs un sérieux avertissement pour avoir plaisanté avec un fonctionnaire de la police sur un sujet aussi grave.

Mais si le gamin disait vrai et qu'il ne faisait rien, il pourrait le payer très cher.

Mieux valait ne pas prendre de risque. Il envoya une patrouille en reconnaissance.

Samuel hurla de douleur, mais il eut le réflexe de s'agripper au cou de sa proie. La plaie n'était pas assez sévère pour lui faire lâcher son étreinte. Elisa eut beau se débattre, elle ne parvint pas à lui faire lâcher prise.

Elle réussit néanmoins à lui assener un coup de genou dans l'aine. Les mains de Samuel la libérèrent et elle put s'éloigner de quelques mètres. Mais elle était loin d'avoir mis son adversaire à genoux. Sur le chemin boueux, elle se mit à courir à toute vitesse tandis que, derrière elle, les pas lourds de son agresseur la rattrapaient.

Un long grognement suivi d'un bruit sourd parvint à ses oreilles. Samuel venait de glisser sur les fientes d'oiseau et Elisa profita de cette aubaine.

Et si elle se réfugiait chez les Feeney?

Mais Janie se retrouverait alors toute seule. L'instinct la poussa à rejoindre sa fille. Arrivée chez elle, elle s'enferma à clé et se jeta sur le téléphone. Elle composa le numéro qu'elle connaissait par cœur, fixant la porte d'entrée comme une bête apeurée.

— Police de HoHoKus?

La patrouille reçut le message cinq sur cinq et se dirigea vers Saddle Ridge Road.

— Il se peut que ce soit une blague, mais allez quand même jeter un œil, on sait jamais.

La voiture n'était qu'à quelques mètres de la propriété d'Elisa Blake lorsqu'un second appel fut transmis par radio.

— Suspect armé et dangereux. Envoyez des renforts.

Tétanisée, Elisa attendait l'arrivée des secours. Les secondes lui semblaient interminables et la police qui n'arrivait pas...

Elle vida frénétiquement ses tiroirs à la recherche d'une arme. Dans la cheminée, elle saisit le tisonnier en acier.

La plaie saignait abondamment lorsque Samuel se hissa jusqu'à la piscine. Il ôta la bâche qui protégeait le bassin. C'était dans l'eau qu'Elisa, elle aussi, trouverait le repos. Puis, rassemblant ses dernières forces, il délogea une pierre d'un des parterres de fleurs. La porte vitrée de la cuisine éclata en mille morceaux dans un vacarme assourdissant.

Elisa était prête.

La voiture de police arriva en trombe devant l'entrée de la propriété. Le policier cogna vigoureusement contre la porte, sans obtenir de réponse.

Il sortit son arme, ne sachant pas ce qu'il allait trouver à l'intérieur. Les renforts ne tarderaient pas.

Samuel se glissa dans la cuisine, foulant les débris de verre éparpillés et s'arrêta net pour écouter.

Où se cachait-elle ?

Une trace de sang le suivit dans le séjour, le salon et le petit bureau.

Elle devait être montée dans son nid pour protéger sa progéniture.

Il s'élança dans l'escalier et, dans le couloir, tomba sur elle. Deux yeux fixes dans la pénombre. Elle n'hésita pas une seconde : le tisonnier vint frapper son crâne de plein fouet. Il tituba un instant, puis tomba à la renverse dans l'escalier.

Elisa resta immobile lorsque des hommes en uniforme bleu s'approchèrent du corps ensanglanté.

Janie dormait profondément.

NOVEMBRE

EPILOGUE

Un vent mordant soufflait sur les eaux de Sandy Hook, chahutant les manteaux des quelques personnes réunies sur la plage. Au premier rang de l'assemblée, Florence et Monica Anderson écoutaient le pasteur lire un passage de la Bible.

A la suite des proches de la famille, Elisa Blake et Abigail Snow s'avancèrent au bord de l'eau et jetèrent des œillets roses dans l'océan.

Puis les gens se succédèrent auprès de Florence Anderson.

— Mes condoléances, madame Anderson.

Elisa ne put rien dire de plus.

Florence Anderson la prit dans ses bras.

— Mille mercis. A présent, je sais ce qui s'est passé. C'est mieux comme ça.

Elisa regarda avec compassion cette mère fatiguée. Son regard, bien que las, étincelait de ce bleu si intense qu'elle lui connaissait. Elle pria pour qu'elle retrouve un peu de sérénité.

— Vous pouvez vous joindre à nous pour le repas, si vous le souhaitez.

— C'est gentil, Florence, mais je dois être de retour à KEY pour un enregistrement sur les présidentielles.

Elisa proposa à Abigail de la déposer aux studios, pensant qu'elle accepterait sans hésiter. A sa grande surprise, elle déclina l'invitation. Elle se joindrait au repas avec ses anciens collègues de GSN qui étaient venus rendre un dernier hommage à Linda.

— Elisa, je tenais à vous dire, j'ai rencontré quelqu'un...

— Ça, c'est une nouvelle, Abigail. Félicitations !

Solitaire, Elisa parcourut lentement la langue de sable qui la séparait de sa voiture.

Elle pensa à Mack. Il devait rentrer pour les fêtes de fin d'année et sans doute pourraient-ils se retrouver. Le ressentiment qu'elle avait nourri pendant son absence s'estompait à présent.

Après tout, personne n'est parfait, pensa-t-elle.

A son retour de la cérémonie funèbre, Elisa rencontra Joe Connelly qui lui fit le récit du rapport de police à l'époque de la disparition de Linda.

— En tant qu'agent de Linda Anderson, Samuel Morton s'était toujours montré irréprochable. Il s'était occupé des intérêts de la présentatrice avec professionnalisme. Les dépositions des amis et collègues de Linda allaient dans le même sens. Ils écartaient d'emblée Samuel de la liste des suspects.

— Et ils l'ont laissé filer comme ça? demanda Elisa, incrédule.

— Bien sûr. Aucune charge ne pesait contre lui. La police savait qu'il avait rejoint son frère en Floride, un an après la disparition de la présentatrice. Cela ne ressemblait pas à une fuite. Son frère dirigeait un cabinet juridique et lui avait proposé de travailler à ses côtés. Qui aurait pu se douter de quoi que ce soit?

— Est-ce que la police locale de Sarasota a suivi l'affaire?

— Oui, et encore une fois, rien de suspect. Samuel Morton passait pour un citoyen modèle. Philanthrope avéré, il participait à de nombreux galas de charité.

Quelle leçon! Dire que derrière n'importe quel type avenant et raffiné pouvait se cacher le pire des psychopathes, pensa Elisa.

— Et son frère? Il était au courant?

— Le chef de la police de Sarasota pense que non. Léo Morton était inquiet pour Samuel. Il le savait déprimé depuis longtemps et cela se ressentait dans son travail. Certains matins, il ne venait pas au bureau et passait son temps à marcher sur la plage. Mais de là à le soupçonner de meurtre... Leo était présent lors de la fouille de l'appartement de son frère à Sarasota. La découverte des cassettes vidéo de Linda Anderson et de vous l'a laissé sans voix.

— Sait-il que Samuel utilisait une photo de sa fille pour monter ses petits scénarios pervers ?

Joe acquiesça.

— Il le sait depuis peu. Il est devenu livide en l'apprenant.

— J'imagine.

Elisa imagina ce qu'elle-même ressentirait si quelqu'un venait à se servir ainsi d'une photo de Janie.

— Que va-t-il se passer maintenant ?

— Si vous aviez visé un peu mieux ou un peu plus fort, la question serait superflue. Mais, dans le cas présent, vous allez devoir témoigner et ne pensez pas que cela va lui déplaire. Ce sera une occasion comme une autre pour cet homme d'être près de vous, si près de vous... Une dernière fois.

La police avait récupéré l'alliance, les boucles d'oreilles en diamants, le bracelet d'émeraudes et la broche qu'elle adorait plus que tout. L'inspecteur de police de HoHoKus lui confia qu'il avait retrouvé à l'intérieur de la station-service le double des clés de toutes les résidences cambriolées dans le voisinage. Augie Sinisi allait être incarcéré.

— Tu resplendis ce soir, Elisa, remarqua Doris tandis qu'elle lui poudrait le visage.

En effet, lorsque Doris se rendit dans la cabine de contrôle pour apporter une dernière retouche au maquillage d'Elisa, elle constata avec satisfaction que le visage de la présentatrice avait retrouvé son éclat habituel.

Janie, le front collé contre la fenêtre, guettait l'arrivée de sa mère. Dès qu'elle aperçut les phares de la voiture, elle se retourna vers Mme Garcia.

— Ça y est, elle arrive ! cria-t-elle, tout excitée.

Janie sauta au cou d'Elisa pour lui raconter sa journée. A l'école, l'institutrice leur avait parlé des premiers colons américains, Daisy s'asseyait quand elle le lui demandait et Mme Garcia lui avait appris deux nouveaux mots d'espagnol.

Elisa écouta sa fille lui égrener les détails de sa petite vie. Ces moments ordinaires lui étaient chers. Elle prit Janie dans ses bras, l'embrassa et la garda tout contre elle un moment.

Elle se promit de ne plus jamais rien prendre pour argent comptant, sachant pertinemment combien pareille résolution était vaine. On ne peut changer la nature humaine.